编辑委员会

中国知网（CNKI）全文收录　维普期刊网全文收录

探索与批评

第七辑

主编／王 欣 石 坚

四川大学出版社
SICHUAN UNIVERSITY PRESS

图书在版编目（CIP）数据

探索与批评．第七辑 / 王欣，石坚主编．— 成都：
四川大学出版社，2022.12
ISBN 978-7-5614-5157-1

Ⅰ．①探… Ⅱ．①王… ②石… Ⅲ．①外国文学—文
学研究—文集 Ⅳ．① I106-53

中国版本图书馆 CIP 数据核字（2022）第 213352 号

书　　名：探索与批评 第七辑
　　　　　Tansuo yu Piping　Di-qi Ji
主　　编：王　欣　石　坚

选题策划：陈　蓉
责任编辑：陈　蓉
责任校对：黄蕴婷
装帧设计：墨创文化
责任印制：王　炜

出版发行：四川大学出版社有限责任公司
　　　　　地址：成都市一环路南一段 24 号（610065）
　　　　　电话：（028）85408311（发行部）、85400276（总编室）
　　　　　电子邮箱：scupress@vip.163.com
　　　　　网址：https://press.scu.edu.cn
印前制作：四川胜翔数码印务设计有限公司
印刷装订：成都新恒川印务有限公司

成品尺寸：170mm×240mm
印　　张：12
插　　页：2
字　　数：224 千字

版　　次：2022 年 12 月 第 1 版
印　　次：2022 年 12 月 第 1 次印刷
定　　价：52.00 元

扫码查看数字版

四川大学出版社
微信公众号

目　录

广义叙述学研究

文类研究

批评理论与实践

跨学科研究

书评

Contents

General Narratology

Literary Genre Studies

Critical Theory and Practice

Interdisciplinary Studies

Book Review

广义叙述学研究 ●●●●●

《孔乙己》文本阐释：叙述者、主体声音与副文本信息①

伏飞雄　王星月

摘　要：学界在《孔乙己》的叙述者、叙述语言风格等问题上长期存在
　　　　争论，与对相关概念及理论的理解分歧较大有关。本文主张用
　　　　主体声音替代叙述声音这一使用方便却极易引发误解的概念，
　　　　强调了体现"写作作者"主体声音的副文本信息对虚构叙述文
　　　　本形式、意蕴解释的介入。细读文本会发现，《孔乙己》的叙述
　　　　者即二十多年后的"我"在回忆往事时既体现了做小伙计时的
　　　　"我"的声音，也隐含了回忆时的"我"的声音，而做小伙计时
　　　　的"我"的主体声音也有不同的侧面，文本的叙述语言风格不
　　　　属于叙述者，而是鲁迅式的。
关键词：《孔乙己》　叙述者　主体声音　"写作作者"　副文本

①　本文系重庆市社会科学年度规划项目一般项目"存在、符号与解释——当代中西符号学理论
创新研究"（2020YBWX165）成果。

Interpretation on the Text of *Kong Yiji*: the Narrator, Subject Voices and Para-texts

Fu Feixiong Wang Xingyue

Abstract: On the discussion of *Kong Yiji,* the scholars have always had different ideas over its narrator, narrative language style and so forth, the main reason of which lies in the wide divergence in interpreting the relevant concepts and theories. This paper suggests replacing narrative voice, a user-friendly term that easily causes confusions, with subject voice to emphasize the intervention of para-texts, which indicates voices of "writing author", in interpreting the forms and meanings of fictional narrative texts. With a close reading of the novel, it can be found that the "I" narrator, the mature "I" 20 years later, possesses the voice not only of an "I" as a waiter there years ago, which has different aspects as well, but of an "I" in retrospect at present. The narrative language style of the text belongs not to the narrator, but rather to Lu Xun, the author.

Keywords： *Kong Yiji*; the narrator; subject voices; writing author; para-texts

一、争论述评与《孔乙己》文本阐释思路的提出

到底怎么看待《孔乙己》的叙述者，一直以来众说纷纭。具有代表性的观点有两个：钱理群认为叙述者是咸亨酒店的"小伙计"（钱理群，2006，p. 28），部编版初中语文电子课本九年级下册的教学提示也持这种观点："这篇小说以酒店小伙计的视角叙述故事"（王本华等，2018，p. 22）；严家炎认为叙述者是二十多年后回忆当年往事的"我"（严家炎，2011，p. 72）。

严家炎希望深化钱理群的观点，认为把《孔乙己》的叙述者说成咸亨酒店的小伙计不确切。在他看来，虽然这个文本的叙述者是二十多年后的"我"，但文本采用悄悄移位叙述者的方法，使文本具有"复调"的艺术效果："他有时可以用不谙世情的小伙计的身份面对孔乙己，把镜头推近，叙事显得活泼、有趣、亲切；但有时又可以把镜头拉远，回忆中带有极大的悲悯、同

情，更易于传达出作者自身的感情和见解。"（严家炎，2011，p. 72）也就是说，同一个叙述者，不同的叙述角度：以不谙世情的"小伙计"的角度，再现包括自己在内的当年咸亨酒店的人如何对待孔乙己；以离开酒店、已谙世事、成年的"我"之回忆者的角度回忆故事。

两位前辈的思考不乏深刻见解，但从叙述理论的角度来说，两位前辈的一些说法，尤其是对一些关键术语的理解，还显得有些模糊。钱理群在表述文本的叙述者时，指代不够明确："《孔乙己》中的'我'是咸亨酒店的小伙计，也就是说，作者有意地选用'小伙计'作为小说的'叙述者'。"（钱理群，2006，p. 28）叙述者到底是少年时期在咸亨酒店当差的"小伙计"，还是成年后回忆当年往事的"我"，此处没有明确。实际上，尽管他有时提到这个"小伙计"的观察者、讲述回忆的叙述者两种功能，但基本只是把"小伙计"看成观察者。观察者与叙述者被完全混同。这种混同与他以下理解密切相关：在对待孔乙己的态度上，前后两个时期的"我"没有变化，都是"看客"。这一点，可以再讨论。但他对叙述者概念本身的理解是不够清晰的。也正是在这一点上，严家炎抓住了要害。所谓叙述者，通俗地说，就是故事的讲述者，即谁在讲故事。显然，《孔乙己》的故事讲述者，是二十多年后已成年的"我"，是"我"在以回忆的方式讲述过去的事情。然而，严家炎的论述也同样出现概念理解与表述不够明晰的情形。他说的"可以悄悄移位的叙事者"，乍一看还真是难晓其意，联系其他表述，才知指"叙述角度的变化"。但就是这个不够明晰的说法，也引发了质疑。

李铁秀主要针对严家炎的观点指出，《孔乙己》的叙述者既不是二十多年前的那个"小伙计"，也不是复调式的两个"我"，而是二十多年后的"我"（李铁秀，2013，pp. 178－190）。他认为，二十多年前的"小伙计"不可能是追忆文本的叙述者，把二十多年后写成叙述文本的叙述者当作二十多年前的"小伙计"是自相矛盾的，二十多年前的"小伙计"也是被叙述出来的，理由有两点：其一，文本的叙述时态是过去时而不是现在时；其二，违反了托多罗夫关于"叙述体态"的定义，把叙述者大于人物（"从后面"观察）误认为叙述者等于人物（"同时"观察）的情形。对于第二点，他还大篇幅地从叙述声音与叙述眼光的差别、其判断标准的角度，作了较深入的讨论，最终的结论是：《孔乙己》采用的是叙述者"我"目前追忆往事时的眼光，而非被追忆的"我"过去正在经历事件时的眼光，也并非同时采用两种眼光。

客观地说，李铁秀的立论首先是建立在对严家炎核心观点有所误读的基础上的。他直接把"可以悄悄移位的叙事者"这个容易引发误解的模糊表述理解为严家炎认为《孔乙己》有两个叙述者，而后者明确反对把十二三岁的酒店小伙计看成《孔乙己》的叙述者。其次，其立论所援引的理论本身具有明显的局限性，这导致其论述出现明显偏差。他认为，"《孔乙己》的'复调'性叙述不是'叙述者的移位'，而是'叙述的移位'"，其实质"仅仅是怎么叙述的叙述方法问题"（pp. 178-190）。至于是什么叙述方法，论文没有落实，也无法落实，因为他并不认为文本体现出"我"在不同时期对相同事件不同认识的对比。在他看来，这种对比是似是而非的误读，那只是查特曼所谓"叙述者表达的是对自己在故事中的视觉和想法的回忆而不是故事中的视觉和想法本身"（pp. 178-190）。正因为如此，他认为，对于文本来说，完全没有必要区分叙述声音与叙述眼光。可问题在于，查特曼的这种说法在笔者看来是有明显问题的，至少还需讨论。

从上文简要述评可以看出，学者们对《孔乙己》的叙述者持不同看法的根本原因，在于对叙述者、叙述视角、叙述角度、叙述声音、叙述眼光等叙述学基础概念及理论的理解存在明显分歧。这些分歧导致了对《孔乙己》的叙述形式及文本整体思想理解的偏差。

有鉴于此，本文首先从理论层面反思中西叙述学界有关叙述视角与叙述声音的讨论，力图给出更能有效阐释叙述文本的基础概念，然后基于这些概念与理论去重新阐释《孔乙己》的叙述者与主体声音。同时，为了使《孔乙己》这一文本思想阐释的深度和广度得到合法拓展，使其叙述语言风格这个疑难问题得到更为有效的解释，本文试图超越经典叙述学的理论视野局限，提出"写作作者"这一概念，考察与写作《孔乙己》有关的"写作作者"的信息，包括直接呈现于该书面文本中的副文本信息，即作为"写作作者"的主体声音。

二、叙述视角与叙述声音理论反思

在《叙述话语》一书中，热奈特（Gerard Genette）强调把叙述的"模式"（法文 mode，英文 mold）与叙述的"声音"（法文 voix，英文 voice）区别开来，把人物与叙述者区别开来，即把"谁在看""谁在说"严格区分开来，指出不能把叙述者的叙述行为限制在"视角"上（Genette, 1980,

p. 186，p. 213)①。在具体讨论中，"谁在看"的问题被大致视为"聚焦"的问题，又最终因"视角"（法文 perspective，英文 point of view）概念过于视觉化，而用含义较笼统的"聚焦"（focalization）概念替代，并用零聚焦、内聚焦（固定式、非固定式、多重式）、外聚焦的模式替代了托多罗夫的叙述者>人物、叙述者＝人物、叙述者<人物三种分类。即使这样，他有时也会提到人物的视角。因此，视角始终是一个使用方便的概念。可以看出，这里主要处理的是叙述者与所讲述的人物故事的关系，即叙述者与人物的关系。这种关系可表述为：以人物视角为基点讨论聚焦，以叙述者的叙述与人物视角的关系讨论叙述，包括"叙述者兼人物"的情形。换言之，"谁在说"的问题被集中在叙述者的叙述行为上。只有叙述者才进行叙述，这一点在书中专门讨论叙述声音的那一节得到强化。他从叙述主体的角度讨论叙述声音，叙述声音被局限在叙述者那里（包括叙述者兼人物），不涉及人物，更不涉及被完全排除的"写作作者"或真实作者、读者。

热奈特的这套术语与理论，被经典叙述学家里蒙－凯南（Shlomith Rimmon-Kenan）与米克·巴尔（Mieke Bal）以极为通俗的方式继承下来。他们都特别重视"谁在看"与"谁在说"、"聚焦（者）"与"叙述（者）"的严格区分，认为只有叙述者才进行叙述表达，聚焦或聚焦者的一切都由叙述者叙述出来。里蒙－凯南强调聚焦主体与客体的区分，聚焦者作为主体根据其感知确定表现的媒介，被聚焦者作为客体是聚焦者感知的对象。在考察聚焦和叙述在第一人称回忆式叙述中的区分时，她认为，一个成年叙述者在讲述自己孩提时的经历时，其叙述（语言）既可带有他在叙述时感知的"色彩"（外聚焦），也可带有孩提时感知的"色彩"（内聚焦），还可介于两者之间而模棱两可（Rimmon-Kenan，2005，p. 86）。米克·巴尔考察了在三个层次上起作用的三个行动者即行为者、聚焦者、叙述者的关系。这种考察提醒我们注意进行观察的人与观察对象之间的关系，以及"叙述意图"对于区分外在式叙述者与人物叙述者的作用（Bal，1997，pp. 145－165）。但是，两人基本未对"叙述声音"进行较为直接的讨论。

经典叙述学时期查特曼（Seymour Chatman）的相关论述尤其值得一提，他的贡献与局限都对后来学界产生了很大影响。他区分了叙述视角与叙述声

---

① 热奈特在初创其叙述理论时期，面临术语选择的难题，多从隐喻角度使用术语，术语不够恰切就成为常态。汉语学界多把他的《叙述话语》一书中的法文词"mode"与"voix"翻译为"语式"与"语态"。这种翻译过于"专业"，表意却又不够直接明白。法文词"voix"的基本意思是声音、心声（愿望、意见）。

音（Chatman，1978，pp. 151－158）。"视角"指身体方位，即眼睛感知方位、意识形态立场或实际生活定位。简单来说，指谁在感知，体现谁的观念系统、信仰、兴趣、利益等。事件叙述就建立在这类视角的基础上。与"视角"相对，"声音"指言说或其他公开的媒介手段，事件或实存通过它与读者交流。简言之，"声音"指叙述表达，即谁在叙述。在他看来，人物、叙述者、隐含作者都能体现一种或多种视角，而视角与叙述表达以多种方式结合在人物与叙述者身上，比如由叙述者感知事件并叙述，或者由人物感知事件而由叙述者进行叙述——此时人物可听见声音，也可不听见声音，或者读者分辨不出谁在感知事件。

非常明显，查特曼延续了这个时期其他理论家对视角与声音的简单理解，并做了过于对立的处理："视角在故事之内，声音总在故事之外，总在话语（叙述表达）中。"（p. 154）一方面，他所理解的"视角"，后世学者多理解为"声音"。另一方面，他也把声音简单理解为叙述者的叙述。在他看来，人物兼叙述者回忆自己的过往（过去作为人物的感知），只能是概念性的或思想观念性的。也就是说，在回忆中，过去的感知就不再是感知——这是李铁秀不同意《孔乙己》同时采用了两种眼光，认为区分叙述声音与叙述眼光没有必要的主要理论依据。这种看法一直延续到 20 世纪末他的《术语评论：小说与电影的叙述修辞学》（1990 年）一书中。他在该书中再次强调，叙述者与人物只能通过言语替代式地体验曾经经历的原始事件（故事世界），而不能穿透话语这层隔膜（discourse membrane）去直接体验（Chatman，1990，p. 144）。

通观查特曼的叙述理论可发现，他基本都在故事与话语这个简单二元分立的基础概念框架中建构他的理论，这带来了方便，也引发了不少问题。叙述学发展至今，已很少有学者把"视角"仅仅归于故事世界，把"声音"简单归于话语表达领域。正如他有时所说，故事无法离开话语独立存在（p. 117）。实际上，他对现象学关于感知体验的观念作了过于狭隘的理解，并把它当作教条简单运用到叙述话语的理解上——他对叙述话语理解的失误还表现在，由于把观念、意识形态等价值或立场的东西分配给了"视角"这一概念，就只好以"声音"不能表达过去事件的感知体验而让此概念基本悬空。他关于人物兼叙述者在回忆时无法感知体验过去原始事件的说法，的确具有现象学的理论基础：事件当事人对原始事件的感知只能落点于彼时彼地，回忆时已然处于此时此地，直接感知或体验已无任何可能。但是，这只是问题的一个方面。胡塞尔（Edmund Husserl）的现象学还告诉我们，事件当事人还可以在记忆（回忆）或想象中再现感知表象（胡塞尔，2015，p. 955）。而且，事件当事人也可以事后在回忆中用语言描述（还原）曾经的感知体验。如此看来，查特曼的这种说法也违背了语言表达的常识，或者说语言表达的特权。也就是说，人物兼叙述者完全可以在回忆性的话语表达中描述（还原）过去的感知体验。这还是就人物兼叙述者来说的，如果是故事世界外的叙述者，则可从人类的虚构、想象、模仿、经验共感共情等能力、叙述策略与叙述接受契约来论证这一点的合法性。简言之，从常识角度说，事后回忆，完全可以叙述当时的感官感受，表达现在的看法或过去的看法。

申丹关于"叙述声音"与"叙述眼光"的早期讨论（1998 年）也有一些局限。她使用的"叙述声音"概念与热奈特的"叙述声音"概念基本对应，其"叙述眼光"则大致相当于热奈特的"视角"："我们不妨用'聚焦人物'一词来指涉其眼光充当叙事视角的人物。"（申丹，1998，p. 186）准确地说，"叙述眼光"系她对热奈特的"point de vue"（point of view）一词的汉译。她认为，该词还具有"特定看法、立场观点、感情态度"等非感知性含义。这自然是对的。但该词的字面义或表层含义无疑比"视角"更浅白地倾向于视觉含义。也许，正因为如此，汉语学界使用"叙述视角"一词的人远远超过使用"叙述眼光"一词的人，后者有时会使读者弄不明白它到底对应于热奈特等叙述学家的哪个概念。同时，该词在含义上与"叙述声音"多有交叉，容易与后者混淆。这种混淆倾向，由于申丹未对"叙述声音"与"叙述眼光"作进一步区分而更加明显——她有时谈到的"叙述声音"乃"叙述者兼人物眼光"混合一体的情形，更加剧了这种倾向。另外，她也基本把"叙述声音"限定在叙述者或叙述者兼人物身上。

不过，需要指出，这些问题对于叙述学的早期发展来说，具有相当的普遍性，不必苛责。换言之，如果我们使用"叙述视角"这个概念，也容易与"叙述声音"发生混淆。正因为如此，赵毅衡在阐发西方现代叙述学的早期（1998 年），就使用了"叙述角度"（angle of narration）这个歧义相对小得多的概念，以及"叙述方位"这个包容性更大的概念。"叙述方位"这一概念，把叙述者的形态（第一人称、第三人称，隐身或现身，单式或复式）、叙述者的身份（主角或次要人物）等涵括进来，使"叙述者与叙述角度的可能配合方式"得到较为全面与清晰的解释。与热奈特、查特曼等理论家不一样，他没有把"叙述声音"局限在叙述者那里（包括叙述者兼人物），而是明确在叙述主体的框架中解释"叙述声音"问题："叙述主体的声音被分散在不同的层次上，不同的个体里，这些个体可以是同层次的，也可以是异层次的，用语言学家的术语来说是'分布性的'或'整合性的'。从叙述分析的具体操作来看，叙述的人物，不论是主要人物还是次要人物，都占有一部分主体意识，叙述者不一定是主体的最重要代言人，他的声音却不可忽视。……隐含作者应当说一部作品只有一个，但在他身上综合了整部文本的价值。"（赵毅衡，1998，p. 121，p. 129）应该说，在这样的概念框架中，就不太容易发生"叙述声音"与"叙述视角"的混淆。直到2003年，普林斯（Gerald Prince）在《叙述学词典》修订版中还这样总结两者的差异：视角提供有关"谁看"的信息，谁感知，谁的角度控制该叙述；声音提供"谁说"的信息，叙述者是谁，叙述场合是由什么构成的（Prince，2003，p. 243）。这基本只是对西方现代叙述学早期理论家对"谁看""谁说"问题理解的简要概括。这种概括的局限性显而易见：没有具体提到这两个概念在各种主体那里的基本搭配形式与呈现模式；它主要针对文学虚构叙述，没有考虑纪实性叙述的情形；对于文学虚构叙述来说，也没有把"写作作者"考虑进去。另外，傅修延等就普林斯对视角与声音差异的解释、巴赫金对声音的认识等所做的分析与总结，也值得重视："叙述声音可能不止一个，因此倾听叙述声音不等于只倾听叙述者或隐含作者的声音。事实上，叙述者或隐含作者往往只是重要的声源之一，文本中可能还存在着与其相颉颃的其他声源。"（傅修延、刘碧珍，2017，pp. 110-119）

至此，可以这样小结：首先，在"叙述眼光""叙述视角"与"叙述角度"三个概念中，"叙述角度"的视觉性含义最少，歧义最小，能与各种叙述者构成各有意义的配合，可用它替代"叙述眼光"尤其是"叙述视角"这一学界至今流行却歧义丛生的概念；其次，"叙述声音"实为参与叙述文本建构的各种主体体现出来的声音，它既不局限于叙述者（包括叙述者兼人物），也不局限于人物（演述中的角色、形象），还体现在隐含作者那里，因此，宜用"主体声音"这一概念替代"叙述声音"这一使用方便却又极易引发误解的概念；另外，由于不少学者关于"叙述视角""叙述声音"的讨论至今还不同程度受限于经典叙述学视野，还排除了构思与创作叙述符号文本（包括构思叙述者、叙述形式与内容等）源头的"写作作者"，因此，尤其对书面虚构叙述文本来说，其主体声音还应扩展至"写作作者"。简言之，在我们看来，叙述者、叙述角度与主体声音一起，构成了阐释叙述文本较为简易、有效的概念工具组合。下文对《孔乙己》叙述形式、意义与思想的讨论，就基于这个概念与理论框架。

三、《孔乙己》的叙述者与主体声音

这个文本的叙述者就是二十多年后的"我"，这没有疑问。叙述者"我"

同时兼作故事人物，产生了几个关键问题：第一，这个叙述者在回忆自己过去的经历时，是否以二十多年前"我"做小伙计时的角度来看待文本主人公孔乙己？第二，这个叙述者在回忆时，是否具有回忆时的声音？第三，叙述者的叙述表达，包括文体风格、叙述形式等，是仅仅属于叙述者的，还是投射了甚至就是"写作作者"（虚拟作者、隐含作者）的文体风格特征、叙述形式构思等？换言之，完全不看"写作作者"等副文本信息，是否能把该虚构叙述文本的叙述艺术以及通过这些叙述艺术所表达的文本意蕴说清楚？

很明显，这个叙述者"我"在回忆自己过去的经历时，对当年做小伙计时的"我"这个主体的意识、心智采取了"还原"的立场，即以当年做小伙计时的"我"这个主体的心智水平、是非观念来对待文本主人公孔乙己。鲁镇小酒店的其他人怎么看待孔乙己，做小伙计的"我"也基本怎么看待他。"我"也烦他的迂腐，嘲笑他的穷摆阔，以他为取笑的乐子，冷漠对待他，也是一个"看客"，等等。这一点，学界基本没有争议。同时，叙述者"我"以回忆角度叙述自己过去的经历，文本多处有提示，此不赘述。关键是，这个回忆的"我"是否也具有回忆时的"我"的主体声音？要回答这个问题，有两点很重要，需要首先提出来：这个叙述者的叙述基本上是对故事本身的讲述，很少直接对人物与事件发表评论，几乎没有"评论干预"，这种叙述方式影响了文本的语体风格；文本倾向于"客观"甚至"冷漠"叙述，直接暴露叙述主体态度的语词较少。这些特征决定了讨论该文本叙述者在讲述过去故事时所呈现的主体声音的难度。下文选择一些相对容易暴露主体声音、含义复杂的语句，结合上下文尤其是文本整体的主体声音呈现与意蕴表达，具体分析文本中两个"我"在不同时期对待孔乙己的态度。

有论者说，"只有孔乙己到店，才可以笑几声，所以至今还记得"（鲁迅，2005，pp. 457—458）这句话表明了叙述者在回忆时依然把孔乙己当笑料，因而认为两个时期的"我"在对待孔乙己的态度上没有差异。要理解叙述者主体或人物主体的声音或态度，既需要联系上下文作具体把握，更需要联系文本整体进行总体把握，哪怕其态度是矛盾的。以此思路看，对这句话可作两个层面的解释。第一层，联系句前语义表达，这句话既是一个事实陈述，也隐含价值判断：陈述了一个事实，孔乙己于酒店众人而言，仅仅是一个可以取乐的笑料而已；隐含的价值判断，作为小伙计的"我"与大家一样，都以孔乙己为乐子，都是"看客"。第二层，联系整个文本叙述者的价值取向，这句话主要是一个事实陈述，对于回忆的"我"来说，这件事是一个很深刻的记忆，"所以至今记得"，并拿出来讲述。当然，也可以说这句话同时隐含了一种价值判断，但这需要从进行回忆的叙述者"我"甚至作为《孔乙己》这个叙述文本的源初构思者与创作者的"写作作者"对叙述内容的潜在选择、整体选择来考察。这一点，会在下文的相关论述中得到解释。

有论者认为，"孔乙己刚用指甲蘸了酒，想在柜上写字，见我毫不热心，便又叹一口气，显出极惋惜的样子"（p. 459）这句话表明了"我"这个叙述者回忆时对孔乙己的同情。这种理解不恰当。联系上下文，这句话要表达的主要是孔乙己的迂腐，这无法否认。但是，也完全可以把这句话理解为回忆时的"我"对自己过去简单粗暴对待孔乙己的悔意，以及现在"我"对孔乙己的同情。事后回忆无疑首先面临回忆内容的选择。一般来说，只有那些给自己留下较深印象，有着不寻常意义的事件或细节才值得回忆。这句话表现的是一个细节，主要目的在于强化孔乙己的酸腐形象，但选择这个细节对于讲述回忆的叙述者"我"来说，无疑具有潜在的含义，客观上也表达了回忆时的"我"的悔意与同情：那是一个已无大人理睬，只能在逗弄小孩中自慰其读书人的一点点自尊，现在已无人关心其死活的可怜的孔乙己！需要注意的是，这种同情绝不属于作为小伙计时的"我"。那时的"我"与大家一样，都是"看客"。值得一提的是，有论者认为这句话纯粹是回忆时的"我"的回忆，说是"我愈不耐烦了，努着嘴走远"，因而不可能看见这句话表达的内容。我们只能说，这里的"走远"，也不过是酒店里，仍在人的感觉范围内，这样的细节完全可以感受到。

严家炎认为，"孔乙己是这样的使人快活，可是没有他，别人也便这么过"（p. 460）这句话最能表明回忆时的"我"的意识与心智，理由是二十多年前的"我"说不出这样的话来。这种说法有道理。但还需要弄清楚的问题是：既然是从回忆时的"我"的角度说出来的话，它在上下文的功能是什么，尤其表明了回忆时的"我"的态度。从语句在上下文的功能来说，这句话单独成段，具有各种意义之承上启下的作用。从文本内容或意义表达上说，这句话既是对上文孔乙己与众人第一重关系的一个小结：只有他到店，作为小伙计的我"才可以笑几声"，大家也可以寻他开心，"店内外充满了快活的空气"；也是对下文孔乙己与众人另一重关系的预示：对众人来说，他来不来店里，生活照样过，他可有可无。从文本整体来说，这句话又是对孔乙己与这个世界的关系的精练概括，从中折射了他生活的那个环境、那个世界的人情淡漠与世态炎凉。概言之，这句话既是对一种生活事实的客观陈述，也隐含了回忆时的"我"一种不动声色的深沉感叹与悲悯悲愤。下文的叙述既是对这个小结的照应，也是对它的深化。孔乙己好多天没有来，大家根本不关心。

掌柜与"我"想起他没来，也只是因为他在粉板上赊账名单未除，大家提到他，也只是以继续拿他寻开心的心态数落身处困境中的他。最后，他到底是死是活，没有人关心，没有人知道。从孔乙己的个人形象命运来说，这段话也颇富转折含义。在这段话之前，孔乙己还多少保留着底层读书人的傲气与骨气，他不屑与非读书人辩论——尽管内心深处对自己连秀才都没捞到充满无奈，从不赊欠，逗弄孩子，使人快活，还保留一点点穿着长衫、站着喝酒甚至要一碟茴香豆之类的下酒菜的自我安慰的荣光；在这段话之后，他窃书被打、开始赊欠，直到最终不知死活。从文风来说，在这段话之前，由于孔乙己这个"乐子"——他还能充当"乐子"，文本故事世界总有笑声，叙述总有一点点轻快之感；在这段话之后，文风如文本故事世界中的秋风，愈发萧瑟，凄冷悲凉，直至寂冷，分外凝重。那么，这句话隐含了回忆时的"我"什么样的态度呢？答案是，对孔乙己可有可无的喟叹。

到底怎么理解"见他满手是泥，原来他便用这手走来的"（p.461）这句话，尤其是其中的"原来"一词？这表现的是做小伙计的"我"的怜悯，还是回忆时的"我"的怜悯？同样，这既是一种客观陈述——表现当时"我"的惊讶亦无不可，也是做小伙计的"我"对孔乙己的态度：孔乙己落难如此，颓唐狼狈如此，旁人产生怜悯在所难免。问题是，为什么文本中的其他人，比如掌柜、旁人，还是依然那样说笑孔乙己呢？只能说，做小伙计时的"我"涉世未深，"童心"还没有被炎凉世态完全磨灭——毋宁说，这也是该文本叙述策略的一种选择，以此形成文本多个层次的主体声音。简言之，这句话既然是再现当年事件中做小伙计的"我"怎么接待已彻底颓唐的孔乙己，就最好作此理解。

最能体现叙述者"我"回忆时对待孔乙己的态度的语句，莫过于文本末句。"大约""的确"两相矛盾，两词并置，含义颇深。一方面，因为没有直接证据，故强调真不确定；另一方面，仍没有直接证据，但强调"确定"，其意蕴当在句意之外。关键是，在这种没有直接证据真不确定、最后也确定之中，"终于"一词的含义得到解释：在众人都对孔乙己是生是死漠不关心的社会中，如此潦倒落魄、如此狼狈的他的死，既是一种必然，也是一种解脱——对他而言是一种解脱，对回忆时的"我"来说，也是一种解脱。

从上文的讨论可以看出，叙述者"我"在叙述二十多年前的往事时，采取了两个主体相对分离的两种态度（声音）：做小伙计的"我"对孔乙己的"看客"态度，一个涉世不深、心智粗浅、惯于从众又童心未泯灭的底层小伙计的心智状态；以及二十多年后对世道人心具有一定认识、回忆时的"我"

对孔乙己的怜悯与悔意。同时，上文的讨论，总是在句子或段落与文本整体的循环观照中，即对语句在上下文中或显或隐的语义、段落在文本结构中不同性质的含义、叙述者对叙述内容（回忆内容）的潜在选择之于文本意蕴释读的考察中，把握两个主体的态度距离甚至同一主体声音的不同侧面。

然而，本部分开头提出的第三个问题，实在无法在叙述者层面得到根本解答。答案只能从"写作作者"鲁迅以及与写作直接相关呈现于《孔乙己》这个书面文本中的副文本信息那里寻求。

四、写作作者、副文本信息与《孔乙己》思想和叙述语言风格阐释

从经典叙述学完全排除"写作作者"的立场看，虚构叙述文本涉及的一切，无论内容还是形式，都是叙述者的选择。这些选择本身就具有意义，能或隐或显体现叙述者的声音或态度。直接一点说，叙述者选择某个事件、某种叙述角度、某种文风，都与其想要表达的意义、思想、主体态度等密切相关。它们似乎都能在文本内得到解释。前文提到"只有孔乙己到店，才可以笑几声，所以至今还记得"这句话所隐含的叙述者的价值，可能就潜藏于叙述者对叙述内容的选择中。什么价值呢？理解了文本叙述者所采取的回忆时的价值取向，也就理解了其价值。很简单，至今翻晒这段回忆，正是因为当年那个可笑的孔乙己，那个同样可笑的做小伙计的"我"。在叙述者看来，就是这句话，包括这句话所从出的这一段，直接体现的这两点值得回忆并讲述。再强调一下，说"同样可笑的小伙计"，当然是已成年、反思自己过去之可笑的有悔意的"我"的看法。如果把整个叙述方式、整个文本文风等都看成这个后来作为叙述者回忆过去的"我"的叙述行为的结果，似乎也能说这个"我"很深沉。但是，这个说法缺乏文本内有力的支撑。他后来从事什么，经历了什么，是否读过书，是否由少不更事的小伙计成长为一个对世事敏锐、思考深刻的人，文本并没有直接叙写，也没有暗示。文本呈现出来的，倒是二十多年前做小伙计时的"我"的一些基本信息：出身底层，样子太傻，有初步的等级观念，读过一点书，知道茴香豆的"茴"一种写法，对读书人也不太尊敬，看人看事基本"从众"，等等。那么，问题来了，这样的人做叙述者，怎么可能以如此文风（用词贴切简练、表意深沉、文风冷峻冷漠）、如此叙述方式讲述出这样一个故事？站在经典叙述学的立场，这些问题都很可笑——事实上，基于其假定对叙述者的叙述行为与叙述文本内容、形式关系的阐释，往往不能较好落实对叙述者特征的考察，不少结论较为牵强。我们

或许会说，二十多年间"我"的生活空白，至少也没有完全根绝这种可能性，但"空白"不等于直接证明。因此，实在说来，这个问题在排斥"写作作者"、作广义文体分析的经典叙述学那里确实是经不起追问的。至少，经典叙述学对这个问题的解释相当有限。

再有，这个虚构叙述文本描写的社会历史背景比较模糊。一些文学文本，尤其是那些注重抽象表达时代精神、思想观念的文学文本（如一些荒诞派文学文本），其深刻性往往与其背景模糊有关。对这类文本来说，似乎背景越模糊，文本表现的思想反而越深刻、越具有普遍性。然而，《孔乙己》这个文本不属于这个类型。同时，不少思想没有语境性，问题没有针对性，也会出现其所揭示的思想或问题的深刻性打折扣的情形。海德格尔（Martin Heidegger）的基础存在论，其深刻程度被公认前所未有，但对于身陷集中营的利科（Paul Ricoeur）来说，却显得过于抽象。集中营极端具体、紧迫的此在境遇，使他深深体会到了基础存在论对个体具体生存的疏忽，从而激发了他终其一生都把存在问题放在一个具体的甚至身体化的境遇中思考，而不是放在一个抽象的、理想主义的框架中思考，他始终关注个体生存、身体感觉、经验、境遇等（Dornisch，1990，p. 24）。因此，仅就《孔乙己》这个文本呈现或折射的社会语境来说，要想说该文本表达了多么深刻的思想，恐怕还是比较困难的。

于是，我们的讨论推进到上文开头提出的第三个问题。

前文有提到，叙述文本涉及的一切都是叙述者的选择，但说到底还是"写作作者"的谋划与操作。关于这一点，即使 20 世纪 60 年代末以来极端结构主义与解构主义理论家也无法完全否认。

在罗兰·巴尔特（Roland Barthes）的《作者之死》（1968 年）一文中，作者与写作、作品的联系，是以否定方式间接暴露出来的。他强调文本没有一种起源性的意义，因为文本是各种写作交织、冲突的空间，作者唯一的力量不过是"以某种方式混合各种写作，用一些写作对抗另一些写作，以致完全不依靠哪一种写作"（巴尔特，2004，p. 510）。也就是说，现存文化已经就是一部大词典——一种结构或结构性存在，作家的写作不过是选择性地对这部词典的引用或模仿而已。这些词典总是相互解释，因而作家的写作，也不过是相互解释中的一环而已。这当然是一种极端结构主义的符号意义观——巴尔特这样说道："从语言学上说，作者只是写作这行为，就像'我'不是别的，仅是说起'我'而已。"（p. 509）即作者之于写作，只是一种语言意义上称呼的主体，而不是一个实在的、个性化的主体。但无论如何，他也无法否认，作者总是写作行为、文本符号行为源初的主体。与罗兰·巴尔特一样，福柯（Michel Foucault）在《什么是作者?》（1969 年）一文中也反对作者之于文本解释的主宰地位。但该文的目的，是思考传统作者主体观消解后如何重新理解作者主体的问题。福柯承认作者是文本讲述的主体，但作者的形成本身，并不是简单以"把某一讲述归于个人而自发地形成的"，作者是一种历史性的、社会文化性的功能性存在，"说明某些讲述在社会中存在、流传和起作用的特点"，比如说从文本题材、事件、思想特征、写作风格、文本语词特点等寻找某些文本的作者主体归属（福柯，2004，pp. 517－521）。实际上，这是一种读者立场的作者主体观，而且是对"写作时作者主体"特点的观照，福柯也因此直接把这个写作主体归属于布斯的"第二自我"。不过，福柯有时也从"写作作者"主体出发讨论它的功能，如产生表达的源泉，说明文本中某些事件的存在，统一协调写作，等等。另外，就是以"隐指作者"替代难以实证的笼统意义的作者的布斯（Wayne C. Booth）本人，也对萨特（Jean-Paul Sartre）这一点表示了肯定："文本中的一切都是作者操控的符号表现"（Booth，1983，p. 19），还直接从写作方向考察了"写作作者"对叙述文本的种种操作。

　　既然如此，文本作者，尤其是福柯所强调的"写作作者"与叙述文本的关系，并非没有讨论的合法性。但是，严格说来，在福柯那里，尤其在布斯那里，"写作作者"并不是一个专门概念。在布斯的《小说修辞学》中，它只是一个一般性的表达，即"the author as he writes"，直译就是"写作时的作者"，以示与笼统意义的作者、非写作文本时的作者其人的区别（p. 70）。在此，笔者主张把"写作作者"（writing author）列为叙述学的一个专门概念。无疑，这个概念具有文艺理论的价值。首先，它能够与非写作时的作者或作家区别开来。处于构思、写作时的作者或作家的心理、精神与人格状态，一般说来会与现实生活俗事俗务中作家其人的心理、精神与人格状态有所不同，"写作作者"构思、写作这一文本时的心理、精神与人格状态，完全可以不同于其构思、写作另一文本时的相关状态。这种理解，基于人格人性的多重性、在不同社会语境中的变动性、角色扮演性（表演性、面具性）等。这些都是现代人格人性理论的常识。其次，这个概念弥补了布斯创造的"隐指作者"这一概念的局限，可以使我们从写作方向对"写作作者"、副文本信息与（虚构）叙述文本关系的讨论具有合法性。事实上，布斯首先提到了"写作时的作者"这一表达，然后才从"文本中心"立场、从读者接受的角度把它称呼为"隐指作者"。隐含作者只是读者从文本信息中综合反推出来的意识形态等价值倾向。利用"写作作者"为文本留下的副文本等伴随文本信息，能辅助甚至深化文本理解与阐释。书面文本的符号形态呈现特点，决定了文本中出现的一切并非都是叙述者的讲述。不过，在利用"写作作者"、副文本信息解读文本时，依然要以文本本身提供的信息作为基本判断标准。

事实上，无论是钱理群、严家炎，还是其他学者，他们在阐释《孔乙己》的叙述形式、意义或思想时，都直接考虑到了这个书面文本标题下"鲁迅"这个署名以及其他一些副文本或伴随文本信息，差别只在于提供实证材料的多少，怎么利用这些材料，以及基于这些材料对文本叙述做出什么样的阐释。严家炎强调"这是二十多年前的事，现在每碗要涨到十文"（鲁迅，2005，p. 457）这句插话的重要性，认为它"交代出故事发生在戊戌变法之前亦即科举制度尚未废除之前，而不在说明酒的涨价"（严家炎，2011，p. 72）。怎么单凭这句话就能如此推断故事世界外的历史时间与社会语境呢？故事世界并没有其他相对具体一点的社会语境交代。显然，他运用了鲁迅发表该文时留在文本末尾的写作时间这个副文本信息，"一九一九年三月二十六日"（鲁迅，2005，p. 461）。这个时间，当然不是叙述者留下的，即不属于《孔乙己》叙述者叙述行为的结果，不属于该文本的叙述内容。该文本不属于书信体叙述等可以写下书信写作时间或故事讲述结束时间的文体——无论口述还是书面文字叙述，一般情况下都不会出现叙述者说出或写下故事讲述结束时间这样的结构：口述者一般不会对听众提及故事讲述结束时间，书面文字虚构叙述文本的叙述者一般也不会把故事讲述结束时间单独附在文末。一般情况下，没有这个必要。这个由作家鲁迅留下的写作时间——"附记"说是 1918 年冬天（p. 462），后来被编入各种版本，放在正文末尾。他就是按照这个时间推算出该文本故事的历史背景的。这种参照与推理，已经不再像经典叙述学那样简单排除作者，而是对文学虚构叙述文本做了历史实证的考察。

这种考察有其合理性。无论我们怎么强调文学叙述的虚构性，强调不能把文学虚构世界与生活世界等同，也没有人能否认两者的"可通达性"。赵毅衡专门讨论过文学虚构世界与实在世界的"通达"问题。他认为，"任何叙述文本，包括虚构叙述文本，都是跨世界的表意行为。任何叙述文本中都有大量的跨界成分"（赵毅衡，2013，pp. 1—7）。换言之，虚构文本世界本身就是一个"三界通达"的混杂世界，混杂了可能世界、不可能世界、实在世界的一些因素——赵毅衡后来把"可能世界"修改为"准不可能世界"，认为它才是文艺虚构世界的基本特征（2018，pp. 5—12）。这两个世界的通达规律，表现为"可能世界的人与物，都是实在世界中有对应"的，或者说，文学虚构叙述作为心灵想象的产物，总有经验背景。

对于文学史上注重描写各个阶层的生活与精神状态、揭示社会与文化问题的文学创作模式来说，文学虚构世界与实在世界的可通达性就更加明显。从鲁迅发表《孔乙己》时文末的"附记"可知，作者当时是想通过该文本"描写社会上的或一种生活"（鲁迅，2005，p.461）。同时，鲁迅1922年为其短篇小说集《呐喊》写的《自序》，则从较为具体的实证材料角度，强化了读者对《孔乙己》进一步做社会历史批评的可能性。鲁迅写作这个《自序》时的人格、精神状态，肯定与其写作《孔乙己》时的状态有差异，但这个《自序》提供的材料，呈现了鲁迅这个时期小说写作的基本精神状态，勾勒了他写作《孔乙己》等多篇小说的"意图"：为改变愚弱、麻木、习惯做"看客"的国民精神，"不免呐喊几声"，即使是"铁屋子"里的寂寞呐喊，只惊醒几个较为清醒的人，"使这不幸的少数者来受无可挽救的临终的苦楚"，即使是用曲笔为某些小说文本平添一丝希望的亮色，也要"聊以慰藉那在寂寞里奔驰的猛士，使他不惮于前驱"（pp.437-442）。简言之，这个《自序》无疑可以成为解释《孔乙己》的有效"伴随文本"。再者，大家基于对鲁迅其人其作关系的总体了解（新时代精神的先驱、以"文化启蒙"为己任的思想家与文学家、"文如其人"等），也容易在解释《孔乙己》时，联系他的一贯生活、基本思想与总体写作风格。

钱理群也正是在对鲁迅其人其作的整体观照中对《孔乙己》的叙述艺术、整体思想进行阐释的。他特别强调鲁迅特有的观察世事与人的方式及其艺术构思特点，即把人置于与他人（社会）的关系，且首先是思想关系中来观察与表现，并由此揭示《孔乙己》表现出的三个层次的"看"与"被看"的叙述模式。由于他未能准确确定该文本的叙述者，我们应该在本文提出或强调式引用的概念及其理论框架下，如主体声音、"写作作者"、叙述角度、态度距离等，对他的这三个层次做出完善。以聚焦者为中心，大体如下：第一个层次，二十多年前作为小伙计的"我"、酒客、掌柜、不出场的丁举人等与孔乙己之间的"看"与"被看"；第二个层次，二十多年后作为叙述者的"我"以回忆时的态度对当时作为小伙计的"我"自己、酒客、掌柜如何"看"孔乙己的"看"；如果我们承认作为叙述者的我之回忆时的"看"与文本隐含作者的态度还有一定距离，就会出现第三个"看"与"被看"的层次，即隐含作者，准确地说，是"写作作者"对回忆的叙述者"我"的"看"之潜在的"看"。上述几种情形，卢特（Jakob Lothe）用"态度距离"这一概念来概括（卢特，2011，p.36）。第一个层次的"看"与"被看"，以国民——不管是什么阶层的人，对穷愁潦倒的读书人之普遍麻木的"看客"状态，表现科举对孔乙己的毒害。在这个层次里，"我"、短衣帮、孔乙己都处于社会底层，却并不相互取暖与慰藉，相反都嘲笑比自己更落魄的人，都对社会地位较高的人，比如掌柜、丁举人有所仰慕、畏惧甚至敬畏。酒客对丁举人之类的畏惧或敬畏不用说，就是作为小伙计的"我"虽然同样受掌柜怠慢、被他瞧不起，自己也觉得与掌柜有较大等级差距，却也不但瞧不起孔乙己与短衣帮，也仰慕掌柜。文本以这样的"我"作为被聚焦人物，显示了其揭示社会之痛的深度之深、批判的力度之强。这两个阶层之间的"看"与"被看"在文本中没有直接表现，但总是潜在地存在于文本中。如前文所论，第二个层次表明，回忆时的"我"的"看"，与当年同样作为"看客"的"我"的"看"拉开了距离，因而也与其他看客的"看"拉开了距离。但是，这个有距离的"看"应该与"写作作者"，与作为思想家、文学家的鲁迅的"看"有距离：多年后的"我"的"看"，只是觉得自己过去可笑，有悔意，但到底有多深沉，并不确切。也就是在这个意义上，这个层次潜在的"看"与"被看"，体现出作者文风，或者说"写作作者"对于该文本最深刻的构思所在。可以想象，写作《孔乙己》时的鲁迅就是在表现、审视文本中多年后的"我"的"看"，也希望读者通过阅读去审视这个"看"。既然如此，不通过评论干预发表自己多年后的见解，这个叙述策略与其说是叙述者的安排，还不如说是文本故事世界外的"写作作者"鲁迅的有意安排，他通过这种安排，留给读者一个思考：对多年后的"我"之"看"的程度进行反思，在反思中深化国人的社会批判、文化批判意识。

前文提到一个问题，以《孔乙己》提供的叙述者情况来说，他怎么可能以如此文风讲述这样一个故事，尤其是文本开端的构思与"极简"描写？在以前的讨论中，有学者甚至提出"超叙述者"的概念（与赵毅衡所说的"超叙述层"不一样），认为有一个隐匿在文本之外的叙述者在"说话"，似乎能以这种方式解释该文本的叙述语言风格问题。这是有悖于叙述者常识的。任何叙述者，都必须在文本内或隐或显地存在。叙述学提出"代言叙述者"概念，能部分解释一些叙述者的叙述语言风格问题，比如认为这样的代言叙述者的语言风格是隐含作者或"写作作者"的。但这种解释很多时候显得很牵强，尤其是叙述者的身份与"写作作者"或隐含作者有明显差异的时候。叙述学解决这个问题的常见方案，是假定对叙述者或人物的思维、语言等的模仿，但更多时候是"不模仿"，或模仿失败。因此，要想有效解决这个问题，恐怕还是需要在叙述文本之外、在"写作作者"那里寻求思路。简言之，《孔乙己》这个文本的叙述语言风格，基本就是"写作作者"鲁迅的语言风格，这完全可以从作为文学家的鲁迅之主要的写作语言风格的总体观照中得到互文的解释。

小　结

《孔乙己》长期以来深受学界关注。除钱理群、严家炎、王富仁、汪辉、王晓明、吴晓东等鲁迅研究专家外，叶圣陶等教育界、叙述理论界的知名专家、学者都对该文本的叙述形式、整体思想的阐释倾注了心血。他们的思考与论述，不少堪称经典，后学难以企及。

本文讨论与前贤有差异的地方，主要体现在《孔乙己》文本阐释的思路上，体现在对该文本一些具体语句意蕴、疑难问题、整体思想的阐释上。这个思路源于对前人相关讨论困境或问题症结的考察结论：解释框架不完善或粗疏。通过对中西叙述学界有关叙述者、叙述视角、叙述声音、叙述眼光讨论的梳理，我们把叙述者、叙述角度与主体声音确定为较好阐释叙述文本的概念工具。应当说，本文从叙述者就叙述内容选择所体现的主体声音的角度对《孔乙己》一些具体语句意蕴的释读，对叙述者"我"回忆时的声音与做小伙计时"我"的声音的态度距离的区分，对作为小伙计的"我"不同主体声音侧面的揭示，就是基于这个概念框架的尝试。

然而，若局限于经典叙述学封闭文本的视野，主体声音也只能推及布斯所说的"隐含作者"。而"隐含作者"这一概念工具实在无法解决从写作方向实证讨论和文本构思、写作有关的副文本信息与文本的形式、意义与思想的联系等问题。不少书面虚构叙述文本思想的深度广度阐释，其叙述语言风格的主体归属，文本中出现的一些难以确定归属的符号标记的解释等，往往需要结合能体现"写作作者"主体声音的副文本信息。在此意义上，我们提出了"写作作者"这一概念。这样，主体声音自然延伸到"写作作者"那里——这个概念，对于戏剧、影视等演述类型也基本适合，只是其构成与形态更为复杂多样。引入"写作作者"可以发现：《孔乙己》的叙述语言风格并非叙述者的，而是鲁迅式的；该文本末出现的时间，也并非叙述者的故事讲述时间，而是作家鲁迅写作该文本的时间；《孔乙己》的深度思想与富于力度的社会、文化批判阐释，不回溯到作为思想家与文学家的鲁迅的基本思想与一贯创作，实在无法进行。本文对钱理群提出的《孔乙己》三个层次的"看"与"被看"叙述模式的完善，则综合了叙述者、叙述角度、主体声音、"写作作者"、态度距离这些概念及其理论框架。

引用文献：

巴尔特，罗兰（2004）．作者之死（林泰，译）．赵毅衡编选．符号学文学论文集．天津：百花文艺出版社．

福柯，米歇尔（2004）．什么是作者？（林泰，译）．赵毅衡编选．符号学文学论文集．天津：百花文艺出版社．

傅修延，刘碧珍（2017）．论主体声音．江西师范大学学报（哲学社会科学版），3，110－119.

胡塞尔（2015）．逻辑研究：第2卷（倪梁康，译）．北京：商务印书馆．

李铁秀（2013）．《孔乙己》叙述人问题另论——一种细读文本与理论兼商榷的新尝试．熊沐涛、肖谊主编．叙事学研究：理论、阐释、跨学科——第二届国际叙事学会议暨第四届全国叙事学研讨会论文集．北京：外语教学与研究出版社．

卢特，J.（2011）．小说与电影中的叙述（徐强，译）．北京：北京大学出版社．

鲁迅（2005）．孔乙己．鲁迅全集：第1卷．北京：人民出版社．

钱理群（2006）．《孔乙己》叙述者的选择．名作重读．上海：上海教育出版社．

申丹（1998）．叙述学与小说文体学．北京：北京大学出版社．

王本华等（2018）．义务教育教科书 教师教学用书：语文（九年级下册）．北京：人民教育出版社．

严家炎（2011）．复调小说：鲁迅的突出贡献．论鲁迅的复调小说．北京：北京大学出版社．

赵毅衡（1998）．当说者被说的时候：比较叙述学导论．北京：中国人民大学出版社．

赵毅衡（2013）．三界通达：用可能世界理论解释虚构与现实的关系．兰州大学学报（社会科学版），2，1－7.

赵毅衡（2018）．论艺术中的"准不可能"世界．文艺研究，9，5－12.

Bal, M. (1997). *Narratology: Introduction to the Theory of Narrative* (2nd ed.). Toronto: University of Toronto Press.

Booth, W. C. (1983). *The Rhetoric of Fiction* (2nd ed.). Chicago: The University of Chicago.

Chatman, S. (1978). *Story and Discourse: Narrative Structure in Fiction and Film*. New York: Cornell University Press.

Chatman, S. (1990). *Coming to Terms: The Rhetoric of Narrative in Fiction and Film*. Ithaca and London: Cornell University Press.

Dornisch, L. (1990). *Faith and Philosophy in the Writings of Paul Ricoeur*. Lewiston: The Edwin Mellen.

Genette, G. (1980). *Narrative Discourse: An Essay in Method*. (Jane E. Lewin, Trans.) New

York:Cornell University Press.

Prince, G. (2003). *A Dictionary of Narratology* (Rev ed.). Nebraska: University of Nebraska Press.

Rimmon-Kenan, S. (2005). *Narrative Fiction:Contemporary Poetics* (2nd ed.). London and New York:Routledge.

作者简介：

伏飞雄，博士，重庆师范大学文学院教授，主要研究方向为解释学、符号学、叙述学、西方文学与文论等。

王星月，重庆师范大学文学院 2020 级硕士研究生，主要研究方向为学科语文。

Author:

Fu Feixiong, professor of College of Arts and Letters, Chongqing Normal University. His academic interests cover the fields of hermeneutics, semiotics, narratology, Western literature and literary theory, etc.

Email:848521545@qq.com

Wang Xingyue, M. A. candidate of College of Arts and Letters, Chongqing Normal University, whose main research focus is Subject Chinese.

Email:2336725543@qq.com

数字化时代的交流叙述：当前与未来①

王委艳

摘　要： 数字技术对于交流叙述有着革命性影响，它改变了叙述的媒介方式和交流方式，使交流成为叙述的常态化存在。数字化叙述的交流性和文本的动态性使作者、文本和叙述者成为一种多层级存在，他们之间的交流关系变得复杂多样。常态跨层成为数字叙述的一种独特叙述方式。在数字化叙述时代，人类的叙述经验积累、知识增殖变得快速、高效。脑机接口和人工智能在叙述中的运用将在未来改变叙述的存在方式和交流方式。

关键词： 数字化时代　交流叙述学　常态跨层

Communicative Narration in the Digital Age: Present and Future

Wang Weiyan

Abstract: Digital technology exerts a revolutionary influence on communicative narration. It has changed the media and communicative mode of narration, making communication a normal existence of narration. The communication of digital narration and the dynamics of text make the author, text and narrator a multi-level existence, and the communication relationship among them becomes complex and diverse. Cross-layer has become a normal and unique way of digital narration. In the digital narrative era, the accumulation of human narrative experience and the

---

① 本文系 2019 年度国家社科基金后期资助项目"交流叙述学"（19FZWB049）阶段性成果。

proliferation of knowledge have become fast and efficient. The application of brain-computer interface and artificial intelligence in narration will change the way of narration and communication in the future.

Keywords: digital age; communicative narratology; cross-layer

数字化从两个方向改变了我们对叙述的认知，其一是叙述的媒介承载方式，其二是叙述的交流方式。数字媒介是一种平台媒介，或者叫作技术媒介，它可以作为诸多媒介的公共融合平台，促成多媒介合作，这样，使得以往单一媒介叙述变成了多媒介叙述，单一媒介文本变成了多媒介文本。同时，它也改变了叙述文本的交流方式，使交流变得多样，其时空被压缩，这意味着在"作者—文本—接受者"的交流循环中，经验的流动方式发生了巨大变化。同时，虚拟平台所形成的在场性交流，使接受者之间获得了一个经验交换空间。如网络视频的弹幕、网游叙述的交流窗口、网络活态叙述的跟帖评论等，就成为一种接受者的交流平台，并同时与叙述文本一起构成了一种新型的接受者文本模式。

一、数字媒介与叙述的结合方式

数字技术的发展为叙述提供了新的表达方式，数字媒介与叙述的结合为叙述提供了新的可能性，二者的结合将改变叙述的生存格局，叙述文本的创造方式、存在方式、流通方式、交流方式等也随之改变。因此，数字技术对于叙述来说是一种革命性变革。那么数字技术与叙述的结合方式如何？这种结合对于叙述来说将产生怎样的改变呢？

其一，平台媒介及其可能性。数字技术通过各种终端设备来表达存在，如电脑、手机、平板电脑、各种存储设备、各种利用数字技术获得功能的设备，等等。这些设备的功能之一是为各种信息提供平台，因此，数字媒介也是一种平台媒介。如果以平台来看数字技术，那么它为各种叙述类型提供了新的表达方式、传播渠道、接受渠道等。作为单一平台的数字技术并不改变原叙述文本的内容，而是为原叙述文本提供平台支持。例如传统纸质文本的叙述作品可以通过数字化进行网络传播，其他叙述类型，如电影、电视剧、庭辩、体育等均可以通过数字化网络进行交流传播而不改变原叙述文本的内容。这是一种简单的结合，传统叙述类型可以利用数字技术获得新的存在形态、传播方式和接受方式，但叙述文本自身不受影响。但是，如果仅仅把数字技术及其终端看成是一种平台，那么我们就低估了数字化叙述的价值与发展前景。因为，数字技术带给叙述的不仅仅是媒介手段的变化，更重要的是从叙述文本的创作方式、表达方式、传播方式、接受方式、意义生成方式等，到叙述者、叙述文本、接受者等的一系列革命性变革，使得对叙述的各种元素的传统认知都发生了彻底改变。这就是数字化带来的各种可能性，且这种可能的改变不是停止了，而是加速了。此外，数字技术与其他科技，如生物技术、量子技术等相结合，产生了改变人类各种传统生活方式的科技，使数字化叙述成为一种发展中的叙述方式，并存在多种可能性。

其二，互动叙述文本。数字技术与叙述的结合产生互动文本。数字技术改变了叙述文本的创作方式，网上创作与交流使叙述文本在交流中的反馈速度加快并影响创作。数字技术还生成网络叙述接龙，如接龙小说，使集体创作成为可能。同时，数字技术作为一个平台，可以使叙述文本增加新的表达方式，如改变传统小说文字叙述方式，增加图片、动画、链接等，使小说的形态发生改变。超文本小说更是把叙述选择权让位给读者，这样每一位读者眼中的故事都不同。因此，数字技术使"交流性叙述文本"成为可能。网络互动为叙述增添了新的元素。互动叙述文本从两个方面改变了叙述文本的存在方式：其一，从作者角度来说，互动叙述文本的作者是不固定的，互动文本是在多人或者不确定人数参与下形成的，其意义存在不确定性，隐含作者成为一种"群体性"存在；其二，从接受者角度来说，互动叙述文本的作者和接受者界限模糊，接受者获取意义的方式变得多样，叙述文本的意义也在这种不确定和模糊的状态下变得不可预知。互动叙述文本在关注文本自身带来的意义之外，还有一种更重要的意义，即互动文本的产生过程成为参与交流叙述的人追求的目标，相比意义，也许他们更在意互动过程带来的接受愉悦，甚至过程本身成为交流叙述的全部价值。

其三，扩增符号能力。传统叙述媒介下，单一符号能力有限，利用数字技术和网络传播就不同了，数字技术可扩增符号的表达能力，可进行多种符号类型的协同参与，使叙述文本成为多符号文本。一个叙述文本中，可以有文字、有图像、有视频，可以插入背景音乐，可以进行知识链接等。符号能力的扩增带来的最直观的效果是叙述文本的丰富性与多样性，而其意义也随之丰富。

其四，新叙述类型。数字技术与叙述的结合催生新的叙述类型，如网络小说、超文本小说、网络游戏、互动小说、直播、活态叙述等。这些叙述类型兼具数字网络和叙述的特征，成为新的叙述形态。

上述数字技术与叙述的结合使叙述呈现新的状态。但必须清醒地认识到，二者的结合并不是一种对二者特征的综合利用，而是会产生更深层次的问题。正如玛丽－劳尔·瑞安指出：

> 数字化对叙事的影响不是一个提出新逻辑的问题，而是在媒介和叙事内容的形式与实体找到正确契合的问题。每种媒介都有其最适合的主题及情节类型：你不能在舞台上、写作中、对话中、上千页的小说中、长达两个小时的电影中及连播好几年的电视剧中讲述同样的故事类型。新媒体叙事的研发者面临的最紧迫的问题是：找到什么样的主题和什么样的情节可以恰当地利用媒介的内在属性。（瑞安，2019，p. 326）

媒介与叙述的契合，利用媒介的内在属性生成新的叙述类型，也许正是数字技术与叙述结合的真正意义所在。而这种叙述类型也正在发展进行之中，网络小说、网络游戏、超文本小说等靠交流互动获得存在的叙述类型正是得到了数字媒介内在属性的支持。

新的叙述类型、传统叙述类型的新方式等这些数字媒介与叙述结合产生的新的叙述现象也许只是数字化叙述的表象，其内在的运行、生存、审美、道德、价值观、交流方式等则是需要进一步思考的新方向，这也是数字化叙述带来的新问题域。长期以来建构其上的叙述理论基础受到挑战，一些被认为根深蒂固的观念遭遇根本性动摇。数字化叙述的革命性正在于此。

二、作者层级、文本与叙述者诸问题

当交流互动成为数字化叙述存在方式的时候，叙述者的地位就受到了挑战。在经典叙述学和后经典叙述学视野下，叙述者似乎是一个确定的概念，在叙述文本中能够获得一个比较清晰的身份，但在一般叙述框架下，尤其是在进入数字化叙述阶段的时候，我们不得不重新思考作者、文本、叙述者诸问题，这些叙述学研究中的基本概念已经超出了原来的理解范围，有了新的内涵。

首先，关于作者问题。普林斯给"作者"下了一个定义："叙述的制作者或创作者。不能将真实或具体的作者与叙述的隐含作者（IMPLIED AUTHOR）及叙述者（NARRATOR）相混淆，与后两者不同，真实或具体的作者并不内在于叙述文本之中，也不能从叙述中推演出来。"（普林斯，2011，p. 18）也就是说，作者是不能通过倒推获得的，具有不可逆性。同时，作者也是确定的，确定的叙述文本和叙述具有确定的作者。这似乎是一个无须讨论的问题，因为按照经典和后经典叙述学的理解，叙述文本是一种确定性存在，并且是一系列概念系统的基础。但叙述扩容、一般叙述学研究框架建立之后，尤其是在叙述与数字化的结合越来越紧密的当下，基于交流叙述学的视野，稳固的叙述文本受到冲击，叙述的动态性使得作者变得游移不定，以前的稳固概念开始坍塌，作者问题就会被重新思考。

在数字化叙述中，互动性成为数字化叙述文本的基本存在方式，叙述文本是变化的、动态的，它首先有一个"超级作者"，即叙述文本的原始作者，但他并非所有完成性叙述文本的作者，而只是一个参与者，例如超文本小说，其最后的叙述文本的作者是"超级作者"和读者（即在读者参与下形成叙述文本）。之所以称为"超级作者"，是因为他是总文本的制造者，但又不是最后成型文本的作者，诸多成型文本是在诸多读者能动参与下完成的，这些次级叙述文本的作者可称为"次级作者"。

其次，超级叙述文本。超级作者创造的叙述文本称为超级叙述文本。超级叙述文本不同于对传统的文字符号文本进行简单的数字化处理，让其在存储、传播、阅读等方面获得新形式，而是把叙述与数字化特征结合起来，"通过把数字的动态性特征整合为文学表意结构的一部分……拓宽了文学的表现范围。通常来说这种文学根本无法用印刷形态来出版的"（考斯基马，2011，p. 2）。传统的叙述类型经过数字化处理获得新的存在形态并融合了数字技术的特征，这种叙述文本也可称为超级叙述文本，接受者按照各自的理解和进入他们眼中的包括叙述文本本身在内的各种材料，组成新的"接受者文本"（多数情况下是一种"抽象文本"），这种"接受者文本"就是"次级叙述文本"。而对于那些深度融入数字化的叙述类型，如网络小说、超文本小说、网络游戏、网络活态叙述等来说，超级叙述文本就是类似于由叙述材料和叙述方式构成的"材料库"，是一种"未完成"文本，它的完成靠接受者交流互动下的选择与组合，那么这种接受者完成的叙述文本也是"次级叙述文本"。很多时候，这种次级叙述文本是创造它的那个交流参与者"独享"的，但他如果把这种文本讲述出来，也可以与其他接受者共享。

最后，叙述者问题。叙述者属于文本元素，这是理解叙述者的根本。关于叙述者，普林斯有一个简单界定："文本中所刻画的那个讲述者。"（普林斯，2011，p. 153）叙述者可以是固定的，也可以是动态的。固定的叙述者一般是指一个叙述文本有一个固定叙述者，这是一种单一叙述者。动态叙述者有两种含义，其一是普林斯所解释的："在某一特定的叙述中，也可能有数个不同的叙述者，每一个叙述者轮流向不同或相同的受述者讲述。"（p. 153）简单来说，就是一个叙述文本有两个以上叙述者，讲述处于动态变化之中。其二，在数字化叙述中，叙述文本的不确定性导致在超级叙述文本下的各种次级叙述文本的叙述者不同，这是一种时刻处于变化中的叙述者，叙述文本与叙述者都处于动态变化之中。在经典叙述学和后经典叙述学理论中，叙述者并非一个太复杂的概念，但在数字化叙述、交流叙述学等新的研究背景下，这一概念变得复杂了。不过传统对叙述者的理解，如戏剧化叙述者（故事内）、非戏剧化叙述者（故事外）等也同样适用于数字化叙述和交流叙述。

由上述对作者、文本、叙述者几个基本概念的重新理解，可得出下面的关系：

超级作者→超级文本→次级作者→动态叙述者→动态叙述

文本→次级叙述文本→次级叙述文本集合

在这种作者、叙述者、文本的层级关系中，交流是其核心特征，包括超级作者与次级作者之间的交流、次级作者与超级文本之间的交流以及次级作者之间的交流，等等。动态性、交流性、不确定性、包容性等是数字化叙述的主要特征。在作者与接受者的交流关系的历史中，对于解释主导性的权力争夺引申出很多理论话题，到了接受美学，接受者被提到与作者同等重要的地位。在当今数字化时代，作者与接受者界限变得模糊不清，而对于谁是解释的主导方人们也不再纠结，因为谁都可以成为新文本的创造者，权力关系随时可以反转，再纠结解释权变得没有价值。适宜的方式是接受这种局面，并站在新的起点上来审视影响意义产生的各种因素。

三、数字化叙述中的"常态跨层"

叙述文本的叙述层次是其存在的基本状态，任何叙述文本都是高叙述层的叙述行为产生低叙述层的故事文本，例如"作者—叙述者—故事"是一个简单的叙述层级，而有的叙述文本的叙述层级更复杂，且叙述者与故事的关系也不一样，有的是戏剧化叙述者，有的是非戏剧化叙述者（故事外叙述者）。本来每个叙述层级有各自的世界，不可打破，如作者不能干预叙述者的叙述，叙述者不能干预故事中的人物，就像电影的导演不能出现在镜头之内、鲁迅不会出现在孔乙己的故事中一样。但当叙述层级之间的边界被打破，就意味着出现了跨层。

在数字化网络时代，多媒介融合在数字化平台成为现实，图像、声音、文字符号等媒介都可以经过数字化处理在电脑终端实现融合。数字化网络不仅是一种交流渠道，而且是一种融合平台，具有"渠道＋平台"双重功能。同时，作为网络的组成部分，每个人都有机会参与这种数字化平台的建构。数字化叙述文本靠交流获得存在，交流成为数字化叙述基本的存在方式。叙述文本作者、接受者、叙述者等的身份变得模糊不清，"跨层"叙述成为一种常态化存在。

赵毅衡先生对"跨层"这样解释：

> 跨层是对叙述世界边界的破坏，而一旦边界破坏，叙述世界的语意场就失去独立性，它的控制与被控制痕迹就暴露出来。只有边界清晰的叙述世界才有能"映照"（mapping）经验世界。

> 跨层意味着叙述世界的空间－时间边界被同时打破，因此在非虚构的记录型叙述（例如历史）中，不太可能发生跨层。如果人物活着，对历史作家不满意，他的批评只能形成为一个文本，不可能出现贾雨村那样"当面"指点空空道人的例子。（赵毅衡，2013，p.276）

对于传统的叙述文本而言，跨层意味着叙述出现了某种意义上的"混乱"，在交流叙述中，它无疑将交流的层次从故事层转到了叙述层。同时，跨层是一种"叙述事件"，其本身也携带某种意义，因此，跨层在交流叙述中有一定的交流价值。虽然如此，传统叙述文本中，跨层并非一种常态现象。在数字化网络时代，跨层已经成为一种常态化存在，因为很多数字化叙述靠交流获得存在，而互联网技术又使交流成为一种即时性存在。赵毅衡先生说的跨层的"时间悖论"（赵毅衡，2013，p.278）在网络活态叙述、网络直播、电视直播等叙述类型中几乎不存在，叙述中上层叙述侵入下层叙述或者相反的现象都经常发生。在网络活态叙述中，处于接受层的网民都有可能参与叙述事件之中。这是一种"常态跨层"。

数字化网络叙述为叙述的双循环交流带来了新的模式。文本内与文本外交流的边界变得模糊不清，跨层交流的层次性在某些情况下难以分辨。作者层级带来的冲击之一是叙述文本作者的不稳定状态，作者、接受者的身份可以转换，可以反转，交流叙述的双循环模式也会发生改变。因此，跨层也成为一种常态。

在数字化网络时代，常态跨层之所以存在，根本原因在于数字叙述文本是一种动态文本，甚至是一种未完成文本，它在与接受者的交流中获得存在，或者通过交流获得完整的形态，这意味着传统叙述文本的自足性被打破，接受者参与了叙述文本的建构，叙述文本的内、外交流界限被打破，文本内、外双循环交流界限模糊。由于作者和读者之间的界限没有了，交流就成为一种个人行为，或者说交流本身就是写作：人与超文本的交流，结果就是新的叙述文本的诞生，但这种叙述文本具有个人性和私密性，一般情况下不与其他人分享；网民参与网络事件、直播事件，其数量、参与度等成为推进这些叙述进程的重要动力，如此等等。

综上所述，因数字化而产生的新的叙述类型打破了传统叙述模式与文本存在的方式，使其存在的时间、空间和文本元素发生了非常大的变化，因此，其叙述方式变化带来了各种新的问题，交流性更加突出，常态跨层就是交流性增强而出现的结果之一。

四、数字化叙述的经验累积方式

叙述经验的获得从来不仅仅是文本内部的事，围绕文本，多种因素综合形成了叙述经验，尤其是数字化网络叙述的快速发展，为叙述经验的更新与循环提供了广阔的平台与快捷的速度，其内涵有二：其一，传统叙述类型的数字化使这些叙述的经验继承与更新的"梭式循环"有了新的特点；其二，数字化网络条件下产生的新的叙述类型，其经验视野的"梭式循环"有不同于传统的新方式。

第一，传统叙述文本数字化是指对传统叙述文本经过数字化处理，使其更有利于网络传播，或者使传统叙述文本的传播方式发生改变。这种改变带来的变化是非常明显的，如传统媒介的纸质文本，其携带、阅读等都会受到限制，但经过数字化处理之后，这些文本可以海量存储于各种电子设备，如手机、电脑、平板等中，携带方便，且大多数设备具有显示功能，使用者可以随时随地调阅文本，非常便利。同时，数字化文本可以通过互联网远距离传播。所有这些都为叙述交流提供了方便。在此背景下，对于作者和接受者来说，叙述经验的增殖速度和方式就发生了革命性变化，从个人经验转化为公共经验的途径、方式也发生了变化。从途径方面来说，数字化时代经验的获取和累积途径更加多样，任何电子传媒终端，如电脑、手机、平板、电视等都是有效且高效的途径。从方式上来说，传统叙述经验要想转化为公共经验，接受者须习得经验载体（作品）并将之转化成个人能力，再将这种能力以新的作品呈现出来。数字化时代，叙述经验的传输时间缩短，接受者可以通过各种渠道，如网络发帖、评论、弹幕等，呈现自己习得的经验。

第二，数字化网络时代，新的叙述类型使经验视野的"梭式循环"有了新的内涵。网络活态叙述、网络小说、网络游戏、网络直播等新叙述类型，使叙述与接受的时间差缩短，甚至可以忽略不计，接受者可以即时将自己的接受效果通过点击、评论等方式直观呈现，叙述者和接受者之间的交流变得及时甚至同步，无论是叙述经验还是接受经验都会很快转化成公共经验。有些叙述类型，如网络游戏，由于叙述者与接受者合二为一，其经验往往具有私密性，这种经验可通过网络游戏的讨论社区公开而成为公共经验。

数字化时代，人工智能的发展日新月异，机器人具有了学习能力，经验视野的"梭式循环"就会变得更加复杂。尤其是当人工智能可以自动汇聚超文本材料，不需要人参与的时候，经验就变成了可以量化、可以计算的存在。

总之，随着数字化时代的深入发展，得益于数字化处理技术，人类的经验积累、知识增殖变得快速、高效。数字化时代叙述经验的积累和传承方式是交流叙述学的研究内容之一，因为涉及多学科的相互渗透和交叉，也是非常不容易说清楚的部分。跨学科研究是数字化时代叙述学研究的新课题，也是一般叙述学研究的题中应有之意。

五、脑机接口与人工智能写作

现代生物技术与人工智能技术的发展，改变了包括叙事在内的传统的文学艺术表达方式，一些无法靠传统方式创作的叙述性作品在新的技术条件下得以实现；同时有些叙述类型，如梦叙述等，在将来则会以某种符号方式呈现出来；而有些叙述类型，如人工智能叙述会产生新的叙述方式。如此等等，会给叙述带来革命性变化。不得不说，未来的技术发展会极大影响叙述的方式与类型，并会产生新的问题与挑战。

人脑与电脑互联有三种方向：其一，人脑产生的信号被数字技术捕捉并转换成文字、图像等信息；其二，电脑中的信息经过数据化处理置入人脑之中，使人脑获取特定的知识和信息；其三，人与电脑互动，即电脑通过感应元件捕捉人的各种反应，如眼睛、表情等的变化，并把这些变化转换成终端交流信号。例如通过人－机互联头盔让人体验虚拟现实：

> 虚拟现实的典型道具是一个头盔（helmet），上面有两个护目镜（goggle）般的显示器，每只眼睛对应一个显示器。每个显示器都显现稍微不同的透视影像，与身临其境时的情景完全一样。当你转动脑袋的时候，影像会以极快的速度更新，让你感觉仿佛影像的变换是因你转头的动作而来（而不是计算机实际上在追踪你的动作，后者才是实情）。你以为自己是引起变化的原因，而不是经由计算机处理后所造成的一种效果。（尼葛洛庞帝，2017，p. 113）

由此可知，一个叙述化过程要靠人－机互动来完成，可以想见，在人工智能技术支持下，各种类型的叙述都可以以这种方式完成。

对于文学创作和接受来说，这其实有两方面的意义：一是改变了传统文学创作方式，且这种改变不是简单的写作方式的变化，而是携带了与传统创作方式不同的创作结果，即某些难以表达、不能表达的内容也许可以通过数字化技术得以实现，也就是说，脑机接口方式的文学创作有了新技术条件下新的表达方式和内容；二是改变了文学交流方式，电脑信息置入大脑改变了之前大脑处理信息的方式以及传统的文学交流模式（无论是面对面交流，还是接受者与文本之间的交流）。也就是说，交流方式已经内化。

除了人脑与电脑互联，另一种改变叙述创作与交流方式的是人工智能写作。人工智能通过对某种写作风格的大数据统计与分析，使个人风格不再神秘，风格、体裁等具有某种文体规范性的元素变成了某种可以复制的规范化程序，从而实现对人的写作的模拟。文学体裁的规范化在人工智能这里成了可以设计的规范化程序，使人工智能写作成为这种规范化程序下的生产流水线。例如机器人“小冰”创作的诗歌几于乱真，甚至还出版了诗集。还有人在尝试让机器人写小说。虽然不可能百分百代替某个人，但人工智能却可以在很大程度上对其风格进行模仿，并做到真假难辨。人工智能写作使传统文学创作的各种价值规范受到前所未有的挑战，使作者、隐含作者、（不）可靠性、写作伦理等问题需要重新定位和思考。

第一，人工智能写作从创作方面挑战了传统的创作模式。在传统的创作模式中，作者是一个核心要素，其天赋、秉性、人生经历、文化修养、价值观等都会影响作品的表达。传统的文学研究中，“知人论世”是一种较为普遍的立场，对于作家个人状况、社会活动等的分析往往会影响对于其作品价值的判断。当人工智能被引入文学创作，作者就成为一个比较复杂的对象。人工智能写作首先要靠一整套复杂的程序，其次要靠海量的资料存储，所有这些均是一种技术性存在。人工智能写作的创作者是一种“双层作者”，即程序作者和文本作者。程序作者是程序设计者，他负责将文学中的“规范”（类似于赵毅衡先生提出的“底本二”）按照其目的进行程序化设计，然后输入海量的原始资料，这相当于一种资料库（类似于赵毅衡先生的“底本一”）。这样，人工智能机器人的“程序＋资料库”就构成了一种“原始底本”。这里我们可以看到，“双层作者”实际上摈除了传统的附着在作者身上的各种“软元素”，如经历、情感、审美情趣、社会关系等，取而代之的是一整套编码系统。但这套系统需要某种触发因素才能启动，这种触发因素就是人。

第二，人工智能创作需要触发者。人工智能机器人并不能自动进入创作状态，因为它缺乏人的动机、灵感等触发写作的"软元素"。这就需要人协助它完成这种触发程序，比如输入"题目"等。这是一种比较独特的交流模式，即人与机器人为完成某文学作品而进行交流。这里的触发者是一个难以定位的角色，我们可以把他看作作者的一部分，即他与机器人共同完成创作；也可以将他看作接受者，即他进行"有目的"的触发，比如设计"题目"等。也就是说，人工智能的触发者挑战了"作者－接受者"的角色区分，模糊了二者的功能。

第三，靠交流获得生存。由上述触发者角色可知，人工智能写作要靠人－机交流获得存在，这里的交流更像一种写作游戏，很大程度上人工智能创作文学作品是触发者为了某种目的而进行的文学游戏，触发者本人就是接受者。但我们不能排除人工智能作品有其他的接受者，比如机器人"小冰"出版的诗集的读者。但必须指出，机器人创作根本上是靠交流获得存在的一种创作模式，无论源始的触发人以何种方式触发了机器人的"创作"，这一程序是必须存在的。

第四，人工智能写作是一种发展中的写作方式，其发展与现代化的智能技术密不可分。人工智能写作本身是一把双刃剑，一方面它为文学创作的智能化提供了一种新的方向，同时为文学交流带来了一种新模式，并使文学游戏成为可能；另一方面它挑战了传统文学创作与交流的方式，破坏了文学赖以生存的价值系统，如情感、审美等，当一种有温度的文学活动变成一种"程序＋资料库"的组合，那么文学的未来将会如何？因此，人工智能写作给我们带来新体验的同时，也使我们陷入深深的忧虑。

第五，量子写作。量子叙述（写作）是将量子技术运用于叙述，使叙述获得新的表达方式和接受方式。量子纠缠是量子技术中的重要内容，量子纠缠现象进入叙述领域，叙述文本的产生就会出现新的情况，如梦叙述的还原，即通过量子设备将人的梦还原为文字或者画面；死去的人附在活着的人身上讲话，甚至讲那些活着的人不可能知道的故事（这通常被看作"迷信"）；等等。量子叙述无疑会颠覆叙述者或者作者的传统认知，说话的权力关系变得游移不定，甚至判断话语的权力关系成为交流叙述的首要之事。

综上所述，无论是人－机互联、人工智能写作还是量子叙述，都给叙述交流带来了革命性变化，我们很难对这种变化作一种一劳永逸的理论表述，但变化确实是有目共睹的，技术的进步带来的理论难题也会随之凸显，一般叙述学研究作为一种跨学科研究也会随着叙述的发展而不断拓展研究视野、创新研究方式。

引用文献：

考斯基马，莱恩（2011）. 数字文学：从文本到超文本及其超越（单小曦，等译）. 桂林：广西师范大学出版社.

尼葛洛庞帝，尼古拉（2017）. 数字化生存（胡泳、范海燕，译）. 北京：电子工业出版社.

普林斯，杰拉德（2011）. 叙述学词典（乔国强、李孝弟，译）. 上海：上海译文出版社.

瑞安，玛丽－劳尔（2019）. 跨媒介叙事（张新军、林文娟，等译）. 成都：四川大学出版社.

赵毅衡（2013）. 广义叙述学. 成都：四川大学出版社.

作者简介：

　　王委艳，文学博士、博士后，信阳师范学院文学院副教授，硕士生导师，研究方向为当代文学理论与批评、叙述学。

Author:

　　Wang Weiyan, Ph. D. , associate professor of College of Liberal Arts, Xinyang Normal University. His research focuses on contemporary literary theory and criticism, and narratology.

　　Email：wangweiy04@163. com

论《多嘴多舌》中的原住民生命书写

王雪峰

摘　要：《多嘴多舌》是澳大利亚原住民作家梅丽莎·卢卡申科的新作，获得了 2019 年澳大利亚最高文学奖——迈尔斯·弗兰克林文学奖，其中译本于 2021 年出版。本文着力讨论《多嘴多舌》中的原住民生命书写。首先简要论述何为原住民生命书写，然后分别论述原住民生命书写中的两大叙事特征：非自然叙事与代际合作叙事。最后总结全文：原住民生命书写关注原住民的历史、文化以及身份问题，这些都展现了原住民在道德和政治上敢于反抗白人话语霸权的精神。

关键词：《多嘴多舌》　原住民生命书写　非自然叙事　代际合作叙事

On Indigenous Life Writing in *Too Much Lip*

Wang Xuefeng

Abstract: *Too Much Lip* is the latest novel by Australian indigenous writer Melissa Lucashenko. The novel won the 2019 Miles Franklin Literary Award. Its Chinese version was published in 2021. This paper tries to analyze indigenous life writing in *Too Much Lip*. It first gives an overall explanation of what indigenous life writing is. And then it respectively deals with the two major narrative features of indigenous life writing in this novel—unnatural narrative and intergenerational collaborative narrative. The paper wraps up by saying that indigenous life writing focuses on the history, the culture, and the identity issue of indigenous people, all of which demonstrate the spirit of indigenous people who dare to fight against the hegemony of white discourse both morally and politically.

Keywords: *Too Much Lip*; indigenous life writing; unnatural narrative; intergenerational collaborative narrative

　　梅丽莎·卢卡申科（Melissa Lucashenko）出生于澳大利亚昆士兰州首府布里斯班市远郊，有着欧洲与原住民血统，是澳大利亚著名的原住民作家。和许多原住民文学作品一样，卢卡申科的作品带有强烈的历史责任感，其作品映射出"当今澳大利亚在制度和个体上的种族歧视、刻板印象、社会不公的问题，以及当代澳大利亚社会对于原住民的社会决定性看法仍然根深蒂固的现象"（Wheeler，2013，pp. 113−114）。《多嘴多舌》（*Too Much Lip*）以第三人称全知视角，讲述了索尔特家族当下的生活，并引出了几代人的故事。主人公凯瑞·索尔特在得知爷爷死讯后回到家乡，试图理解这个完全不处于正常状态的家。凯瑞的母亲靓玛丽是家族历史与原住民文化的诉说者与守护者，并十分排斥基督教；小弟黑超人是同性恋；肯尼大哥生性暴力，他的儿子沉溺于网络游戏且患有神经性厌食症；而姐姐唐娜早已失踪多年，不知去向。凯瑞在返乡期间爱上了白人小伙史蒂夫。当得知市长吉明·巴克利准备在将要安葬爷爷骨灰的爱娃岛上建造一所监狱时，全家人齐心协力，奋起反抗，就此，那些被历史埋藏的记忆与创伤以及爱与救赎便一幕幕呈现在纸上。

一、定义原住民生命书写

　　自 20 世纪 60 年代以降，原住民作家的"生命书写"在澳大利亚文坛兴起，在随后 30 年达到繁荣期。原住民文学受到欧美国家读者与学者的广泛关注。尽管格雷姆·哈根（Graham Huggan）指出，这种现象可能是因为长期处于主导地位的欧美文化对弱势文化怀有的消费心态和窥私欲而形成的（Huggan，2001，p. 155），但是毫无疑问，原住民文学正在世界的舞台上大放异彩。国内的研究主要聚焦于澳大利亚的主流白人作家。有学者关注到了澳大利亚的华人离散作家，如布莱恩·卡斯特罗（Brian Castro），也有学者开始研究少数属于边缘文学的原住民作家，如拥有华人血统的原住民作家亚历克西斯·赖特（Alexis Wright）（Birns，2015，p. 73）。但是在这一方面，国内研究热度相比国外可以说是远远不及。在此背景下，在国内开展原住民文学研究成为必要。

原住民书写从诞生那一刻开始，便是为政治服务的。在第二次世界大战之后，澳大利亚的原住民积极分子便将注意力放到了国内对原住民公民权利的争取和废除原住民保护与福利委员会（Protection and Welfare Boards）的运动当中。20世纪60年代，黑人政治与书写（black politics and writing）在全球范围内开始激进化，尤其在美国黑人民权运动与南非反对种族隔离运动的影响与鼓舞下，澳大利亚的原住民书写也冲在了反对与抗议白人政府权威与霸权的最前线。因此，在当代澳大利亚文学的总体架构中，原住民文学是作为一种反抗白人主流文学的对抗性话语而出现的（王腊宝，2002，p. 141）。

在几乎所有的原住民小说中，原住民生命书写（Indigenous life writing）成为其共有的叙事特征，它已然超越了欧美文学传统意义上的传记或自传，而将历史的创伤、当下的生活与对未来的憧憬汇聚在文本的层层叙事中，并与原住民传统文化积极互动。原住民作家专注着展示历史不公的主题，他们在任何体裁的作品中都试图强调一个可敬的、独立于白人历史之外的原住民历史的概念（Shoemaker，2004，p. 128）。原住民生命书写指个人叙事（personal narrative），即以原住民自己的生活经历为原型的叙事。这类记录自我或者他人生平的叙事将书写生活与书写历史有机结合起来，刻画出原住民的个人与集体身份；它既可以是连贯的、遵守时间顺序的，也可以是零散的、违背时间顺序的（Wheeler，2013，p. 53）。原住民生命书写包括自传/传记、白人记录原住民口述历史的合作项目，以及用各种形式呈现的原住民社区和集体生活叙事，如回忆录、忏悔录、创伤叙事、证词、部落史等。摩根·布里格（Morgan Brigg）指出："西方传统注重以演讲与文字来建构一种以生活为中心的政治，而澳大利亚原住民传统则强调以土地与祖先来建构一种围绕故乡而形成的政治。"（p. 19）

笔者发现，原住民生命书写有着以下显著特征：一方面虚构，另一方面非虚构；一方面有着笼罩于后殖民阴影下的哀悼与创伤，另一方面坚持与原住民文化传统进行互动，并在文本中将其再现与恢复；一方面将原住民文化中的超自然现象写入甚或以其改写现代生活，让（白人）读者感到不解与迷惑，另一方面又试图"讨好"（白人）读者，尽可能让文本对他们而言更易接受；一方面极力书写个人生活，另一方面又必须要冒着丧失主体性的风险与其他的声音进行互动。但就是这些相互矛盾的特征所产生的张力，赋予了原住民生命书写独特的魅力，并引起全世界范围的广泛关注。

二、原住民生命书写中的非自然叙事

所谓非自然叙事，也就是"反常"的叙事，指的是有违现实世界可能性的叙事。这种对现实的违背有可能是存在层面的，也有可能是逻辑层面的（申丹，王丽亚，2010，p. 230）。卢卡申科在《多嘴多舌》的原住民生命书写中创造了一系列在存在与逻辑层面"不可能"的场景，形成跨文化语境下的非自然叙事，刻画出白人眼中"不可能"或"非自然"的场景，塑造出原住民的个体身份与集体身份，从而化"不可能"为"可能"，移"边缘"至"中心"，在道德和政治上发出原住民自己的声音。

　　首先，有必要对非自然叙事的主要流派观点以及非自然叙事在本章节的定义做一个简要的说明。根据布莱恩·理查森（Brian Richardson）的分类，非自然叙事主要分为本质派和非本质派，以理查森为代表的本质派理论家视违背叙事（话语与故事）常规为非自然叙事的首要特征，同时不否定其他如心理上、文化上以及意识形态上的特点。以杨·阿尔贝（Jan Alber）为代表的非本质派理论家寻找的不是解释非自然事实在认知上的作用，以及判断它们的意义。在阿尔贝看来，如果叙事包含在物理和逻辑上不可能的事件或场景，那么这样的叙事便是非自然叙事。然而，读者对一个文本是自然还是非自然的判断是十分主观的，这本就与其自身文化背景和所处时代有关。所以这里的争议在于：文本到底对谁来说是非自然的？阿尔贝热衷于在自然化的基础之上解释非自然，并申明大多数文本中的非自然叙事已被自然化；而理查森认为，只要有超越自然世界的非自然情况，那么非自然叙事或反模仿叙事（anti-mimetic narrative）就不可能被自然化或常规化。基于对原住民文学的叙事分析，多罗西·克莱恩（Dorothee Klein）在安德里亚·莫尔（Andrea Moll）的基础上将原住民文学中的非自然叙事纳入了跨文化交流中，重视原住民作者与非原住民读者之间的文化差异。在她看来，一个文本是自然还是非自然，取决于文本信息发出者与接收者各自的"文化百科全书"（cultural encyclopedia），即一个人所处的文化背景决定了其对于现实世界的概念与关于虚构世界的文学知识（Alber ﹠ Richardson，2020，p. 55）。但是，克莱恩更多的是关注原住民文学中的不可能对非原住民（尤其是白人）读者产生的陌生化效果，而忽略了非自然叙事对原住民自身传统文化的积极建构作用。在此基础之上，本文将原住民文学中的非自然叙事定义为：原住民文学中的非自然叙事通过向（原住民与非原住民）读者呈现一系列在逻辑与存在层面不可能的场景与事件，在文本中尝试修复原住民传统文化，并通过（非原住民）读者的阅读达到跨文化交流的目的。

　　小说开始，作者便为我们呈现了半蛇半鸟的乌鸦操着土语与凯瑞对话的非自然场景。乌鸦要求凯瑞讲邦家仑语以证明她是好人，而在凯瑞用邦家仑语回答道"我土话说得太烂"之后，半蛇半鸟的乌鸦犹豫了，另外两只乌鸦也吼着"骗局"。乌鸦说话的场景在文中出现多次，小说最后索尔特一家更是将肯尼的血献祭给突然开口说话的鲨鱼"大夫"。原住民作者通过将传统文化写入当下生活，在文本中恢复原住民传统文化，造成了过去与现在的交错，从而将小说叙事中的时间与空间无限延展至古老的梦幻时期（Dreamtime），爱娃岛这个有限的空间也赋予了无限的意义。小说中，作者显然给原住民传统文化赋予了非自然的场景与事件。以下是小说第一章中乌鸦与凯瑞的部分对话场景：

原文：

'Yugam baugal jang! Wahlu wiya galli!' the luckless crow complained. *My beak's no good. You could help a bird.*

Kerry looked around the deserted road.

'Yugam baugal jang! Buiyala galli! Yugam yan moogle Goorie Brisbanyu?' *You could help, instead of sitting up there like a mug lair from the city.*

Kerry looked around again. The waark hopped up and down in rage.

Then the second crow chimed in, dripping scorn.

'It's no good to ya, fang-face. Can't talk lingo! Can't even find its way home! Turned right at the Cal River when it shoulda kept going straight. It's as moogle as you look.'

'How the hell do you lot know where I've been?' Kerry retorted. Back in town five minutes and the bloody wildlife keeping tabs on her already. The second crow preened as it gave her a self-important sideways glance.

'Us waark see all that happens. We see the platypus in his burrow at midnight. We see the dingo bitch in her lair under the new moon; we see—' (Lucashenko, 2018, p. 8)

中译本：

倒霉的乌鸦操着邦家仑族土语抱怨道："我的嘴废了，你难道不可以帮一下我这只鸟吗？"

凯瑞看了看空无一人的大路。

"你可以帮一下忙吗？不会是城里来的傻蛋只知道呆坐着吧?"

凯瑞又环顾了一下周围。乌鸦愤怒地跳来跳去。

第二只乌鸦插话，不屑溢于言表。

"你有什么用？龇牙咧嘴的，连土话都不会讲！回家的路也不知道！到了卡河，应该直走，你却朝右拐了。看你要多蠢就有多蠢。"

"你他妈怎么知道我从哪里来？"凯瑞反驳道。刚到了镇子五分钟，就有野鸟来管她的闲事。第二只乌鸦用嘴梳理了一下羽毛，自以为是地斜眼看了一下凯瑞。

"我们乌鸦无所不知。鸭嘴兽深更半夜在洞里的一切我们一目了然。野母狗在一轮新月下在狗窝里……"（卢卡申科，2021，p.5）

我们需要借助英语原文来理解非自然叙事在这里起到的作用。原住民相信，人类是自然的一部分。一些原住民文化中特有的非自然场景与事件不仅存在于神话中，也组成了当代原住民城市小说中重要的一部分（Alber & Heinze，2011，p.264）。选段中，乌鸦说话的场景对于读者来说是十分不自然的，对于非原住民读者来说尤其如此，不仅因为该场景在文本中被作者直接呈现而未加任何解释，更因为乌鸦说的是原住民语，英语只是翻译给凯瑞以及文本外不懂原住民语的读者看的。由于早期欧洲殖民者对原住民的肆意掠杀，以及在历史上白人政府对原住民（尤其是年轻一代）实行的教育同化政策，大部分的原住民语言已经消失或濒临消失，正因如此，原住民自己也很少使用原住民语言沟通交流。作者通过"乌鸦说邦家仑土语"并"嘲笑凯瑞听不懂土语"的非自然场景将原住民濒临灭绝的语言重现在文本中，并通过"凯瑞不懂土语"映射了白人在历史上对原住民的同化甚至屠杀政策。乌鸦在原住民的书写中是一个普遍的意象。对于小说中的原住民来说，乌鸦是强大的、无所不知的，从以上选段中我们便可以看到乌鸦在凯瑞归家时的引导作用，它们更是靓玛丽等原住民眼中的神鸟。除此之外，理查德大舅将肯尼的血献祭给鲨鱼"大夫"的非自然场景同样也将原住民传统的宗教祭祀活动再现在文本当中。作者便通过非自然叙事在文本中呈现并试图修复在历史上被白人叙事边缘化甚至彻底破坏了的原住民传统文化，并对原住民是即将消亡的族群的论断做了有力反驳。

但是，这意义却只有原住民读者能明白。所以，这种在原住民文学中通过独特的传统文化赋予动植物以说话的能力，即对自然进行寓言式改造的叙事模式，对有着不同文化背景的读者而言会形成一种陌生化效果（Alber & Richardson，2020，p.56）。原住民生命书写中的非自然叙事不仅仅是关于一些"根据自然法则、逻辑以及在人力所及范围内不可能的场景与事件"

（Alber，2016，p.25），更多的是关注（原住民）作者与（白人）读者之间的文化背景差异，这种差异赋予该叙事文本"出乎意料、令人迷惑或者令人紧张的特征"（理查森，2021，p.18），使得在原住民眼中正常的事件在白人眼中变得反常：被原住民视为神鸟的乌鸦开口说话和鲨鱼"大夫"与祖姥姥讨价还价的场景在非原住民读者看来有着一定程度的陌生感与怪异感，但通过将原住民文化直接呈现在非原住民读者面前而产生的陌生化效果却具有消解冲突、达到和解的跨文化魅力。① 这种跨文化魅力同时也体现在卢卡申科等原住民作家的双重读者意识上，即原住民文学除面向原住民读者之外，更紧迫的任务是将殖民暴行等历史肮脏面展示给非原住民读者，从而打破白人叙事对于原住民历史的错误呈现，构建出原住民自己的集体身份。卢卡申科自己也在访谈中表示："我在写作的时候，就会在揣测非原住民读者的心思上特别下功夫。"（卢卡申科，2021，p.326）在《多嘴多舌》中，作者的双重读者意识除体现在忠实再现原住民语言与文化，以及选段所示的同时说着原住民语与英语的乌鸦的非自然场景之外，同时也体现在大量运用原住民幽默与黑色幽默批判殖民历史与资本主义，大量提及白人耳熟能详的历史人物，并时不时引用和改写包括莎士比亚在内的经典作家的名言，如"因果报应，你的名字是女人"（p.148）等。

综上所述，原住民生命书写的特征之一恰好是这种对（白人）读者而言熟悉又陌生的文本体验，"非自然"与"自然"结合，形成一种辩证关系，文本内部的张力便体现出来，这一张力让读者更加真切地感受到原住民传统文化的力量与原住民历史的独立性，正如布莱恩·理查森所言："在文学语境中，当非自然元素被其他模仿叙事或传统叙事元素框定，并与之结合，或形成辩证关系时，非自然元素所发挥的功能是最好的。"（理查森，2021，p.21）因此，原住民生命书写中的非自然叙事虽置于传统叙事结构，但超越了传统，同时又与其进行了有机的联动。文本虽然呈现了非自然叙事的场景，但本质上是纪实的，可谓"非自然中的自然"。

二、原住民生命书写中的代际合作叙事

随着原住民开始慢慢掌握话语权，合作叙事（collaborative narrative）从以前的白人记录慢慢转由原住民家族的后代来记录、誊抄、书写并编辑老一

① 罗伊·萨摩（Roy Sommer）认为分析（原住民文学中的）非自然叙事可以实现跨文化叙事学中的"说教目的"（didactic purpose）或者"乌托邦维度"（utopian dimension），即促进跨文化理解。（Alber & Richardson，2020，p.54）。

代原住民口述的故事，这种代际合作叙事（intergenerational collaborative narrative）通常将口述的家族历史与自传/传记相结合。小说中，卢卡申科正是通过原住民特有的"梦幻"（the *Tjukurpa* / the Dreaming）[①]将历史与现在交织在一起，揭示被历史和记忆掩盖的真实的原住民代际创伤，以及这创伤对其后代的影响。

小说中的生命书写正体现为历史与现在的跨代对话，这是一种将老一代与年轻代的生活交织于叙事文本中，并对当今原住民问题进行反思的独特技巧。代际合作叙事以形式上的对话结构为追求，试图脱离并"写回"以前殖民时期对原住民生活的独白式呈现（Wheeler，2013，2021，p. 67）。译者韩静也认为"原住民文学的核心和起到的最重要的一项作用是使原住民人性化（humanizing）"（卢卡申科，2021，p. 337）。所以，原住民生命书写就是要让原住民从历史叙事的抽象概念或数字，以及白人对原住民的单一叙事中脱离出来，从而呈现原住民真实的故事。从这个角度来看，原住民生命书写的又一特征便是见证，即通过原住民后代记录老一代人，尤其是在澳大利亚殖民历史中"被偷走的一代"口述的历史，从而见证以前被尘封的历史悲剧。原住民作家从一开始创作时，就必须具有记录与呈现真实的历史使命感。见证文学的真实性便借助年轻一代原住民作家们不懈的见证叙事来打破老一代受害者沉默不语的困境，还原历史的创伤，最终寻求治愈。《多嘴多舌》的代际合作叙事主要体现在三个方面：第一，有意识地强调叙事的真实性；第二，揭示尘封已久的历史创伤，构建老一代原住民的集体身份；第三，关注年轻一代原住民在老一代的影响下对自我身份的认识。

首先，原住民生命书写中的合作叙事，不管是由白人还是由原住民自己

---

① 澳大利亚原住民神话所构成的"梦幻"在严格的线性时间意义上来说并不是古老的寓言，因为对于欧洲人来说，原住民没有关于历史的概念。在"梦幻"中，过去并不早于现在，而是现在包含了过去。在梦幻哲学中，过去、现在与未来交织在一起。祖先逝去，其灵魂仍然决定着原住民的生活方式，这是因为"梦幻"是原住民与土地的关系。因此，在原住民宇宙观中，人、神灵与土地构成了和谐的三位一体的关系。"梦幻"中的神话从而将原住民起源中的创造性与当下生活的现实性结合起来。可参考《澳大利亚：一部文化史》（*Australia：A Cultural History*）的第一章："澳大利亚原住民"（Aboriginal Australians）。"梦幻"也极大程度促成了原住民生命书写中将传统文化与当代生活有机结合起来的非自然场景与事件。

的后代进行记录，其真实性总是会在某种程度上被妥协。① 所以，多数原住民作者为了强调这一真实性，总是会在副文本中进行一系列声明。卢卡申科在小说的后记中就指出："《多嘴多舌》是一部虚构作品，小说中的帕城、德容沟镇、爱娃岛以及河镇这些地点都出自作者的想象。但是如果有读者臆断小说中对原住民生活的描述有所夸张，我希望加以说明的是，基本上书中讲述的每一件暴力事件都在我的直系亲戚身上发生过，极个别例子来自历史记录或原住民口述历史。"（卢卡申科，2021，p. 332）作者以这种方式将非虚构元素注入虚构性的文本当中，使得文本呈现出虚构与非虚构两种特性。但是作者本人在后记中的真实声音似乎掩盖了文本的虚构性，使这部作品的非虚构性远远大于虚构性，所以其可信度便超越了一般意义上的小说。同时作者通过这种声明，让小说与非小说的边界模糊化，使得这部看似在叙述他人故事的小说颇具"回忆录"的特征。即使对澳大利亚殖民历史不了解的读者，如果细心留意作者的后记以及小说最开始引述的《布里斯班邮报》关于地区法院的刑事案庭审记录，也一定会注意到这部看似虚构的小说中透露的非虚构性，从而引发思考。

其次，《多嘴多舌》通过索尔特一家的对话与互动，为读者逐步揭开了被记忆埋没的家庭创伤与历史创伤。小说中，为了跟患有癌症而行将就木的爷爷告别，凯瑞踏上了回家之路。凯瑞早年离家赴悉尼，回家次数并不多，在这次五味杂陈的归家之行中，凯瑞逐渐翻开尘封已久的家庭历史与记忆，从爷爷不为人知的秘密，到爱娃岛上作为"他们之间的连接"的祖姥姥爱娃的传奇，一幕幕家庭与社会惨剧在我们眼前上演。凯瑞揭开的，不仅是一个家庭的纠纷，更是原住民被偷走、被欺凌、被屠杀的历史。举书中一例，姐姐唐娜在凯瑞只有十四岁的时候便离开了家，从此再无音信，当家人都以为她不在人世的时候，唐娜却在母亲生日聚会那天带着藏了多年的家族秘密回来了，向索尔特一家诉说着消失多年的原因："当时十二岁，因为得了腮腺炎待在家里没去上学，被我爷爷干了。"（p. 242）但随着小说的推进，我们发现，爷爷是一个施暴者，同时也是受害者，通过靓玛丽，唐娜得知了一个让许多

---

① 原住民作者在早期创作中与文本中的白人编辑的声音进行博弈，之后又与老一代原住民进行合作叙事，却又落入了真实与非真实的两难之境，因为老一代人仅仅通过记忆讲述被白人残害的历史，但是记忆在一定程度上是不可靠的，所以原住民作家在努力诉说历史真实的同时，又不免徒劳无功，甚至受到（白人）读者质疑。虽然这在一定程度上造成了年轻原住民作家竭力找寻历史却又不可能完整重现历史的焦虑，但是正因如此，原住民文学的叙事才变得有力，因为在文本中始终透露着一种"在已被揭示的、发现的和解决的与仍然隐藏着的、被丢失的和未解决的历史之间的辩证关系"（Huggan，2017，p. 47）。

人都十分惊讶的历史真相："爷爷临死的时候告诉我，他说那件事比癌细胞更甚地侵蚀着他的生命。当年在布里斯班时，他还是个孩子，只有十四岁，三个警察抓住他，把他关到监狱里，然后三个人整晚上轮番欺凌他，就是因为他赢了不该赢的银拳大奖。"（p.293）

爷爷是"被偷走的一代"，在小说中作为不在场的在场者，通篇没有说过一句话，但是他的创伤历史却多次由索尔特家族的其他人来诉说。作者便借助爷爷强奸唐娜一事，引出了爷爷被一群白人警察轮奸的历史。小说中索尔特一家以及小说外的读者，便成为历史见证者，从唐娜的个体创伤背后看到了爷爷的个体创伤，以及千千万万原住民共同的历史创伤。爷爷的个体身份象征着老一代原住民的集体身份。代际合作叙事便见证了这些现代国家充满暴力与痛苦的历史（Wheeler，2013，p.62）。唐娜在得知历史真相后，沉默许久。可能唐娜没有选择原谅爷爷，正如理查德大舅所言："我们不讲原谅，那是白人们的做法。"（卢卡申科，2021，p.293）但她还是选择与"跟她同一血脉的家人"一起反抗白人在祖姥姥的岛上修监狱一事。原住民生命书写中的代际合作叙事便以当下的家庭悲剧为切入点，展现了"被偷走的一代"的历史惨剧，同时伴随着惨剧展开的，还有索尔特一家人的爱与救赎。卢卡申科在字里行间中着力体现了索尔特家族乐观幽默、不畏强权的精神，以及他们对自己传统文化的自信与强烈的归属感，这些因素使得一代又一代的原住民在愈发被白人挤压的空间中得以繁衍生息，保护着原住民的宝贵文化，从而共同形成能治愈历史创伤的强大力量，重建原住民共同的心灵家园。

最后，代际合作叙事同样关注老一代原住民对其后代的影响，包括对自我身份的认同、对土地的归属感，以及与原住民和非原住民的关系（Wheeler，2013，p.55）。澳大利亚原住民文学几乎都会探讨原住民的身份问题，不管是个人身份还是集体身份①。传统意义上的原住民书写，或者卢卡申科自己所认为的"西方主流的分析视角"几乎都是围绕着小说主人公失而复得的身份探寻展开的，即从远离社区、文化与土地的无依与孤立的状态，到重新联系、发现、获得身份的过程（pp.107-108）。然而，《多嘴多舌》中的原住民都有着十分强烈的原住民身份认同，包括凯瑞与唐娜。尽管她们在小说中呈现出一种流散的形象，但是都有着一致的"旅行路线"，连接着"在

---

① 包括澳大利亚原住民文学在内的反抗文学有着"集体聚焦"的特点，例如吉姆·斯科特、亚历克西斯·赖特等原住民作者，以及很多后殖民作家在作品中都会或多或少地采用"我们"的叙事（"we" narratives）。《多嘴多舌》虽然采用的是第三人称叙事，但是仍然透露着"我们"原住民与"他们"白人的二元对立关系。

家"与"远离家"的人（Clifford，1994，p. 309）。索尔特一家——黑超人、肯尼、母亲靓玛丽以及理查德大舅等人，都对邦加仑文化有着强烈的认同感与归属感，尤其是母亲靓玛丽，她作为家族历史与文化的守护者，极其反感基督教所代表的西方文化。在母亲等家人的影响下，这条路线也成为凯瑞与唐娜明晰自我身份归属的重要纽带：她们虽然远离原住民社区，却没有经历重新寻找身份的过程，而是从一开始就坚定认同自己的原住民身份。

小说中，凯瑞虽然回家次数不多，但是强烈认同自己的黑人身份。通过"总是撇着嘴说那些白人们都太自以为是，瞧他们那副装腔作势却又野蛮残暴的死样子，就什么欲望都没有了"（卢卡申科，2021，p. 97），凯瑞的形象可见一斑；在发觉自己喜欢上史蒂夫之后，凯瑞也开始自我质疑："这是怎么回事啊？这么多年之后，竟然撞到了一个白人的怀里？不能吧？"（p. 119）凯瑞在与史蒂夫相处过程中，也经常通过开白人的玩笑来讽刺与批判自 18 世纪登陆这块所谓的"无主之地"（terra nullius）以来白人对原住民犯下的罪行。

与小说一直强调凯瑞是黑人的情况相反，唐娜则多次被别人，尤其被凯瑞视作一个"白人"的形象。严格来说，唐娜在小说中被刻画成的是一个假扮白人的种族越界（racial passing）者。"越界"（passing），是澳大利亚殖民历史时期的产物和遗留，指的是肤色浅的混血原住民为了生存而佯装成白人，19 世纪的美国同样也存在种族越界的现象。越界背后透露的仍然是历史上白人对非白人族群长期的种族歧视与经济剥削。为了逃离这一历史与现实困境，种族越界者通常需要隐藏甚至拒绝自己的非白人血统，以便得到社会地位的提高（Wald，2000，p. 199）。但是在小说中，我们却看到了这种秩序的悄然转换：尽管唐娜作为种族越界者，改名换姓扮成白人，最终在白人世界中生存与立足，但是她却脱离了黑白混血儿种族越界所固有的身份与文化认同窘境。唐娜有着坚定的原住民身份认同，不是为了变成白人而离家出走的，而是为了远离爷爷。唐娜没有忘记这条河流、祖姥姥和祖姥爷的宝岛以及这片土地，换句话说，她从来没有忘记自己的原住民身份，从来没有变成过白人。正是因为爱娃岛的传说随着老一代原住民的口述历史一直传到年轻一代，成为索尔特一家人共同的记忆，所以这种对家、对土地的连接使得他们对于原住民身份产生强烈的认同感。不管离家多远，家庭纷扰多严重，爱娃岛都会把他们一家人凝聚在一起，共同反抗市长修监狱一事并取得胜利。原住民身份问题，从不稳定到稳定，从迷茫到不迷茫，实质上是权力秩序的转换：原住民坚持向澳大利亚政府提出对"被偷走的一代"的赔偿诉求，他们对自身权益的维护与抗议的历史进程，让我们看到他们在世界舞台上以更加自信的姿态发出更为响亮的声音。

《多嘴多舌》中的代际合作叙事不仅有意识地强调叙事的真实性、揭示被白人叙事掩盖了的历史创伤，还颠覆了澳大利亚读者从原住民身份探寻主题出发的传统，从而赋予当下原住民明晰的身份。这都反映了原住民作者在努力让原住民文学从白人制定的框架中解脱出来，从而避免非原住民读者将原住民文学以及对其的分析解读纳入西方文学范式，视其为原始的、不变的、他者的（De Pasquale，2010，pp. 9—10）。

结　语

澳大利亚原住民文学的一个显著特点便是它一贯的政治性（陈正发，2007，p. 58）[①]。卢卡申科自己在访谈中也说道："每一个故事其实都是一个带有政治性的故事。"（卢卡申科，2021，p. 327）在《多嘴多舌》的原住民生命书写中，具有跨文化魅力的非自然叙事，以及将老一代与年轻代的生活有机结合的代际合作叙事，都是卢卡申科从原住民自己的角度对历史的重写，由此揭示历史创伤，塑造原住民共同的记忆与身份。小说通过原住民眼中的历史来反思当今澳大利亚原住民的现状与困境，在字里行间透露他们强烈的政治诉求与对未来的无限期许。

这部小说为读者呈现了一幕又一幕真实的场景，并将这些真实融入原住民独有的生命书写中，恢复了历史记忆，再现了"被偷走的一代"的历史惨剧。小说诉说了主流叙事之外的边缘人的故事，让读者更加真切地感受到澳大利亚原住民的历史与现状。从索尔特一家的悲剧背后，我们看到的是历史的残酷在原住民身上留下的深深烙印，同时还有一代又一代的爱与救赎。《多嘴多舌》是原住民诉说自己的故事、历史与文化的生命书写，更是一本反抗、挑战白人话语霸权的政治小说。

引用文献：

陈正发（2007）. 澳大利亚土著文学创作中的政治. 外国文学，4，58—63＋127.

理查森，布莱恩（2021）. 非自然叙事：理论、历史与实践（舒凌鸿，译）. 北京：北京师范大学出版社.

卢卡申科，梅丽莎（2021）. 多嘴多舌（韩静，译）. 北京：作家出版社.

申丹，王丽亚（2010）. 西方叙事学：经典与后经典. 北京：北京大学出版社.

---

① 根据陈正发的观点，原住民文学中一贯的政治性体现在：第一，强烈的斗争性；第二，怀想、肯定与回归原住民传统文化；第三，有意识地挑战白人话语霸权，从而"写回"历史。

王腊宝（2002）. 从"被描写"走向自我表现——当代澳大利亚土著短篇小说述评. 外国文学评论，2，133－143.

Alber, Jan & Richardson, Brian(2020). *Unnatural Narratology: Extensions, Revisions, and Challenges*. Columbus: The Ohio State University Press.

Alber, Jan(2016). *Unnatural Narrative: Impossible Worlds in Fiction and Drama*. Lincoln and London: University of Nebraska Press.

Alber, Jan & Heinze, Rüdiger(2011). *Unnatural Narratives-Unnatural Narratology*. Berlin: de Gruyter.

Birns, Nicholas（2015）. *Contemporary Australian Literature*. Sydney: Sydney University Press.

Clifford, James(1994). "Diasporas", *Cultural Anthropology*, 9(3), 302－338.

De Pasquale, Paul; Eigenbrod, Renate & LaRocque, Emma（2010）. *Cross Cultures, Cross Borders: Canadian Aboriginal and Native American Literatures*. Toronto: Broadview Press.

Huggan, Graham（2001）. *Postcolonial Exotic: Marketing the Margins*, New York: Routledge.

Huggan, Graham(2017). *Australian Literature: Postcolonialism, Racism, Transnationalism*. Oxford: Oxford University Press.

Lucashenko, Melissa(2018). *Too Much Lip*. St. Lucia: University of Queensland Press.

Rickard, John（2017）. *Australia: A Cultural History*. Third Edition. Clayton: Monash University Press.

Shoemaker, Adam（2004）. *Black Words White Page: Aboriginal Literature 1929—1988*. Canberra: The Australian National University Press.

Wald, Gayle（2000）. *Crossing the Line: Racial Passing in Twentieth-Century U. S. Literature and Culture*. Durham and London: Duke University Press.

Wheeler, Belinda（2013）. *A Companion to Australian Aboriginal Literature*. Rochester: Camden House.

作者简介：

王雪峰，北京外国语大学英语学院澳大利亚研究中心硕士研究生，主要研究方向为澳大利亚文学。

Author:

Wang Xuefeng, M. A. candidate of Australian Studies Center, School of English and International Studies, Beijing Foreign Studies University. His main research field is Australian literature.

Email: wxf201415@163.com

"梦叙述"修辞解码：《橘子不是唯一的水果》中奇幻与现实的穿梭之旅

张高珊

摘　要：在文艺作品中，梦境常常作为"探索主体奥秘的钥匙"，反映人物内心，推动情节发展，完善叙述结构。本文从叙述可靠性、拟经验性、修辞功能三个方面，将《橘子不是唯一的水果》中的奇幻故事视为梦境书写，类比现实中的真实梦境。同时，本文借用梦叙述理论，从梦境的转喻与隐喻、梦境的幻想式自我满足、梦境的自我说服三个方面解码梦境中蕴含的符号修辞效果，并论述最终奇幻梦境与现实融合时梦的叙述者和受述者之间的信息传递，旨在更好地理解文本中光怪陆离的神秘意象，并利用梦境这一独特视角解读故事主人公珍妮特在虚幻与现实之间来回穿梭，最终探索自我、成长蜕变的奇幻之旅。

关键词：梦叙述　直接梦境描写　梦境修辞隐喻　《橘子不是唯一的水果》

Rhetorical Decoding of "Dream Narrative": A Shuttle Journey between Fantasy and Reality in *Oranges Are Not the Only Fruit*

Zhang Gaoshan

Abstract: In literary works, dreams often serve as "the key to explore the mystery of the subject", reflecting the innermost feelings of characters, driving the plot, and improving the narrative. Therefore, this paper treats the fantasy stories in *Oranges Are Not the Only Fruit* as a direct dream description in terms of narrative reliability, empirical mimesis, and rhetorical function, analogizing it to the dream in reality, and decoding the symbolic rhetorical effects contained in dreams in areas of metaphor and metonymy, self-satisfaction, and self-persuasion with the help of dream narrative theory. It also discusses the transmission of information between the narrator and the recipient of the dream when the illusion and reality are fantastically fused, to better understand the mysterious imagery in the text. With the help of the unique perspective of the dream, this paper interprets Jeanette's fantastical journey as she travels back and forth between fantasy and reality, and her final awakening and growth.

Keywords: dream narrative; direct dream description; dream rhetorical metaphor; *Oranges Are Not the Only Fruit*

一、引言

梦境，是所有光怪陆离的奇思幻想的代名词，是与现实相反、虚幻的神秘彼岸。然而，随着人们对梦研究更加深入，梦境的神秘光晕逐渐褪去，梦中所见所感似乎并不仅仅是天马行空、天机神谕。当宗教与政治色彩淡化后，梦更多走向个体，走向微观，步步逼近现实生活：或是个体潜意识的变形表达，或是压抑欲望的幻想满足，又或是无意识他者的话语规训，仿佛梦中奇形幻影越发有迹可循。因此，在梦的变幻莫测下，虚幻世界与经验世界相互交融，孰真孰假、何为真实之争在梦的场域里似乎很难分清。

在文艺作品中，"梦具有独特的文本性和叙述性，因此是一种叙述文本"（赵毅衡，2013，p. 104）。梦境常常作为"探索主体奥秘的钥匙"，反映人物内心，推动情节发展，完善叙述结构。虽然与经验世界里人物的真实梦境有所不同，但文本世界的人物也会有做梦行为。文学作品中的直接梦境描写也具有高度的时间性以及在场性，通过叙述手法同样可以达到叙述可靠性以及拟经验性，且"以文字为载体的梦叙述也可以通过聚焦强化其图像效果"（杜红艳，2020，p. 29）。因此，本文将《橘子不是唯一的水果》中的奇幻故事处理为直接梦境书写，并类比其为现实生活中的真实梦境，借用梦叙述理论，解码梦境中蕴含的符号修辞效果，关注梦的叙述者和受述者之间的信息传递，以期更好地理解文本中光怪陆离的神秘意象，并利用梦境这一独特视角解读小说主人公珍妮特在虚幻与现实之间来回穿梭，最终探索自我，成长蜕变的奇幻之旅。

二、《橘子不是唯一的水果》中的直接梦境描写

珍妮特·温特森（Jeanette Winterson，1959—　）是 20 世纪 80 年代英国小说界标杆人物之一，文风极具特色，且创造力丰富。凭借其先锋的文学实验创作手法，温特森被视为与传统和惯常针锋相对的文学叛逆者，被 *Granta* 杂志评为"英国最佳作家"之一，并荣获英帝国勋章。

自 20 世纪 60 年代解构主义在法国盛行以来，对传统与权威的颠覆和消解成为学界关注的重点。身处后现代语境中，珍妮特以创作为一种文学实验，打破"真实"与"虚构"的二元传统叙事框架，在虚实结合的字里行间与意义进行游戏。因此，温特森小说中虚实结合的叙述方式与后现代叙述风格一直是国内外学界关注的重点。在国外，有多部专著，如《温特森叙述时间和空间》（*Winterson Narrating Time and Space*，2009）、《珍妮特·温特森：当代批评指南》（*Jeanette Winterson：A Contemporary Critical Guide*，2008）等，专门论述其独特的后现代叙述风格与语言特色。2004 年，北京外国语大学侯毅凌教授翻译出版了温特森新作《守望灯塔》（*Lighthouse Keeping*，1999），隔年荣获了由人民文学出版社主持的"21 世纪年度最佳外国小说奖"。之后，这位特色鲜明的女作家，以其独特的叙事风格逐渐进入国内研究视野。

《橘子不是唯一的水果》是珍妮特·温特森的成名首作，是其虚实结合创作风格的典型代表，于 1985 年出版后备受文学界关注，获惠特布莱德首作奖。小说现实与虚幻交叉并置的后现代主义叙事特征，推翻了传统的二元叙事，颠覆了传统叙事策略和读者角色，进而创造出一个虚实结合的奇妙空间。从表面上看，小说讲述的是经验世界里，一个生长在信奉福音派新教家庭里的小女孩珍妮特，挣脱来自教会、家庭以及男权社会的压制后，为追寻自我和真爱最终走上与原生活决裂的故事。然而，在这样一个"真实"的成长小说中，"不合时宜"地直接插入了很多神话传奇、童话寓言等"虚构"成分。这些看似包裹在一层叙述中的二层叙述，却又伴随着明显的框架显现。经过统计，《橘子不是唯一的水果》中看似突兀的奇幻故事统计共 15 处，笔者将其整理如下：

表1　《橘子不是唯一的水果》中的奇幻故事统计

序号	页码	主要人物	叙述内容	是否显现叙述框架
1	13	多愁善感的美丽公主	公主走进魔法森林，答应驼背老妇，忘记皇宫，接管村庄	是（"我母亲做了一个梦"）
2	73	四面体国王	四面体是一个有很多副面孔的国王，能同时观看悲剧与喜剧	否
3	89	王子、完美女人	王子费尽心思寻找毫无瑕疵的完美女人，最后发现完美从未存在，遇到了只卖橘子的老妇人	否
4	103	"我"（第一人称）	"我"结婚了，发现新郎一会儿是盲人，一会是一头猪，一会儿是我母亲	是（"第二天晚上仍做同样的梦"）
5	160	橘色魔鬼	橘色魔鬼出现："我想助你一臂之力。"	否
6	164	"我"	"我"变成凶犯，关押在角塔，"错失良机"，城里是犯下"根本性大错"的罪人	是（"分明是危急关头，我却睡着了"）
7	166	黑王子和亚眠人	皇宫洗劫一空，黑王子和亚眠人对峙：选石墙还是魔圈？	是（母亲："你醒啦。"）
8	168	橘色魔鬼	坐在碗中央，扔给"我"一颗粗粝的小卵石	否
9	182	你（第二人称）	幼发拉底河畔的秘密花园里，吃下橘树果实，就意味着要离开花园，暮色降临，你要离开	是（被冻醒，凯蒂去拿液化气）
10	190	柏士浮骑士	城堡变成空洞的符号，柏士浮骑士决定离开亚瑟王，要出发了	否
11	199	柏士浮骑士	柏士浮骑士在森林里待了很多天，盔甲锈了，马儿累了，他梦到了他的王和挚友们	是（"我太过疲倦……第二天早上，我好多了"）
12	205	珍妮特（第三人称）；会魔法的男巫（父亲）	遇见男巫，被男巫收留为徒，和他学习魔法，信赖男巫（父亲），冒犯他，犯下大错，被赶出魔圈	否
13	223，232	神秘女人，珍妮特（第三人称）	奄奄一息的珍妮特遇到神秘女人，回到她的村庄，真正开始思考世界，最后出发探索	否
14	243	柏士浮骑士	柏士浮骑士回到城堡，后悔离开，渴望曾经的圆满	是（"我母亲叫醒我"）

续表

序号	页码	主要人物	叙述内容	是否显现叙述框架
15	255	城堡主人，柏士浮骑士	城堡主人询问为什么离开，柏士浮骑士回答："我是为自己出走的，没有别的理由"，柏士浮骑士梦到了男巫的渡鸦	是（"次日早上醒来……"）

经统计，共有 8 处出现明显的二层梦境叙述框架，如突然插入黑王子与亚眠人的故事后，母亲说"你醒啦"，证实刚刚读者所感知的是珍妮特的梦境。其余叙述虽未直接说明，但均有段落或章节相隔，叙述风格突变，多采用第三人称直接描述，不同于经验世界里第一人称富有逻辑的前因后果表达，而是充满着梦境般的虚幻和神秘。因此，本文以梦境为切入点，将上述 15 处奇幻故事理解为女主人公的梦境描写，关注上述奇幻情节背后蕴含的修辞策略与意义书写。

首先，这些片段具有高度的叙述可靠性。现实生活中，梦是绝对私密的、个人的，是梦者心像再现的世界（赵毅衡，2013，p.105），外人永远无法得知。一旦梦者清醒，梦经过再叙述，则不可避免地要受到经验世界的二次加工。这种再次叙述，"失去了梦叙述的许多重要特征，实际上除了"内容"外，媒介已经变换。文本已经换了一个叙述者人格"（p.107）。同样的，故事中小女孩所处的文本世界具有横向真实性，而她本人作为一个行为人，完全具有做梦的能力，因而故事里的梦境文本不仅仅是隐含作者的编造，更应当是文本语境下小女孩"真实"经历的变形、潜意识下的应有之物。与此同时，小说文本的梦境描写仅仅是小女孩的内部经验，未曾经过任何人之口传达或转述，只有人物自身经历，其他人物皆无法窥探。且第三人称讲故事的叙述风格，最大化地拉大了叙述距离。就读者体验而言，小女孩自述的"我"的童年故事是一种"阅读"，而突然出现的奇幻经历更像是一场穿越到梦境的"观看"。读者面前的银幕上，是小女孩内心世界事无巨细的映照，叙述视角的聚焦下，朦胧的梦境清晰可见（杜红艳，2020，p.32），读者仿佛拥有超能力一般，观看着此时此刻珍妮特实实在在的梦境，只有当故事再回到主线时，才恍然惊觉不过梦一场。在这个意义上，文本中的直接梦境描写可以类比真实世界的梦叙述，是一种虚构的"梦叙述"。

其次，这些片段高度还原了真实世界中梦的拟经验性。方小莉在讨论电影中梦的再现场景时分析道：电影中的梦区隔出一个梦的世界。梦世界是一个自足的世界，横向真实，因此梦中的人不知道自己在做梦，而是在经历事件，从而有一种强烈的真实感。（方小莉，2018，p. 175）同样在文本中，这些奇幻片段都具有高度的拟经验性。小女孩就像在经验世界中一样，切实地"经历"着每一场梦境，无论多么光怪陆离、不合逻辑，也不能影响叙述者讲故事的方式，更无力将故事叫停，往往只能等待被动惊醒（方小莉，2015，p. 120）。因此，尽管梦境中四面体是一个国王，男巫用魔法将自己困住，橘子变成魔鬼，自己的新郎是一头猪，珍妮特也从未质疑过当下发生一切的合理性，因为此时"这个梦的世界无需向任何他人负责，也不会因此而受到任何处罚"（p. 119），而醒来后的惊恐或羞愧，已经是另一个经验世界的情绪。同时，对于读者来说，面对突如其来的奇幻时空，仿佛身临其境，附身小女孩一起感知，从而"暂时将现实世界悬搁起来，沉浸在情节中，像梦者一样失去自反性"（2018，p. 173）。对于人物与读者来说，这些片段营造的强烈真实感与高度拟经验性，无异于现实世界的奇幻梦境。

最后，这些片段蕴含着梦的修辞功能。荣格认为，"梦是潜意识心理活动"。在当代的梦研究进程中，赵毅衡、龙迪勇、方小莉等人都认为，梦境作为潜意识的一种意义文本，其中贯穿了修辞方式，目的是要更有效地传达各种信息（方小莉，2016，p. 162）。具体地，笔者在分析了上述 15 处奇幻故事后发现，所有的意象与情节看似天马行空，实则与经验世界息息相关，携带着丰富的叙述信息。这些直接梦境描写凭借其独特的"梦叙述"修辞暗码，不但推动着真实世界的情节发展，同时邀请读者在虚构与现实来回穿梭，最终，当现实中的小女孩手中握着梦中橘色魔鬼扔给她的"粗粝的小石子"，像亚瑟王一样后悔离开城堡，回到家看见母亲身上牵着和男巫一模一样的线时，虚幻与现实的二元对立彻底打破，彼此融合下，真实与虚构难解难分，信息传递达到巅峰，奇幻之旅也进入高潮。

通过上述三点论证，本文认为，将 15 处奇幻故事理解为小说主人公的直接梦境描写，类比其为梦的直接叙述，具有一定的合理依据。基于此，解码梦境中的修辞内涵则成为理解文本意义、破解梦的叙述者和受述者之间信息传递的关键一坏。

三、"梦叙述"的修辞解码

美国当代著名心理学家和教育家杰罗姆·布鲁纳（Jerome Seymour Bruner）说过，叙述是人类把世界"看出一个名堂，说出一个意义"（human beings make sense of the world by telling stories about it）的重要方式。（Bruner，1996，p. 130）当这种叙述行为延伸至梦境，神秘莫测背后蕴含的意义同样受到人们的关注。同时，因其不同于人类经验世界的逻辑与常识，学者不但关注梦的内容，同时也关注梦的构成。因此，对梦的研究"既关注梦如何变形伪装，又关注梦如何构筑及表达意义"（方小莉，2019，p.3），缺一不可。

在现有的研究中，不同学者对于"释梦"有着不同的见解。最为人们所熟知的心理学家弗洛伊德认为梦是一种防御经验世界的伪装与变形，是某种愿望幻想式的满足，并以此来排除干扰睡眠的心理刺激的一种经历（弗洛伊德，2000，p.115）。不同于弗洛伊德的"压抑说"，史戴茨（Bert D. States）认为梦所具有的并非压抑性，而是表达性（expressive），以转喻和隐喻为主要策略，是为了更好地表达意义（方小莉，2019，p.6）。同时，龙迪勇在《梦：时间与叙事》一文中也提出，梦中的叙述是为了抗拒遗忘，寻找失去的时间，并确认自己的身份，证知自己的存在（龙迪勇，2002，p.22）。此外，方小莉从符号修辞的角度研究梦境，认为"梦的叙述者采用了各种修辞格，而释梦则必须将各种修辞格文本化，读懂梦中的各种修辞格，才能相对有效地获得梦的意义"，因此，她提出，梦是一种"自己说服自己"的修辞。（方小莉，2016，p.163）

基于以上讨论，本文重点关注上文《橘子不是唯一的水果》中梦境书写的修辞功能，分别从梦境的转喻与隐喻、梦的幻想式自我满足以及梦的自我说服三个方面，解读文本梦境的意义构筑，以及梦境与现实之间的信息传递。

1. 梦境的转喻与隐喻

无论梦境多么光怪陆离，释梦时总要将奇幻意象与经验世界相联系，以期找到某些看似不合逻辑的符号背后的丰富蕴涵。因此，这种与现实息息相关、不可割裂的特点注定了梦境的隐喻性。而一旦涉及符号，除了符号本身携带的意义，则不可避免地要讨论符号的组成方式。因此，梦叙述研究将梦境看作聚合轴与组合轴双轴关系的结果，用一个意象代替另一个意象来实现梦的隐喻与转喻，进而产生"说此喻彼"的效果。

根据史戴茨的观点，转喻是梦叙述行为开始的关键，"大脑通过转喻产生图像，标志梦的开始"（States，1988，p.111）。具体而言，在珍妮特的梦境中，读者最先感受到的是众多奇怪的意象，如四面体国王、柏士浮骑士、角塔里的囚犯以及会魔法的男巫。事实上，这些都是大脑借助修辞策略，通过压缩将感情和抽象的梦念转喻式地变形转化为图像的结果（方小莉，2016，p.6）。因此，对于珍妮特来说，经验世界里的人、事、物经过稽查机制后，压缩、变形、转化为看似无关紧要的符号。以"母亲"这个意象为例，作为珍妮特现实世界里无所不在的掌控者与绝对权威，其对珍妮特的身心产生了绝对的影响。但现实世界里母亲过于强大、不可冒犯，因而在梦境里，母亲以不同的身份反复出现。

经过本文统计，在珍妮特的梦中，代替母亲出现的意象共9处，分别为美丽公主、王子身边只手遮天的大谋士、只卖橘子的卖主等。仔细分析便会发现这些意象身上都有母亲的部分影子，都是梦者珍妮特在无意识状态下对于母亲情感的投射，是母亲形象的共同转喻，笔者将其与现实关系整理如下：

表2　"母亲"意象的转喻分析

转喻意象	梦中符号的特点	现实中的母亲
美丽公主	教育村民、信仰上帝、抚养上帝之子	教会传教，信仰上帝，试图把珍妮特培养成上帝之仆
大谋士	在王子身边，出谋划策，甚至左右王子的决定	抚养珍妮特，是珍妮特人生中的绝对权威
只卖橘子的卖主	只卖橘子	相信橘子是唯一的水果
亚瑟王	城堡主人，后柏士浮骑士离开他	教会以及家里的主人，后珍妮特离开她
男巫	教珍妮特魔法，绝对权威，最后将珍妮特赶出魔圈	教育珍妮特，绝对权威，最后将珍妮特赶出家
神秘女人	救下奄奄一息的珍妮特，教珍妮特语言，却不关心她的真实想法	从孤儿院领养珍妮特，教她圣经知识，却从来不关心她的情感变化
新郎	梦里母亲是珍妮特的新郎	母亲超过父亲的地位，是家里唯一的权力代表，是珍妮特接触的男性化的"女强人"

表2中的各类转喻意象，因其与母亲共同意象的关联性，构成了梦叙述文本中的图像，并携带着珍妮特本人清醒时的情感内涵，将"母亲"这一复杂形象具体化为不同的符号，在梦中稽查机制的审核下，成为聚合轴中被替换下的部分，其背后共同所指，都是现实生活中的母亲。

在将现实情感投射为梦中具体的符号后，梦的隐喻性进一步促进梦的发展。大脑通过创造修辞关系，推动一个图像向另一个图像发展，进而形成连续而有情节的梦境。此外，梦的隐喻性还体现为梦者本人对梦境的认同作用。因为梦的凝缩与审查作用，梦中某一个单独出现的意象可能是替代他所覆盖在梦中遭到压抑而无法出现的别人，以相似意象作为替代也是一种隐喻（方小莉，2016，p.166）。在珍妮特的梦境中，仅有两处是以梦者本人"我"的视角为叙述，其他梦境多为第三人称，以其他意象为主人公，而梦者珍妮特本人却从未出现。按照弗洛伊德的观点，梦是纯粹自我中心主义的，如果自我没有在梦内容中出现，那么自我则是通过认同作用隐藏在他人背后，即他人成为自我的隐喻（p. 166）。因此，当梦境中出现"一生都在找寻完美的王子""角塔的囚犯""箭在弦上必须做出选择的黑王子"以及"离家出走的柏士浮骑士"，则不难理解这些都是梦境里珍妮特的自我隐喻，其面临的抉择与考验，都是现实世界里珍妮特亲身经历的缩影。

而对于释梦来讲，找到奇幻意象背后的根本替换选项、解码转喻与隐喻的修辞内涵，成为发现梦境意义的第一步，在此基础上，解读梦境中的交流才成为可能。因此，下文分析皆基于以上意象的隐喻所指。

2. 梦境中欲望的幻想式满足

弗洛伊德在《梦的解析》中借用梦见喝水的例子，阐释了梦者借用梦境对欲望的达成。梦者晚饭吃了很咸的食物时，会在夜间因为口渴而清醒过来，而未醒时通常会梦到自己在大口喝水，味道甘甜醇美。基于此，弗洛伊德认为，"梦是在实施一项功能"，他将此类取代了实际行动的梦境称为"方便梦"。而通常情况下，现实生活中的很多欲望投射到梦境之中会受到稽查而进行变形伪装，因此，更进一步，弗洛伊德完善了梦的形式公式：梦是（压制或压抑的）欲望（伪装的）达成。（弗洛伊德，2000，p. 108）具体到珍妮特的梦境，在前文隐喻意象解读的基础上，本文发现珍妮特梦境中欲望的幻想式满足：对父亲（男性）的渴望，以及对教会的反叛。

首先，在梦中，珍妮特对男性的欲望得到了满足。在这个小女孩成长过程中，母亲以毋庸置疑的绝对权威管辖着一切，而父亲或者男性的声音一直处于缺失的状态。在她自述的童年中，家里唯一的男性首次出现并非一个"父亲"，而更像是母亲的附属品："她的丈夫随和温厚。"（温特森，2018，p. 7）这样的称谓从一开始就表明了温妮特与这位男士的距离。而教会里的男性普拉斯特牧师和芬奇牧师，无疑是母亲的翻版，其裙装穿着也让珍妮特从未将其视为男性。因此，现实社会中珍妮特对男性缺乏了解，而在虚幻的梦境中她完成了对男性的认识。在多数情况下，珍妮特梦中的意象都以男性的形象出现：骑士、男巫、王子、国王等。在梦中自己的婚礼上，她梦见自己的新婚丈夫"有时候是猪，还有时候只是一套衣服，里面空无一人"（p. 103）。因此，"所有女性都嫁给了一只猪"这样的想法伴随着珍妮特一生，也是她后来爱上其他女孩的根本原因。此外，"男巫"这个梦也充分体现了珍妮特对于父亲的渴望。刚开始，男巫出现时，珍妮特对其称谓是"那个男巫"（p. 206），而当男巫收她为徒、渐渐取得她的信任之后，珍妮特慢慢忘记了以前，坚定不移地相信自己就是"男巫的女儿"，直到最后忘记之前的一切，直接称其为"父亲"，而男巫对珍妮特的呼唤也从姓名变成了最终的"女儿"。对于直面珍妮特梦境的读者来说，可能会像珍妮特一样短暂地失去自反性，在文字面前接受从男巫到父亲这一悄无声息的转变。然而，伴随阅读的深入，读者会发现，"男巫成为父亲"是珍妮特自身潜意识的结果，是熟睡中的珍妮特自身渴望的投射，以及其对父亲欲望的满足。

其次，在梦中，珍妮特实现了对教会的反叛。在珍妮特的人生中，信仰与上帝和母亲一样是绝对的准则，毋庸置疑，而布道则成为接受上帝旨意的重要活动。现实生活中，在主题为"完美"的布道会上，布道者慷慨激昂地喊道，"完美，是人心希冀，追索之事。那是神性之态……完美……就是毫无瑕疵"（p. 89）。然而珍妮特内心却"第一次萌生了对神学的不同意见"，不支持这段言论的她迫于教会与周围人的压力只能表面上服从。然而晚上在梦境里，"一生都在追求完美的王子"恰恰是被压抑的反抗欲望的投射。王子一生都在寻找一个完美且毫无瑕疵的女人，但当费尽心思找到之后，女人却让王子明白，"完美不是找到的，而是被塑造出来的。在这个世界上，没有所谓毫无瑕疵的事物……"（p. 97）。至此，珍妮特白日里未能表达的反抗情绪在梦中得以释放，也体现了珍妮特自始至终对教会的质疑。

3. 梦境的自我说服

赵毅衡在《梦：一个符号叙述学研究》中提到，任何叙述行为都应该是一种符号表达，是一个主体把故事文本传送给另一个主体，而在梦境这样的"自我符号"中，是主体的一部分，把叙述文本传达给主体的另一部分。（赵毅衡，2013，p. 107）因此，在这个叙述者、受述者甚至人物三者合一的心像化符号文本中，在二度区隔的空间下，叙述者与受述者相辅相成，梦者通过自身的分裂造就一个个奇幻的梦境。因此，在《梦叙述的修辞》一文中，方小莉提出梦境中的修辞从本质上讲是一种"说服术"，是"叙述者（主体的一部分）在向受述者（主体的另一部分）传递某种信息并实现某种目的"（方小莉，2016，p. 164）。而这种"自己说服自己"的修辞功能在《橘子不是唯一的水果》中的小女孩身上表现得淋漓尽致，可以说，整部小说中，珍妮特都是在和梦中另一个自我对话，从而探索自我、得以成长。

通过比对，本文发现，小女孩的部分梦境出现在直面现实中的困惑不解以及压抑之时，另一部分梦境则出现在现实中珍妮特被迫做出抉择之时。此时，通过"梦中自己"对"现实自己"的说服，珍妮特完成思考与抉择。这类携带着"自我说服"功能的梦境多以第二人称"你"构成，梦中珍妮特分裂为"橘子魔鬼"等奇幻意象，与接受梦境的另一部分自我对话，实现说服功能。本文总结出三次重要的"自我说服"：

"橘子魔鬼"是珍妮特"梦中自我"对"现实自我"的第一次说服与拯救。回到现实中后，当珍妮特同性恋身份首次被发现时，面对外界质疑与惩罚，珍妮特陷入两难：应该听从教会及时忏悔，还是应该听从内心追求真爱，对此，年少的珍妮特不知所措。然而，此时突然出现的橘色魔鬼给了她安慰："我想助你一臂之力，帮你决定你想要什么。"（温特森，2018，p. 160）橘色魔鬼告诉珍妮特周围人看似一直在永无休止地唠叨，其实眼睛却什么也看不到，让她明白并非所有人都虔诚，每个人的内心都有一个魔鬼，与众不同也不代表着邪恶："你不会死的，事实上，你恢复得不错……记住，你已经做出选择，现在已经没有回头路了……'接着！'魔鬼喊了一声就消失了。只见一颗粗糙的褐色小卵石在我的手心。"（p. 168）可以发现，当珍妮特内心天平摇摆不定时，橘色魔鬼以命令式的第二人称"你"，说服她走上了抗争之路。而这个橘色魔鬼就来自坚信"橘子是唯一的水果"的母亲，本身就是珍妮特内心潜意识的反抗，是另一部分自我的呐喊。最终珍妮特在"另一个自我"的鼓励下，踏出了反抗的第一步。

"黑王子与亚眠人"的梦境是第二次的自我说服。母亲为了斩断珍妮特同性恋的想法，烧掉了珍妮特的卡片以及私人信件，这个举动成为珍妮特爆发的直接导火索。于是在梦境中，皇宫（代表着现实生活中的家）已经被洗劫一空，黑王子和亚眠人相互对峙，局势紧张。石墙内是王后（母亲）挟持般的庇护，石墙外是自由的魔圈。而梦中未知的声音逼着珍妮特清醒："墙的本质注定了墙终将颓废。吹响自己的号角……把石墙和魔圈分清楚……一道墙给身体，一个圈给灵魂。"（pp. 166-167）因此，醒来之后，现实中的珍妮特不再犹豫，也不再愧疚，内心深处彻底摆脱了虚假的教会以及母亲的强权，听从梦里自我的教诲，看似身在墙内，灵魂却开始向往着墙外的自由。

"柏士浮骑士"的探索之旅是梦中自我的第三次说服。在珍妮特带着伪装平稳生活一段时间后，与另一位女子凯蒂的爱情又一次将她推上风口浪尖。这一次，她的罪名更加严重——珍妮特犯了"模范男人"的罪，"性倒错""出卖灵魂""篡夺男性世界，还企图用另一种方式——性的方式——蔑视上帝的律法"。（p. 197）此时的梦里，柏士浮骑士发现王宫里的气氛早已变了，所有的一切都是空洞没有意义的符号：亚瑟王的王冠蒙尘，世间万物终将归于虚无，于是柏士浮骑士启程远离。这是梦境中珍妮特教给自己的解决方式。醒来后，珍妮特终于明白，问题从来就不在于性或者性别，更不在于自己。

于是，她听从梦中的指引，坚定地拒绝任何忏悔或驱魔仪式，跟随梦里的柏士浮骑士毅然离开了家。

三、自我的蜕变：虚幻与现实的最终融合

从与众不同的性取向被发现，到最终逃离一切，毫无依靠的珍妮特只有借助梦中变形的另一个自我获得指引。睡梦中顿悟，现实中更加清醒。可以说，在虚幻与现实之间的穿梭成就了现实中她的每一个思考与抉择。理解梦境的过程，就是她打破束缚、找寻自我的过程。而此部小说最大的叙述魅力，在于梦中一系列意象与现实之间的融合，以及最终虚幻与现实之间框架的破碎：现实中的珍妮特拿着梦中橘色魔鬼的褐色小卵石，奋起反抗，最终回到了养母的家，回到了梦中亚瑟王的宫殿。作者用梦境与现实的融合，完美地体现了珍妮特最终的自我救赎。

在讨论成长小说中叙述主体的普遍规律时，赵毅衡曾用"二我差"来描述幼稚的人物"我"对于成熟的叙述"我"之间的追逐，以及最终双方重合，完成成长的蜕变。同时，赵毅衡提到，任何虚构—幻想—做梦都是在"二我差"中进行的（赵毅衡，2013，p. 110）。而这部小说中，珍妮特的梦大多是对现实生活的事后反思。因此类比赵毅衡的"二我差"观点，本文认为，现实生活中珍妮特的经历，可以看作尚未成熟的"人物我"在懵懂时期对一切无从抉择，而梦里提供指引与方向的各种奇幻意象可以看作平行时空成熟的"叙述我"。

在现实中的珍妮特逐渐跟随梦中自我的脚步之时，梦与现实的"二我差"逐渐缩小。最终，同样的意象，出现在不同的梦境中，甚至直接出现在现实中，虚幻与现实实现完美的融合。梦中，橘色魔鬼扔给珍妮特一颗粗粝的褐色小石子，让她做出选择；现实中，为了保护凯蒂，珍妮特主动承认和梅兰妮藕断丝连，此时她把手塞进口袋，掌心把玩着一块粗粝的褐色卵石（温特森，2018，p. 193）。梦里，面对男巫的愤怒，一块粗粝的褐色卵石落在她手里（p. 215）；现实中，被母亲赶出家门前，珍妮特手心里死死握住褐色的小卵石。梦里，珍妮特离开男巫之前，男巫化身一只老鼠，在她的纽扣上缠上了隐形的线（p. 216）；现实中，当珍妮特多年以后回到家，发现纽扣上母亲早已系上了一根线，随时可以牵绊住她。

至此，珍妮特穿梭于虚幻与现实的旅程结束，因为对她来说，现实与梦境已经融为一体。梦里自己一直努力探寻的真正自我，现实中的她也已经在多年的独自生活中找到。此时珍妮特已经不是尚未成熟的"人物我"，而是真

正变成了梦中的成熟的"叙述我"。随着"二我差"的弥合，梦境与现实的界限打破，珍妮特完成自我的蜕变：逃离束缚，追求真正的自我。

引用文献：

杜红艳（2020）.《新刻绣像批评金瓶梅》中的"梦叙述". 探索与批评，1，29－39.

方小莉（2015）. 作为虚构文本的梦叙述. 西北大学学报（哲学社会科学版），45（3），118－123.

方小莉（2016）. 梦叙述的修辞. 社会科学战线，8，162－168.

方小莉（2018）. 虚构与现实之间：电影与梦的再现. 云南社会科学，5，172－178＋188.

方小莉（2019）. 梦叙述的符号修辞. 重庆广播电视大学学报，31（6），3－10.

弗洛伊德，西格蒙德（2000）. 精神分析导论讲演（周泉，等译）. 北京：国际文化出版公司.

弗洛伊德，西格蒙德（2015）. 梦的解析（贾宁，译）. 南京：译林出版社.

龙迪勇（2002）. 叙事学研究之五：梦：时间与叙事. 江西社会科学，8，22－35.

温特森，珍妮特（2018）. 橘子不是唯一的水果（于是，译）. 北京：北京联合出版公司.

赵毅衡（2013）. 梦：一个符号叙述学研究. 四川大学学报（哲学社会科学版），3，104－111.

Bruner, J. (1996). *The Culture of Education*. M. A. Cambridge: Harvard University Press.

Winterson, Jeanette (1997). *Orange Are Not the Only Fruit*. Now York: Grove Press.

States, Bert O. (1988). *The Rhetoric of Dreams*. Ithaca and London: Cornell University Press.

作者简介：

张高珊，四川大学外国语学院博士研究生，主要研究方向为英美文学。

Author:

Zhang Gaoshan, Ph. D. candidate of College of Foreign Languages and Cultures, Sichuan University. Her research field is English and American literature.

Email: 1041796788@qq.com

文类研究 ● ● ● ● ●

拟真世界中的数字生存：陈楸帆的赛博朋克科幻研究

黎　婵

摘　要：论文侧重从科幻文类的角度分析陈楸帆的创作，探寻这一赛博朋克变体在文类传统中的定位、现实主题关注和风格特征，同时增强对赛博朋克的理解与剖析，在微观层面上推进"科幻现实主义"这一中国科幻批评话语。论文认为，陈楸帆作品对数字化生存的推想属于历史久远的近未来科幻，通过勾勒弦上之箭的运动矢量将现实问题加以前置化。其作品中的近未来蜕变为一种拟真，受制于在字面和隐喻意义之间往返的"控制论"，这体现了作者对赛博朋克文类深层主题的继承和发展。此外，技术中介化的感知书写，尤其是信息技术中介化的人工视觉书写，也典型体现了作者对赛博朋克世界观与风格的传承和拓展。

关键词：陈楸帆　近未来科幻　拟真　控制论想象　技术中介的感知书写

Being Digital in the Simulated World: On Chen Qiufan's Cyberpunk SF

Li Chan

Abstract: The paper explores Chen Qiufan's SF as a Cyberpunk variant mainly from the perspective of SF genre, focusing on its location in the genre development, its reality concerns and stylistic features. Meanwhile the paper also aims to enhance the understanding and analysis of Cyberpunk, and theoretically promote the Chinese SF criticism of "SF Realism" at the micro-level. It is argued that, Chen's speculation of digital existence is a near future writing, a long-established SF sub-genre, and foregrounds contemporary problems by depicting the motion vector of arrows on the string. The near future in Chen's writings is represented as a form of simulation, driven by cybernetics both in its literal and metaphorical sense, which is Chen's inheritance and development of Cyberpunk's deep theme. In addition, Chen's sensory writings mediated by technologies, especially writings of artificial sight mediated by information technologies, are his typical building up of Cyberpunk in worldview and style.

Keywords: Chen Qiufan; near future SF; simulation; imagination of cybernetics; sensory writings mediated by technologies

在 2012 年中国星云奖科幻高峰论坛上，陈楸帆提出"科幻在当下，是最大的现实主义。科幻用开放性的现实主义，为想象力提供了一个窗口，去书写主流文学中没有书写的现实"。韩松将这一表述提炼为"科幻现实主义"，陈楸帆进而将之阐释为一种话语策略：科幻因其幻想性质，在触及时代痛点时比现实主义文学面临的禁忌更少（陈楸帆，2013c，pp. 38－39）。文学创作不存在想象的真空，科幻写作也必定基于一定语境与经验，形成对现实的讽喻，其对现实的偏离可能形成批判性距离，揭示潜在的可能。因此，陈楸帆的阐述倾向于科幻的批判性叙事可能，几乎适用于所有优秀科幻。在此逻辑驱使之下，他也指认"科幻现实主义"可以加诸任何亚文类（p. 39）。近年学术界对陈楸帆科幻的研究有所积累和发展，但突破主要在现实主义书写方面，对其科幻特征的分析，大致仍沿着上述不甚准确的思路展开。[①]

同时，陈楸帆的科幻常被冠以"中国赛博朋克"之名，信息技术社会的确是作者笔下最为突出的主题。但作家本人承认，他与星河、杨平等先行者一样，缺乏对"朋克精神"的体认和表达（2013b）。陈楸帆唯一的长篇科幻小说《荒潮》（2013，2019）既是对《神经漫游者》（*Neuromancer*，1984）的致敬，也借鉴了"生物朋克"（biopunk）的代表作《发条女孩》（*The Windup Girl*，2009）（Sun，2017），这类混合借鉴也见于他的短篇创作中。此外，作者对中国当代社会变迁中的万千众生，尤其是东南沿海城市底层人群的生活着墨甚多。综合考虑之下，笔者认为陈作是赛博朋克的一种中国变体，整体刻画了近未来的数字化生存，与现实的关系属于外推性再现。本文侧重从科幻批评的角度分析陈作，探寻这一变体在文类传统中的定位，再从现实主题关注和风格化书写探寻其特征，同时勾勒陈作这一类"科幻现实主义"的具体特征。

一、近未来科幻与现实增强

"科幻现实主义"的理论话语始于 20 世纪 80 年代，强调科幻应多谈论现实，减弱幻想元素，由此靠拢中国的现实主义文学主流，满足时代和读者的需求。陈楸帆的借用，描述了科幻以迂回的方式关注现实，强调科幻对于现实有着独特的批判空间和潜能，在文类的宽泛认知上靠近苏文（Darko Suvin）代表的西方马克思主义科幻批评。这一流派发展成熟，在国内科幻批评中具有压倒性的理论地位，也是陈作研究中常被引用的分析话语。理论在旅行之中存在本土化阐释和发挥，国内研究也和陈楸帆的理解类似，大多将

---

① 对陈作中现实关注的批评突破，可见论文 "Imagining Globalization in Paolo Bacigalupi's *The Windup Girl* and Chen Qiufan's *The Waste Tide*"（Mengtian Sun，2019），该文比较了《发条女孩》与《荒潮》中对全球化的边缘体验，并与后殖民主义的理论争议进行了互文性阅读；此外，《后人类时代的潮汕——陈楸帆科幻中的故乡书写》（郁旭映，2021 年）探讨了陈作中故乡承载的传统与呈现的剧变，揭示了作者对乡土从批判到趋向认同的价值转换。此外，侧重联系陈作与科幻文类的分析主要有：《开拓科幻小说的现实主义新域——论陈楸帆及其科幻小说创作》（高亚斌、王卫英，2015 年）主要讨论创作对当代人生存状况的关注与社会批判；《当代中国科幻中的科技、性别和"赛博格"——以〈荒潮〉为例》（刘希，2019 年）基本延续了作者本人的解读，并将之与苏文的"认知陌生化"相关联，其中的问题后文将提出商榷；《从科幻现实主义角度解读〈北京折叠〉》（任冬梅，2016 年）认为陈楸帆与郝景芳的科幻写作凸显了现实问题，即为"科幻现实主义"所指。

苏文的"认知陌生化"概略理解为科幻具有现实尤其是科技依据（认知），又以异于现实的方式构成叙事世界（陌生化）。但追本溯源，该理论话语在真实所指方面与陈作存在阐释偏差。

西方马克思主义科幻批评重释了布洛赫（Ernst Bloch）的"新异"（novum），以20世纪60年代以来西方的批判性科幻为对象，建构了一种乌托邦阐释学和文类学。在其理论视野中，乌托邦既是人类基本心理，也指向自由王国；作为文类叙事特征或"主要形式策略"的"认知陌生化"，指"替换作者经验环境的想象性框架"（Suvin，1988，p. 66），强调故事的时空构架相对现实生活世界发生了存在论意义上的中断，科幻世界对经验世界的偏离形成一种本体论跨越。比如，《黑暗的左手》（*The Left Hand of Darkness*，1969）中葛森星上发展出了机械文明，却对资本主义闻所未闻，体现出对现存社会系统进行总体性替换的叙事建构与价值取向。

就叙事形式而言，最为契合"认知陌生化"内涵的是作为社会－政治亚文类的乌托邦科幻。《荒潮》对跨国资本与电子垃圾的揭露，并非严格意义上的替换世界，而是对现实经验的外推，和《神经漫游者》一样属于近未来写作。关于吉布森（William Gibson），苏文虽赞颂其天才，但对其意识形态持有怀疑和批评态度。在他看来，吉布森虽憎恶现状，却过于轻易地承认现状不可避免、无法改变，这是一种"缺乏想象力"的过度现实主义书写及对短期境况过于直接的反思（Suvin，2010，p. 146）。换言之，《神经漫游者》这种近未来书写，虽外推了技术革命与资本的总体化操控，但与现实距离太近，叙事世界相对现实没有形成本体论断裂。吉布森所缺乏的"想象力"，是乌托邦的想象力，它没有试图引爆现实矛盾从而为另类社会的出现开辟空间，即没有实现苏文所言"陌生化"的价值内涵。

苏文始终强调科幻的正统是莫尔、斯威夫特（Jonathan Swift）和威尔斯（H. G. Wells）等人代表的乌托邦与讽刺传统（Suvin，2001，pp. 244－245），这对于在20世纪上半叶主要作为通俗文学的科幻写作而言，起到了确立文学价值的重要作用，并且始终是科幻持久的价值所在。但是从具体叙事而言，近未来科幻历时久远。1870年5月，切斯尼（George Tomkyns Chesney）发表了《道廷之战：一名志愿者的回忆录》（*The Battle of Dorking：Reminiscences of a Volunteer*），引发了第一次世界大战之前欧洲"未来战争"（future wars）的故事潮流。它们描绘即将爆发的战争，充斥着各色军事技术推想，威尔斯的《世界大战》（*The War of the Worlds*，1898）也属于此传统。相对于凡尔纳将一种新技术发明引入同时代的远征与勘探故事，这类叙事将时间明确设定为未来几年到几十年。它们不是对可能的未来进行无拘无束的想象，而是被时代的主要期待和假定塑造的推想（Clarke，1995，p. 24）。

未来维度是科幻书写的重要区别性特征。科幻作家罗宾逊（Kim Stanley Robinson）认为，未来历史（future history）描写 1 到 3 个世纪之后的故事，时间更长为远未来，更短则为近未来；其中近未来科幻是一种"预述的现实主义"（the proleptic realism），"它描述现实的方式就像飞碟射手定位泥鸽一样，稍微提前一点瞄准，揭露那些尚未到来，但已经产生了影响的事物"（Robinson，2017，p. 330）。可见，近未来科幻的关注点不再是乌托邦的解放可能，而是当下世界真实发生的变化及其危险，体现了快速变化的冲击之下过去与当下的经验无法处理个人化未来的情感。因此，国际格局变化、核战争威胁以及技术改变日常生活乃至人自身之时，近未来科幻往往集中涌现。[1]

陈楸帆的近未来，是技术普遍中介和资本全球运行的后人类社会。其中，全球化处在贸易与金融自由化的背景之下，以供应链全球分散、制造业海外转移为特征，跨国资本利用劳动力成本差异，实现地区套利，基本面貌符合第二次世界大战以来的现实图景。如海尔斯（N. Katherine Hayles）所言，人类与后人类是一种历史性的特定结构，人类存在于自由人本主义的传统之下，由一种先验的有别于他人意志的自我意志为界定特征，而后人类是通过协作的自动机制来形成自我（海勒，2017，pp. 5－8，pp. 44－45）。在电脑前敲击键盘，输入的信息由计算机编制为二进制数字，发送到服务器端口，再次重组输出为他人可理解的形式，我们的感知系统便置入了计算机的反馈系统之中，已然成为后人类。这种后人类观念之下，主体并不必要是一个"赛博格"（cyborg）（p. 5）。[2] 但在《荒潮》中，身体改造技术广泛存在，体现了近未来科幻的"预述"或外推的叙事逻辑。

小说中，硅屿是一处世界电子垃圾处理场，外来工人的棚屋里堆满了废弃电子义肢，垃圾女孩们随手取来打闹。小米并非唯一的赛博格，惠睿公司的"经济杀手"斯科特装有病毒电池续航的心率调节器，陈开宗在"垃圾人"

---

[1] 除了上文提及 19 世纪末期欧洲局势的变化引发了"未来战争"写作，第二次世界大战之后出现了一批"第三次世界大战"的科幻想象，而赛博朋克作为对现实的一种反馈，在修辞上类似于"未来战争"，参见 https://sf-encyclopedia. com/entry/near_future.

[2] 值得注意的是，后人类主义与反人文主义具有共同的核心，即反对造成现代世界等级与支配关系的超验的人；然而有的科幻作品在人物形象上虽打破了人、机器与动物的藩篱，却又重新塑造了神一般的超验角色，仅有后人类之表象而乏其历史定位与价值，实为超人类主义。

与"硅屿人"的冲突中右眼球破裂，换上了 SBT 出品的最新款电子义眼，医院花园里的小男孩也装有比真腿更灵敏的义肢。除了医疗应用，硅屿人使用着权限不同的增强现实眼镜，族长豢养着芯片狗，打手装有可调节增益的义体肌肉，垃圾女刀兰装有废旧回收的鱼骨利刃手臂，本地青年在肩头贴上电子感应文身，落神婆施法时额贴"敕"字绿色感应薄膜，性功能缺失的刀仔借助增强性器官凌虐小米，这类人造增强项目正在地下流通。科技发展似乎为身体带来了前所未有的解放，但在很多情况下商业应用取决于社会身份与环境，隐含着旧有的权力结构。此外，故事提及义肢在发达国家成为"快消品"，陈开宗的美国室友与女友一道频繁更换身体部件以寻求感官刺激；女友死于车祸，遇难者们的义眼难分彼此。这个插曲中，义体沦为一种无意义的纯粹符号，多余的必需。身体解放只是消费与时尚模式的载体，在失去所指的普遍替换之中，无限的自由跌落为玩弄身体自身。

身体改造在《荒潮》中司空见惯，SBT 与惠睿背后的荒潮财团追逐更新的核心技术——第二次世界大战时"荒潮"计划遗失的三百余种神经与意识改造专利。资本不再仅仅统治生产性劳动，而是大规模扎根于生产之外的东西，包括认知、身体、时尚、流通乃至潜意识，全面对接欲望、制造欲望，从而统治了全部社会与生活。作者曾在小说初版的后记中描述科幻现实主义美学风格："它所折射出的，是源于现实的光，只是要更加刺眼。"（陈楸帆，2013a，p. 259）因此陈楸帆的近未来通过外推，以"现实增强眼镜"的方式去观察现实，将潜沉的社会运作力量拉出水面，但是并不承诺突围。

二、拟真世界中的控制论想象

陈楸帆多次表示，科幻小说或作家提出问题，但不应承担解决问题的责任，也对好莱坞科幻大片一次性解决问题的理想化结局表示失望（何晶，2015）。文学作品并不能穷尽世界或指导纷繁的实践，革新与解放的宏大话语丧失了内在的激情和外在的理想光晕，"美好愿景"借乌托邦之名而行控制之实并不鲜见。《荒潮》中小米在赛博世界纵横捭阖的时刻，仿若"天女下凡"，又若《自由引导人民》中英勇无畏的女神，这种场景携带权威化的神话色彩，与赛博朋克的日常化微观视角及《荒潮》本身的草根关注格格不入，因而略显尴尬。其后，叙事不得不以小米宁死也要弃绝智力资本及其伴随权力告终，新的躯体并未创造出新的生活。乌托邦欲望与冲动的退却，及其造成自我创造的生成匮乏是另一个复杂的议题，这一现象伴随着现代政治生活而日益微观化和日常化，而赛博朋克文类更是诞生于超媒介社会，其间旧有的真假等观念在媒介操纵中混淆颠倒，甚至难寻本源。

西方科幻批评家受益于鲍德里亚（Jean Baudrillard）对科幻与"拟真"（simulation）的论述，以"内爆"（implosive）标识赛博朋克的后现代诗学，提出这一文类典型体现了控制论时代的文化逻辑——计算机代表了将现象世界的一切存在分解为信息，而后以无限可复制方式完美拟真的可能（黎婵，2020，pp. 187-189）。自 20 世纪 80 年代始，现实已然科幻化，或者现实比科幻更科幻，此类表述屡见于西方理论家、科幻作家与编辑笔下，陈楸帆也认为"我们所处的时代比科幻还要科幻"，媒介社会变异为了鲍德里亚所言的"超真实"（hyperreality）（陈楸帆，2020a，p. 36，p. 40）。所谓科幻化现实，本质是拟真的在场掏空了真实的本体论位置，原有的真实感和稳固感随之消失。真实的观念断裂与情感消退，在不同科幻作家笔下表现不同（参见黎婵，2020，pp. 189-191），在陈楸帆处体现为一种控制论想象。

细究鲍德里亚对拟真与科幻的论述，"模式""代码""控制"等术语存在从隐喻到字面化、从泛指到特指的转变。他在《象征交换与死亡》（*L'échange symbolique et la mort*，1976）中提出，自文艺复兴以来，拟像（simulacra）经历了三个价值规律的变化，当下所处的拟真时代以代码支配为特征。整体而言，此时的"代码"并不特指计算机编程代码，而是"价值的结构规律"，它失去了起源与参照，因此以永恒可逆、无限替代的方式构成了掏空真实的现实；他的"控制"也不特指维纳（Norbert Wiener）以来研究动物和机器内部控制和通信规律的学科，而是指主宰生产与再生产的代码模式（波德里亚，2012，p. 39，p. 86）。拟真具化为信息技术，或延伸至相关科幻论述，首先缘起于很多为旧词赋新义的计算机科技术语。更关键的是，主宰生活世界的模式拥有了信息技术的化身，语言也因此从不可见的隐喻固化凝结为了新技术客体。类似的，斯蒂格勒援引拉康的镜像关系来阐述摄影技术，也是将后者隐喻性的论述具象化了，或曰"物质性地义肢化了"（张一兵，2018，pp. 110-111）。陈楸帆的控制论书写在字面上体现为推想性信息技术的生活塑造力，同时也隐喻性地反指了现代社会的控制性质。

生活犹如潮水，个人能体会到涨落的力量却无从把握，只能在顺应中尽力筹谋，《荒潮》中罗锦城对此深有感触。罗锦城身为罗氏族长，留过洋，掌握着金钱人脉以及信息监控网，精明老练，还善于操控人心。这个在红尘世界中如鱼得水的"上位者"，仍旧感叹"命不在任何人手里"：他所做的一切，或许只是顺应命数，如同水滴在那些无形的风涌、车体震动、玻璃表面附着的细小尘埃以及其他无法知晓的力量裹挟下走出的一条窄路。年轻时，罗锦城会把这些归结为人的天赋秉性、眼界、勤奋程度，或者运气，现在他清楚，这些都是，也都不是。人置身于广阔莫测的巨大世界图景中，只能盲人摸象般偷窥其一二，更何况这幅图景还在日复一日地高速扩张中。（陈楸帆，2019b，p.133）

个体存在于世界，犹如陷入弥漫性力量铺就的大网之中，这令人联想到福柯描述的控制型社会。相对于早期的规训社会，现代社会的控制机制变得"民主"，规范内化、浸透个体的意识和肉体，权力由此将社会生活层层包裹，转变为一种内部规范，即生命权力（biopower）。这正是罗锦城的感受所指，他本人既是其产物，也接纳和传递了这种权力，成为社会权力生产和再生产机器中的一个枢纽。这种控制力量在短篇《开窍》（2011）中具化为计算程序。故事中，一名研究生发现存在着脑部物质先天缺失的特殊人群，作为同一套神秘程序的产物，他们是实实在在的"无脑人"。但同时，故事中盲目反抗的村民、弦舞的信徒、生物电流作用下整齐颤动的蚯蚓，以及"希望一切事物都在控制之内，讨厌做无用功"的叙事人（陈楸帆，2015，p.191），都可以理解为隐喻意义上的"无脑人"——受制于本能、生活惯性和现代计算意识。这种控制论在字面与隐喻之间的有意往返，也见于《鼠年》（2009）。叙事人大学延期毕业，参与了消灭变异鼠群的运动，故事暗示鼠群可能是国际贸易博弈中基因调制和计算程序刻意出错的产物，当协议达成时它们便被调制为群体自杀模式，消弭于无形；叙事人最终过上了曾经竭力逃避的机关生活，在灭鼠中死去或变成植物人的同伴，不会被铭记。叙事人无法看清世界，启动键一旦按下，多种力量便不断生发、拓展、交叠，变得广阔难测，他只能"看到自己那颗小小的破碎的心"（2015，p.54），又何尝不是挣扎于控制网络中的"鼠群"？

不止生活，欲望也成为控制的对象，乃至本身就是控制的产物。《G代表女神》（2011）展示了物恋与操纵在电子拟真时代的具化。G女士私下治疗生理缺陷却成为性快感的化身，以虚拟场景中的奇观化表演刺激权贵和大众日渐衰退的性欲。经由屏幕中介的G女士的表演，凸显了脱衣舞和缠足癖好的秘密，在男性观众一方这类物恋不是变态，而是一种通过操纵对象而消除阉割恐惧、获得安全感的菲勒斯主体自恋；此时实现操纵，借助的不再是物品，而是全息互动技术，观众由此获得了以假乱真的感受。因此，当G女士宣称一切都是伪装之后，表演顿时失去奇效。故事结尾处，她与真心关切她的男人共赴高潮，但这个男人有着类似的先天缺陷，她的欲望得到"真正"满足的刹那，"没有交谈，也没有动作"（陈楸帆，2015，p.103）。因此，G女士似乎从满足欲望的工具，变为了欲望的嘲弄者，但仍然被缚于想要被欲望的欲望，只是欲望从性欲转换为更具女性特征的情感诉求。

G女士尚且相信情感，但在《云爱人》（2018）里算法生产的拟真情感，给予了女主人公极致的情感体验，除了对象AI不具备人类身体这一遗憾。但吊诡的是，故事以她露出"胜利者"的微笑结束，又回到了这场恋爱的本来面目——以取胜为目的的人机对抗赛。如果说情感在某种意义上本身就包含着角力和输赢，在故事中它的本质则被呈现为计算控制程序。作者总体上对信息运算改变社会与人性持开放的态度，但开放也意味着价值变动未定，不应期望过高。有研究者注意到，陈楸帆对笔下的故乡从《荒潮》到《人生算法》（2019），经历了从批判到认同的转变，以情感象征的形式成为后人类时代乌托邦想象的寄托（郁旭映，2021，p.89）。当世界、欲望与情感都处于精确控制及其物质化的、字面意义的计算之下，甚至所谓真实也是层层调制的产物之时，故乡带着怀旧和温情的光晕成为变动潮流之中最稳固的一方礁石。

三、技术中介化的感知书写

在众多中介世界的文化与制度系统之中，语言无疑是最根本的一种，狭义的文学作品借之再现与重构体验。有研究者指出，陈楸帆的典型创作手段为"异视角通感"，即通过他者的感官重构世界；《无尽的告别》（2011）将之发挥到极致，主人公变形为一只蠕虫，用纤毛的触觉去体验和描摹世界（王硕嫱，2017，p.43）。进一步说，陈楸帆的感知书写建立在技术中介化的生活与体验之上，以大量技术修辞形成了科幻风格，其中经由技术中介的人工视觉书写最为突出。

《荒潮》中的"硅屿"以陈楸帆家乡汕头附近的电子垃圾处理场贵屿为原型，带有大量的潮汕传统元素，有时候这些传统与技术要素并存同一场景，变得混杂怪异。人头攒动的施孤现场，香烟氤氲中有高坛神像、戏班杂耍、小吃摊，冥钞上印着冥通银行网址，人们拍摄视频发送到故人的遗产邮箱，或去手艺人处调教人体贴膜。在陈氏族长的厝顶天台上，"晾晒的衣被、待风干的海产及单晶硅电池板错落有致地排放着"（陈楸帆，2019b，p.93）。挂满前工业时代器械的五金店中，藏匿着一个低速区数据捕获黑客——"慢箭手"硬虎，他的名字在方言中代表着"肯定、一定"之意（p.218）。外骨骼机械人被丢弃在观潮滩的乱葬岗上，特种合金装甲外壳上贴着道教符咒，挂着硬塑或木质佛珠，缠着祈福的红布条（p.103）。

传统与技术在并置之余，也有深度融合的时候。"荒潮"（英译为 Waste Tide)，既指第二次世界大战时被击沉的日军军舰和美国军方的研发项目，也以余波掀起巨浪比喻了历史事件的全球波及效应。拆开来看，"荒"字代表电子垃圾处理产业，"潮"字为硅屿海洋文化的整体意象。相应地，海洋修辞也散落于全书，例如："意识的触手如同柔韧海草""蓝色的塑料布……如同温室效应下升高的海平面""女孩却像蚌珠"，以及"双眼像是一对蒙上雾气的淡水珍珠"(p. 122, p. 125, p. 198, p. 288)。与此同时，对海洋本身的描述渗入了众多技术修辞：

（1）（水母）有规律地舒张收缩着，姿态轻盈柔美，宛如舞蹈，**又像是海里亮起了无数盏粉蓝粉绿的 LED 灯**……

（2）海面上一道道纤细的白线**如示波器上跳跃的图形**，移动、消失，复又出现，像永不休止的音符，一曲亿万年的引力之歌。

（3）海。……乍看之下，**仿佛凝固的聚酯塑料**，……

（4）闪烁着虹彩的波浪**如同某种变异的嗜氧微生物**，在海面上疯狂繁殖，蔓延……**大海像一块暗淡的硅基板材**被蚀刻成她所无法理解的模样……

（5）她看到了一张脸，从那波浪光滑的金属镀膜表面，微微颤动的、流淌着彩虹般细腻色彩的脸，她自己的脸……（p. 63, p. 99, p. 117, p. 118, 黑体为作者所加）

这些海洋技术修辞涉及电子产品（LED 灯、示波器）、微生物（嗜氧微生物）、材料合成（聚酯塑料、硅基板材、金属镀膜），广泛地体现了人工/自然二元对立的瓦解，没有完好无损的自然，只有技术人造物与自然的融合。"潮"所代表的海洋已然发生了内在变化，根植于世代生活的强大传统也发生了根底的动摇。

《神经漫游者》开篇的名句"港口上天空的颜色，是调不到台的电视机屏幕"，被视为典型的赛博朋克式技术修辞，其间自然和人造物上下颠倒。这种颠倒彻底体现了人工压倒自然，生成了一种先验的综合，构成了个体经验的座架和表象，由此世界只能以计算机的生成方式向我们"涌现"。陈楸帆的《荒潮》成书较早，其中的信息技术修辞与书中的海洋技术修辞一样，主要以异文合并的方式体现为融合，认知成为可以被分解、还原和复制的信息流。例如，陈开宗在普度施孤大会上初见小米，一见钟情的感受被分解为"仿佛那张脸的拓扑轮廓激活了右侧梭状回的某种识别模式，脑中开始分泌诱发心悸的化学递质"（p. 39）。近年来，作者偏好的阳光投下"条形码"一般的光斑（陈楸帆，2019a，p. 172；2020b，p. 75），与吉布森的名句有异曲同工之处；而在"巨大恐惧触发编写在杏仁核和腹内侧前额叶中的刺激－反应模块"等表述中，情感信息化不再是比喻，而是虚构世界中的事实（陈楸帆，2020b，p. 251）。

作者多次强调眼睛引导着世界认知。[①] 亚里士多德就注意到眼睛是最重要的认知感官，而在当代无论德波（Guy Debord）的"景观社会"（the society of spectacle）还是凯尔纳（Douglas Kellner）的"媒介奇观"（media spectacle），都指向了存在被纳入了本体论意义上的"视觉"，我们深度媒介化的日常生活中，视觉图像爆炸、"眼球效益"至上便是视觉存在的表象体现。此外，人工视角与人工视觉本就是赛博朋克文学的一个关键突破。《神经漫游者》对叙事视角（point of view）十分留意，超级黑客凯斯是贯通故事的视角人物，小说大部分内容都是他在虚拟世界的经历。为了推动情节发展，叙事出现了两处视角转换，均为凯斯借助"模拟刺激"设备，进入莫利的感官系统，代理性地经历她在现实世界的冒险。小说对叙事视角的微妙调整，正是其文学创新的关键：传统叙事学的视角隐含了对应人物的物理性在场，而小说中视角成为一种"实质性名词"（substantive noun），充当了人物缺席身体的位置标记，构成了人物的主体性（Hayles，1999，pp. 37－38）。人物不在场时，借助虚构技术实现了叙事视角的在场，这即是"人工视角"，也就是如今我们远程登录时身体不在场的虚拟在场。进一步说，无论凯斯穿梭于赛博空间，还是充当莫利眼睛背后的乘客，凯斯所见之能凭技术实现，所见之物也为技术调制的结果。换言之，小说中被推至前台的，既有叙事形式上的人工视角，也有叙事内容上的人工视觉。这种人工视觉，也有研究者称为"视界"（sight），指"机器视觉侵入人眼后所带来的'合成视觉'，由自然视野（view）与人工界面（interface）融合而成"，包括穿透空间的"增强视觉"（augmented vision）与接入系统的"终端视觉"（terminal vision）（施畅，2019，p. 116）。

《荒潮》中硅屿跌入低速区的插曲，体现了作者对赛博朋克人工视角的承继。李文通过病毒数据包入侵了加密视频的主视角，亲历了妹妹的受害过程，这种暴力呈现的方式"利用第一人称视角的技术，让每个观看视频

---

① 作者借小说中人物之口说道："……自然界历经亿万年才进化出的最精密、最神奇的造物——眼睛"，"这已经不仅仅是换了一只眼睛，整个世界都将随之改变"（陈楸帆，2019b，p. 226）。此类表述还见于短篇《造像者》与《未来病史》。

的人都成为罪犯，体验施虐的快感"（陈楸帆，2019b，p. 200）。人工视觉在《荒潮》中则主要以增强现实眼镜、陈开宗的义眼以及超级智能模式的入侵呈现。例如，超级智能模式的意识入侵，让小米变身"小米－机械人"，此时物体温度体现为色彩深浅、事物运动减速并分解、网格化视野变得高度精准、透视能力穿透障碍物，画面类似《机械战警》（*Robo Cop*，1987）中的"增强视觉"。超级智能模式与小米意识融合时，引导数百垃圾人的意识，一起入侵了鮀城的"复眼"系统，此时数字图景直接冲出屏幕、融入了自然视觉，属于"终端视觉"。在这一视觉中，事物以 360 度的全景展开，随着观看点的移动不断形成新的视野圆环，超级数据处理速度又将数十万车辆、三十万人家、五千家餐厅、十万张凝视屏幕的脸庞瞬间尽收眼底，又可随意穿梭捕捉细节，看到"后视镜中不怀好意的倾斜嘴角"，男孩意图不明地"拿着神经改装套件悄悄接近父亲心爱的德国牧羊犬"，探照灯扫过时黑烟一般的鸟群"化为银色砂砾"（pp. 255－258）。作者对视觉十分重视，还以鮀城的复眼系统为理念，设计了可穿戴作品《复眼》（*Compound Eye*）（陈楸帆、梁文华、冯元凌，2019）。它是一种新型外部义肢，借助手眼传感器让观众形成类似昆虫复眼的视觉，展出于"2019 深港城市/建筑双城双年展（深圳）"。

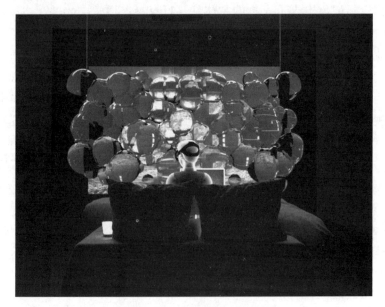

《复眼》（*Compound Eye*）**设计图**

结　语

文本只有作为某个写作传统的变体，才能得到充分理解，更何况陈楸帆具有较强国际视野，在写作中有意学习了前人。就赛博朋克所属的近未来写作而言，该亚文类与现实的关系，并不是西方马克思主义批评所倡导的激进断裂，而是通过描摹弦上之箭的运动矢量将当下潜在的运作与矛盾前置化。当下信息技术以指数级速度发展，孕育出新的工作、生活与社会组织方式，而支配日常生活的大多数自然法则是线性的，人们难以理解技术现象但又被裹挟其中，因而深感不安（见瓦伦丁，2019，pp. 5－6）。笔者以为，赛博朋克的兴起，尤其是近未来叙事借助赛博朋克的复兴，是时代情感的一种呈现，不仅关乎技术发展的内容，更体现了急剧变化冲击之下的价值转换——过去的经验不足为鉴，远未来又无从把握，因而朝向代际之内的近未来。

陈楸帆关注平庸无力的普通人，缺乏"朋克"所指的边缘文化及其叛逆气质。他的短篇也注意根据小人物的职业与处境调整叙事语气，唯一长篇的叙事具有理解与同情的基调，但没有形成鲜明的风格。相较而言，《神经漫游者》的冷峻颓废，《雪崩》（Snow Crash，1992）的暴力谐谑，都与黑客、犯罪、黑帮、街头等地下亚文化的刻画紧密相关。就现实的性质而言，陈楸帆较为重视媒介社会中现实的拟真性质，继承了吉布森的认知取向和精神气质——批判现实但知真相难寻，避谈理想而投身生活细节。同时陈作侧重探索这一现实的支配力量，字面上推想性信息技术的生活塑造力也隐喻性地指向了现代社会的控制性。这种对浸透了生活、欲望与情感的弥散性控制的体验，也是陈作中乌托邦冲力退却的重要根源。自文明伊始，语言就是根本性的认知工具、人与世界之间的重要中介制度。陈作的技术修辞探索科技对生活体验与感知的中介和塑造作用，其中信息技术中介之下的人工视觉刻画尤为突出，体现了作者对赛博朋克科幻风格的继承和发展，也以文字映射了文化的整体视觉转向。

"科幻现实主义"不必再强调科幻具有现实关注和价值，以此论证其合法性，而应该朝向某种代表性写作中科幻与现实的具体价值关系推进。就此而言，近未来以外推的方式让现实关注得以强化、锐化和聚焦化，简而言之是一种"增强现实"。此外，现代生活充斥着梦幻般的广告宣传和消费文化奇观，原有的现实、真实等观念已经不再稳固，如今数字化进一步打造出技术文化与超真实的新领域，社会生产与生活的各方面都需要反过去适应信息与数据流。作为文学再现对象，现实的性质对谈论再现关系至关重要，甚至是研究效力的基石。

引用文献：

波德里亚，让（2012）．象征交换与死亡（车槿山，译）．南京：译林出版社．

陈楸帆（2013a）．后记：不存在的故乡．荒潮．武汉：长江文艺出版社，255－259．

陈楸帆（2013b）．在中国，只赛博不朋克．纽约时报中文网，8月8日，https://cn.
　　nytimes. com/books/20130808/cc08cyberpunk/．

陈楸帆（2013c）．对"科幻现实主义"的再思考．名作欣赏，38－39．

陈楸帆（2015）．未来病史．武汉：长江文艺版社．

陈楸帆（2019a）．人生算法．北京：中信出版社．

陈楸帆（2019b）．荒潮．上海：上海文艺出版社．

陈楸帆（2020a）．"超真实"时代的科幻文学创作．中国比较文学，2，36－49．

陈楸帆（2020b）．异化引擎．广州：花城出版社．

海勒，N. 凯瑟琳（2017）．我们何以成为后人类：文学、信息科学和控制论中的虚拟身
　　体（刘宇清，译）．北京：北京大学出版社．

何晶（2015）．陈楸帆：科幻最大的作用是提出问题．文学报，8月6日．

黎婵（2020）．科幻理论中技术文化批评的兴起．外国美学，1，181－199．

施畅（2019）．赛博格的眼睛：后人类视界及其视觉政治．文艺研究，8，114－126．

瓦伦丁，迈克尔（2019）．特斯拉模式：从丰田主义到特斯拉主义，埃隆·马斯克的工业
　　颠覆（陈明浩，译）．北京：社会科学文献出版社．

王硕嫱（2017）．《荒潮》与陈楸帆的重构世界．科普创作，2，42－44．

郁旭映（2021）．后人类时代的潮汕——陈楸帆科幻中的故乡书写．扬子江文学评论，4，
　　82－89．

张一兵（2018）．斯蒂格勒《技术与时间》构境论解读．上海：上海人民出版社．

Clarke, I. F. (1995). "Introduction: The Paper Warriors and Their Fights of Fantasy." In
　　*The Tale of the Next Great War 1871－1914:Fictions of Future Warfare and of Battles
　　Still-to-come*. Liverpool:Liverpool UP, 1－26.

Hayles, N. K. (1999). *How We Became Posthuman: Virtual Bodies in Cybernetics,
　　Literature, and Informatics*. Chicago and London:The University of Chicago Press.

Robinson, K. S. (2017). "3D Glasses on Reality." *Nature*, 552, 330－331.

Sun, M. (2017). "China and Chinese SF: Interview with Chen Qiufan." MCLC Resourse
　　Center Publication(April), https://u. osu. edu/mclc/online-series/sunmengtian/.

Suvin, D. (1988). "Narrative Logic, Ideological Domination, and the Range of SF: A
　　Hypothesis." In *Poitions and Presoppositions in Science Fiction*. Basingstoke and
　　London:The Macmillan Press Ltd., 61－73.

Suvin, D. (2001). "Afterword: With Sober, Estranged Eyes." In Patrick Parrinder (ed.).

Learning from Other Worlds: Estrangement, Cognition, and the Politics of Science Fiction and Utopia. Durham: Duke UP, 233−271.

Suvin, D (2010). "On William Gibson and Cyberpunk SF (1989−1991)." In *Defined by a Hallow: Essays on Utopia, Science Fiction, and Political Epistemology*. Bern: Peter Lang, 137−156.

作者简介：

黎婵，英语语言文学博士，四川大学外国语学院副教授，主要学术兴趣为文学理论、文学文类研究与文化研究。

Author:

Li Chan, Doctor of English Literature and Language, associate professor of the College of Foreign Languages and Cultures, Sichuan University. Her main areas of focus are literary theories, genre studies and cultural studies.

Email: salina3000@163.com

系列短篇小说的缀段性与互文性

李方木　丁志强

摘　要：系列短篇小说是由多个彼此独立而又相互关联的短篇叙事文本组合而成的故事集。现代系列短篇小说的缘起有其综合动因，本质上依旧延续传统系列小说的缀段式叙事传统。在不同时期或艺术门类中，该传统有其具象化的表现形式，体现了跨时代性和跨媒介性。系列短篇小说具有矛盾性，主要表现于文本中并存的互文性与差异性。主题、统一的地点、重复出现的人物等因素在体现文本内在互文性的同时，也在故事之间造成差异性。在自中世纪前后至现当代的小说领域中，能找到系列短篇小说的各式近亲。然而，虽然传统和现代系列短篇小说都承续了这种缀段式叙事传统，但两者在叙事文本类型构成、主题、内在互文性程度等方面却有一定差别。

关键词：系列短篇小说　文类　缀段式叙事　互文性

The Episodic Nature and Intertextuality in Short Story Cycle

Li Fangmu　Ding Zhiqiang

Abstract: Short story cycle refers to the story collection composed of several independent and interrelated short narratives. Modern short story cycle essentially inherits the traditional episodic narrative, and there are comprehensive reasons for its rise. This tradition has various specific forms in different time periods or art categories, reflecting the trans-age and trans-media nature. The contradiction of the short story cycle lies in the coexistence of intertextuality and deviation of the stories. Theme, unified place, recurrent characters and other factors not only reflect the internal intertextuality, but also cause deviation among the stories. There are many similar forms of the short story cycle from around the Middle Ages to the modern and contemporary times. However, although both the traditional and modern short story cycle possess episodic narrative, there are certain differences in terms of narrative text types, themes, and the degree of internal intertextuality.

Keywords: short story cycle; genre; episodic narrative; intertextuality

系列短篇小说[1]（有 short story cycle、composite novel、short story sequence、short story composite、the integrated short story collection 等不同表达）一般是由多个彼此独立而又相互关联的短篇叙事文本通过并置的结构手段组合而成的故事集。目前，国外多使用术语 "short story cycle" 命名。其中，"cycle" 一词侧重表示 "一系列、整套" 之意，描述一种阅读体验的"动态螺旋运动"（Lynch，2016，p. 517），即由各个故事中的主题、地点、人物等反复出现的互文性因素而逐渐累积起的共通感。

一般来说，系列短篇小说同时兼有短篇小说和小说（novel）的某些特点，但严格来讲，它既区别于一般意义上的短篇小说集，也区别于小说。林奇（Gerald Lynch）认为该文类 "碎化了地点、时间、人物和情节的连续叙事"，由此认为它是一种 "现代反小说"（modern anti-novel）（p. 523），以强调它的非常规性，甚至与传统小说的对立性。对于它的文类归属问题，学界也莫衷一是。有学者甚至认为它 "跨立于短篇小说和小说之间，占据一个域限空间"（p. 60），是一种 "不定体裁"（nomadic genre）（Driss，2018，p. 59）。系列短篇小说文类归属的模糊性在一定程度上体现了它的矛盾本质，这种矛盾性还体现在其文本互文性与差异性并存的特点上。文本内主题、地点、人物等因素在体现文本内在互文性的同时，也造成了单篇故事之间的差异性，使文本存在着一种 "离心与向心的力量"（Lundén，2014，p. 49）。

19 世纪的现实主义小说在内容上侧重对现实生活客观而具体的描述，在结构和情节组织等方面却依然遵循传统小说的线性因果叙事风格。相比之下，

---

[1] Short Story Cycle，国内译法主要有 "短篇小说成套故事""插曲式小说""故事环""环故事" 等。文中译名取自笔者在《英语文学教研与译介》中提及的 "系列短篇小说"。相比之下，"系列" 二字更能 "突出它处于短篇小说与小说之间、各故事既相互依存又可独立成篇的特性"（高艳丽，李方木，2017，p. 180）。

现代系列短篇小说、意识流小说等 20 世纪现代主义小说对常规有所突破，在内容上更突出现代化进程对人造成的影响，形式结构上也更加自由灵活，有其反传统性。现代系列短篇小说典型作品见于乔伊斯（James Joyce）的《都柏林人》（*Dubliners*，1914）、图默（Jean Toomer）的《凯恩》（*Cane*，1923）、韦尔蒂（Eudora Welty）的《金苹果》（*The Golden Apples*，1949）、安德森（Sherwood Anderson）的《小城畸人》（*Winesburg，Ohio*，1919）、福克纳（William Faulkner）的《去吧，摩西》（*Go Down，Moses*，1942）与《没有被征服的》（*The Unvanquished*，1938）以及海明威（Ernest Hemingway）的《我们的时代》（*In Our Time*，1925），等等。

系列短篇小说俨然已经成为一种"世界现象"（Kennedy，1995，p. Ⅷ），相关研究也是不胜枚举。从目前研究来看，系列短篇小说不仅是一种松散的结构形式，也逐渐演变成一个独特的文类，体现了形式与文类的二象性特点。从英美的研究来看，学者们多将它看作一种独特文类，侧重对其进行类别研究，重点关注该文类的命名、传统渊源、分类、文类特点以及读者如何诠释并参与文本构建等问题。20 世纪 70 年代，英格拉姆（Forrest L. Ingram）的《二十世纪有代表性的系列短篇小说》（*Representative Short Story Cycles of the Twentieth Century：Studies in a Literary Genre*，1971）是系列短篇小说研究的开山之作。有评论家认为后续批评家们的相关评论与研究"批评和修饰了英格拉姆的方法"，主要集中于三个方面：第一，探究作者意图主导下的系列短篇小说的形式特点以及读者参与的建构文本内部故事间叙事联系和生成意义的过程；第二，探究单篇故事与整个文本之间的平衡或张力关系；第三，将系列短篇小说看作一种独立的文类，试图为其构建国家传统（Hoker & Bossche，2014，pp. 8-10）。这三个方面大致勾勒出英语国家对于系列短篇小说研究的蓝图与路径。

从意大利、法国等国家的研究来看，学者更侧重于把它当作一种形式或结构来研究，多使用术语"宏观文本"（macrotesto）或"文集"（recueil）描述此类作品，表示一种"能够涵盖不同种类文学文本的文学形式或出版格式"（p. 14）。这就不仅仅将研究视野局限于小说，还扩展到故事集（story collection）、组诗（poetry cycle）等文类之中。

一、系列短篇小说的叙事结构

一般来说，英美学者大多将系列短篇小说的结构追溯到阿拉伯《一千零一夜》、薄伽丘的《十日谈》、乔叟的《坎特伯雷故事集》等早期作品，关于这一点似乎已形成共识。林奇认为英语系列故事在文学史上建基于此类作品的框套叙事（frame narrative）（Lynch，2016，p. 514）。然而，虽然部分系列短篇小说体现了故事中讲故事的特点，但因此笼统地认为系列短篇小说就是源于框套叙事的观点未免有些武断。毕竟，学界针对究竟何为真正意义的框套叙事这一问题本身就莫衷一是，没有统一的标准。正如内勒斯（William Nelles）所言："对于这种结构的讨论和分析从来没有一个广泛接受的样式和术语。"（2002，p. 339）有学者甚至认为《十日谈》和《坎特伯雷故事集》并不是层层嵌套的框架结构，只是由"在大故事中包含着同等分量、处于同等结构地位的小故事"组成，故也可将它们列为"结构形式独特的长篇小说"（刘建军，1994，p. 233，p. 231）。

其实，如果暂且抛开这些作品是否是框套叙事这一争议性问题不谈，首先应该注意到这些作品的最基本构成形式：故事间的并置。即便像《一千零一夜》这种嵌套的框架结构的作品，其最先展现在读者面前的也是各个故事间的并置排列。无论是这些早期作品还是现代系列短篇小说，它们之间的一大共性就是通过结构性并置手段将所有的故事排列起来，各个故事在表面上呈现出碎片化的特点。更准确地说，这种碎片化便是缀段性[①]（episode）。根据《劳特利奇叙事理论百科全书》（*Routledge Encyclopedia of Narrative Theory*，2010）中关于"缀段"的定义："一系列有界限的、内部连贯的情景或事件，它们能被某一些叙事单元连接以形成更大的叙事结构"（Herman，Jahn & Ryan，2010，p. 140），系列短篇小说正是体现了这种特点，各个故事以空间组合的形式出现，表面上看似松散又互不连贯的事件或故事内部却以各种因素关联，并在连缀组合中构成一种小说新模式。正如伦丁（Rolf Lundén）所言，系列短篇小说植根于两千多年历史的"缀段式叙事"（episodic narrative）（2014，p. 50）。

在小说体裁中，这种缀段式叙事在流浪汉小说、短篇小说集等小说类型中均有一定程度的体现，但系列短篇小说又与其存在不同之处。简单来说，系列短篇小说、流浪汉小说和短篇小说集在某种程度上都体现了这一叙事形式的基本方面：结构性并置。恰如林奇所言，18 世纪的流浪汉小说（picaresque novel）是系列小说"较近的散文前身"（Lynch，2016，p. 515）。然而，除了外表结构形态上的相似，流浪汉小说与系列短篇小说在情节组织、故事结尾、主题、内在统一度等方面存在诸多不同。刘建军在《西方长篇小

---

① 译名取自王丽亚（2016）。

说结构模式论》中将这种流浪汉小说的结构形态概括为"流浪汉小说式结构模式"（1994，p. 114），并提出了这类小说的三大艺术特征。他认为在采用这类结构的小说中，主人公的活动轨迹必须是从头到尾贯穿始终的；每个具体故事必须是完整的；主人公行动线索是一个接一个排列的直线型结构（1994，pp. 114—119）。就以上三点而言，系列短篇小说恰好背道而驰，与流浪汉小说有着明显差异。而一般意义上的短篇小说集是指由多个短篇小说组成的集子，这种集合不考虑它们之间是否有主题、人物或情节上的联系。系列短篇小说虽然也是单篇故事独立成文，却有着相对统一的背景和主题，人物也彼此联系，单篇故事组织到一起形成一个相对统一的整体。

19 世纪，美国小说家欧文（Washington Irving）的《见闻札记》（*The Sketch Book of Geoffrey Crayon, Gent*，1820），霍桑（Nathaniel Hawthorne）的《省府传说》（*The Legends of the Province-House*，1838）、《古屋青苔》（*Mosses from an Old Manse*，1846），麦尔维尔（Herman Melville）的《广场故事》（*The Piazza Tales*，1856）等故事集都可看作同现代系列短篇小说的近亲。史密斯（Jennifer J. Smith）认为欧文的集子虽然文类不一，但为"美国现代系列短篇小说的兴起铺平了道路"，而霍桑和麦尔维尔则为系列故事"开创了先例，影响了很多当代作家"（Smith，2018，p. 18，p. 20）。

其实，这种叙事在其他艺术门类中也有具象化的表现形式，在电影、歌曲、诗歌、戏剧、绘画等诸多艺术门类中都有这种传统的承续。诸如分段式电影（episode film）、声乐套曲（song-cycle）、系列戏剧（drama cycle）、十四行组诗（sonnet-cycle）等艺术形式，甚至包括双联画（diptych），米开朗基罗的天顶画，古希腊教堂、祭坛、拱顶上那些描述英雄人物事迹的系列插图，装饰画，似乎都秉承了缀段式结构传统，体现了此种叙事形式的跨媒介性。跨媒介作家福克纳就是运用这种结构的典范。他不仅创作小说，还曾从事电影剧本创作，系列结构（cycle structure）便被福克纳应用到小说和电影剧本的创作之中。伯恩（Rebecca Emily Berne）认为此种结构用来强调"南方身份的表演性本质"（performed nature）（Berne，2007，p. 14）。

二、现代系列短篇小说的缘起与文本互文性

如果从历史传统的角度说现代系列短篇小说承续了缀段式叙事传统，那么促成 20 世纪前后现代系列短篇小说采用这种结构性并置的直接因素则是多面的。

从文化生产的角度看，一方面有作者出于美学价值的考量。安德森的《小城畸人》被公认为美国第一部现代系列短篇小说，他在回忆录里说想要一种"新的松散性"，在这部作品中创造了"属于自己的形式"（转引自 Driss，2018，p. 69）。

另一方面它是出版商、书商为贴合读者市场需求，谋求经济利益的一种策略。在小说领域中，长篇叙事文本始终居于金字塔的顶端，备受读者推崇。出版商们考虑到这一点，有意将短篇小说组合成集，向长篇叙事文本靠近，以满足市场需求。大多系列短篇小说在正式以集子形式出版之前，其中一部分故事早已在期刊或报纸上发表过。例如，1938 年，由兰登书屋出版的《没有被征服的》，除了收录曾发表于《星期六晚报》（The Saturday Evening Post）和《斯克里布纳杂志》（Scribner's）上的几篇故事，还增加了福克纳于 1937 年完成的《美人樱的香气》（"An Odor of Verbena"）；1925 年，在纽约出版的《我们的时代》由十四个短篇小说和巴黎版片段集《我们的时代》组成。其中，巴黎版《我们的时代》的前六个片段曾于 1923 年发表于《小评论》（The Little Review）；克莱恩（Stephen Crane）的《古镇奇谈》（Whilomville Stories，1900）曾发表在《哈泼斯》（Harper's）杂志上；弗里曼（Mary E. Wilkins Freeman）的《我们街区的人》（The People of Our Neighborhood，2010）最初于 1895 至 1897 年发表于《仕女家庭杂志》（The Ladies' Home Journal）；等等。这种"双管齐下的发行策略"（Berne，2007，p. 12）以及杂志、报业的迅速发展有力地助推了现代系列短篇小说的崛起。从这个角度看，系列短篇小说则是一种出版形式，由市场推动，越来越广泛地进入读者、作家、批评家们的视野之中。

虽然系列短篇小说结构松散、单篇故事独立，却体现出一定的结构统一性和连贯性。以亚里士多德文学统一理论为根基的现代小说一贯追求文本的统一，系列短篇小说也不例外。但是，这种统一性不同于长篇小说的那种情节连贯、前后衔接紧密的统一，它既不稳定也不完整。基利克（Tim Killick）认为系列短篇小说中的统一与巴赫金（Mikhail Bakhtin）提出的文学统一理论相一致，是一种"不稳定的、开放式"的统一（Killick，2008，p. 148）。其实，更准确地说，这种不稳定的统一性或连贯性就是文本的内在互文性。当然，在部分文本中，同时也表现为一种跨文本的外在互文性。在系列短篇小说中，重复出现的人物、统一的地方或地域性、主题等因素都体现了文本的内在互文性。然而，尤其需要注意的一点是，这些因素在构成文本内在互文性的同时，也造成了文本内部故事之间的差异性。

现代系列短篇小说的内在互文性体现于文本中重复出现的人物身上。《小城畸人》中的乔治·威拉德、《没有被征服的》中的巴耶德·沙多里斯、《我们的时代》中的尼克等都是文本中反复出现的人物。这样的人物既能串联起单篇独立的故事，又使读者在接受新人物出现的同时，尽快跟上作者节奏。然而，与传统小说通常有一以贯之的人物不同，系列短篇小说中重复出现的人物并没有完全出现在每一篇故事中，即便在人物重复出现的故事里，该人物的地位也可能发生变化，可能由之前故事的主要叙述对象变成一个配角或观察者，人物以"轮唱"的方式成为故事的主要叙述对象。这就在整个文本内部的各个故事之间造成了差异。例如，在《没有被征服的》中，重复出现的人物巴耶德在故事《沙多里斯的小冲突》（"Skirmish at Sartoris"）中变成了一个次要人物，只是故事中事件的参与者和观察者，而其表姐德鲁西拉却成为故事的主要叙述对象。

需要注意的一点是，重复出现的人物不仅体现了文本的内在互文性，在某些作品之间还体现出一种跨文本的外在互文性。在福克纳、海明威等人的系列短篇小说和他们创作的其他作品中，小到重复出现的人物，大到某一家族，都体现了这种跨文本的外在互文性。福克纳系列短篇小说《没有被征服的》讲述了沙多里斯家族的故事，小男孩巴耶德·沙多里斯以及所属的沙多里斯家族在小说中多次出现，而这里重复出现的人物巴耶德·沙多里斯实际上是福克纳的另一部小说《沙多里斯》（Sartoris，1929）中的那位老巴耶德。此外，在小说《圣殿》（Sanctuary，1931）、《八月之光》（Light in August，1932）、《坟墓里的旗帜》（Flags in the Dust，1973）等作品中，沙多里斯家族成员都有不同程度的"登台演出"机会。这些作品中关于沙多里斯家族故事的演绎使其成为杰夫生小镇的"地方性知识和神话"（王元陆，2021，p.111）。尼克形象除了频繁出现在海明威的系列短篇小说《我们的时代》中，还出现在小说集《没有女人的男人们》（Men without Women，1927）、《胜者无得》（Winner Take Nothing，1933）中的故事里，这些短篇小说构成了"尼克形象系列短篇小说"（胡正学，1993，p.81）。

相对统一的地点或地域性最能体现系列短篇小说文本内在互文性的特点。在多数现代系列短篇小说中，无论其主题是否一致、人物是否重复出现，其故事发生的地点或地域基本都是统一的。据此，伯恩甚至认为"20世纪早期的系列短篇小说是乡土小说（regional fiction）和现代实验的结合体"（Berne，2007，p.3）。福克纳系列短篇小说《去吧，摩西》与《没有被征服的》中的约克纳帕塔法县、安德森《小城畸人》中的俄亥俄州温斯堡、韦尔蒂《金苹果》中的莫加纳小镇、乔伊斯《都柏林人》中的都柏林等都体现了文本的内在互文性。最初，大多数系列小说将地点定位在乡村或边远地区，后来少数小说有城市背景，这些统一的地方或地域性"开创性地为一个地区或团体确立了一种基本的文学身份"（Pratt，1981，p. 187），进而衍生成一种地方性文化。此类小说不仅试图从版图上拼凑出一个世界，而且其反映的地方性文化，尤其是在现代化进程中表征出的人的异化感已然成为世界性的一个缩影。

就主题而言，现代系列短篇小说通常以主题的相关性贯穿文本，使故事相对统一，也体现出内在互文性。系列短篇小说《去吧，摩西》是一部"由同一个主题和同一个主人公串联起来的'系列小说'"（黎明，2006，p. 135），而《小城畸人》的异化主题，《都柏林人》的精神瘫痪主题，《没有被征服的》中的巴耶德·沙多里斯和《我们的时代》中尼克的成长主题，都在一定程度上串联起多个故事。然而，部分系列短篇小说中也有个别游离于主导主题的故事，单篇故事主题之间有一定的差异性。伦丁将这类游离于主导主题的故事称为"边缘故事"（fringe stories）（Lundén，2014，p. 60），典型篇目有安德森《小镇畸人》中的《高尚》（"Godliness"），福克纳《去吧，摩西》中的《大黑傻子》（"Pantaloon in Black"），《没有被征服的》中的《沙多里斯的小冲突》（"Skirmish at Sartoris"），海明威《我们的时代》中的《革命者》（"The Revolutionist"）。这种故事主题既相映互文而又存在差异的特点，恰是系列短篇小说区别于长篇和短篇小说的特殊之处。正如王丽亚所言："正是这种主题统一下的差异性使得这类短篇故事集拥有了长篇与短篇的双重属性，或者说，使得长短篇界限的讨论不再重要。"（2016，p. 348）

正是这些不稳定甚至矛盾性的因素使这一文类的内在互文性与差异性并存，成为"一个开关，能刺激读者依照自己的想法去参与文本构建"（Iser，1971，p. 43）。如肯尼迪（J. Gerald Kennedy）所言，系列短篇小说的"文本统一像美一样，需要依靠读者的眼睛去发现"（1995，p. ix）。虽说现代系列短篇小说一定程度上体现了文本的内在或外在的互文性，但是必须承认，就整个现代时期的系列短篇小说而言，体现在同一文本内部的不同故事之间的内在互文性特点更明显，而那种跨文本的外在互文性毕竟只是个例。然而，从叙事学的角度看，不同作家的现代系列短篇小说之间的确存在跨文本的相似性和趋同性。

史密斯在《美国系列短篇小说》（*The American Short Story Cycle*，2018）中对该文类有这样一段生动的描述："一个更准确的比喻可能是螺旋，所有的故事盘旋在一个共同的结构上，没有精确的重复。地点（place）、时间（time）、家族（family）作为连接手段，成为故事叙述的轴线。这一文类偏爱缀段式的、非时序的叙事。"（Smith，2018，p. 6）这些连接手段使松散结构中的各个故事具有连贯性，使小说整体形散而意不散，因而也成为文本的基本叙事要素。需要指出的是，史密斯做出"家族因素在建构、连接系列小说结构中占据中心位置"（p. 87）的论断主要是基于后现代时期处于边缘位置的少数族裔女性作家的系列短篇小说，但是将这一论断置于现代系列短篇小说仍然是有效的，福克纳系列短篇小说中的沙多里斯家族就是典型例证。而其他大部分系列小说也是以家族因素中重复出现的人物为叙事重点。每个现代系列短篇小说中的故事发生地点基本统一，即故事空间统一，这是该文类的一大共性。此外，在叙事时间、叙事角度等方面该文类也体现出一定的相似性和趋同性。

现代系列短篇小说体现了叙事文本中典型的双重时间性质。文本中的话语时间被任意拨动，而故事时间却处于隐性位置，或被颠倒、拆散、压缩，在过去、现在、未来之间来回穿梭，甚至在单篇故事之间出现了时间的断层，史密斯称其为"间隙性时间"（interstitial temporality）（p. 63）。整个故事的时间感因此碎片化、片段化，时间在系列短篇小说中被艺术性地处理为一个横切面，从而打破了传统小说所推崇的线性时间叙事的神话。

从传统文论的角度看，20世纪前后的系列短篇小说多由第三人称全知叙述者叙述，这似乎与现代主义文学奉行的多视角叙事相悖。而实际上，文本中还可能隐藏着另一种叙事视角——有限视角。例如，在《小城畸人》的故事《孤独》（"Loneliness"）中，有这样一段描述："他开始感到公寓生活沉闷、令人窒息，他现在对妻子甚至孩子的感觉就像从前对来访的朋友的感觉。"（安德森，2012，p. 154）这部分描写由全知叙述者讲述，但是真实体验到那种"生活沉闷、令人窒息"感觉的人却是文中的人物伊诺克，这种感觉是由叙述者代替人物表达出来的。这让读者"无法超越人物的视野，只能随着人物来'体验'发生的一切"（申丹，王丽亚，2010，p. 105），而这恰能反映出人物的内心感受，侧面体现出现代主义文学强调表达人物的主观性。

三、系列短篇小说的传统与现代之分

20世纪前后，工业化、城市化等现代化进程给人们带来新的生活环境和体验，这种"新"也反映到文学世界中，直接表现为现代主义小说与19世纪现实主义小说在叙事话语上存在的显著差异。在叙事视角方面，19世纪现实主义小说重在表征现实，叙事文本多采用全知叙事者叙事，而现代主义小说重在表现主观性和碎片性，强调个人内心活动，叙事文本以多角度叙事为主。在叙事时间方面，19世纪的现实主义小说取材于现实，一贯追求故事的真实性，叙事时间自然也基本遵循真实线性时间建立起的叙事秩序，即便有插叙、倒叙等技巧的运用，但本质上时间的一维性没有改变；而现代主义小说体现了更明显的双重时间性质，时间的一维性被打破，叙事时间与故事时间随意组合，颠覆了传统的线性时间叙事。

从共时研究的角度讲，作为现代主义小说支流的现代系列短篇小说自然也体现了这些叙事话语的"新"，而从历时的角度讲，与传统系列短篇小说相比，现代系列短篇小说也有其"新"。严格来讲，现代之前的所谓系列短篇小说只能算作广义上的系列短篇小说或传统的系列短篇小说。虽然传统或是现代系列短篇小说都以并置的手段将叙事文本组合成集，但显然，现代系列短篇小说在继承缀段式叙事传统的同时，又与传统系列短篇小说有着明显差异。

就构成小说的叙事文本类型来看，一般来说，无论传统或现代的系列短篇小说，基本都是由短篇叙事文本构成。然而，相比于传统系列短篇小说，现代系列短篇小说中的文本类型基本统一，且基本都是短篇小说。而传统系列短篇小说一般文本类型不一，由韵文、散文、讽刺、寓言等组成。正如里德（Ian Reid）所言："成套故事的各个部分都被编织到一个完整的整体中了，而这些古代的框架作品集则包含各种各样，漫无联系的叙事类型的杂录。"（1993，p.77）因此，他只把这些古代作品看作"成套故事的近亲"，称其为"框架杂录"（framed miscellany）（p.76）。

此外，严格来讲，即便是在欧文、霍桑、麦尔维尔等短篇小说作家的作品中，其文本类型也只能称得上是故事（tales），而非短篇小说。这一点从他们的作品多以"tale"而非"short story"命名也可以看出。虽然现在这两词经常被混用，但不能据此否认它们之间的差异。马勒（Robert F. Marler）曾断言"在19世纪中期，正是流行故事（popular tales）的衰落才推动了短篇小说的发展"，并就人物、情节等因素对两者进行比较，认为其间的不同是"众所周知的"（Marler，1974，p.153）。例如，就人物塑造而言，马勒基于弗莱（Northrop Frye）对两者进行区分，指出故事中的人物刻板化、理想化，脱离真实社会，而短篇小说中的人物是人格化的，人物内心状态是动态变化发展的（p.154）。基于此，两者的区分对于系列短篇小说的历时研究是有必要的。

就反映的主题来看，大多数现代系列短篇小说更加突出工业化、城市化、战争等现代化因素对人的戕害和影响，强调人与人关系的碎片化和异化，具有深刻的主题意义和人文关怀，而大多数传统系列短篇小说还是以突出故事性为主。正如史密斯所言，"早期的系列小说赞美社区（gemeinschaft）的可能性，但是 20 世纪之交的系列短篇小说则不断地将基于统一地域的社区看作现代冲突力量的战场，而非停战场"（Smith，2018，p. 22）。

就文本内在互文性程度来看，相比于传统系列短篇小说，现代系列短篇小说中的主题、重复出现的人物、统一的地点或地域等多种因素综合作用，使文本内在互文性特点体现得更加明显，能让读者感觉到一种贯穿于系列短篇小说中的共通感。而传统系列短篇小说则更多依靠叙述者串联多个故事，或依赖外部形式统一文本。有学者认为"在像《十日谈》这样的系列故事中，框套手段（framing device）是最有力的结构或统一原则"（Duyck，2014，p. 82）。这种框套手段确能在一定程度上统一文本，但仅依靠外在形式或某一叙述者讲故事组织文本，读者所能感受到的文本的内在连贯性就大打折扣，内在互文性特点体现得并不明显。因此，从形式上组织文本的框套手段也只是把不同的题目聚拢来的一个习惯的借口（里德，1993，p. 77）。

结　语

系列短篇小说叙事结构的本质在于缀段性，不同人物、故事情节之间的断裂与衔接又影射着现代小说叙事的非线性特征。缀段式叙事在电影、音乐、诗歌、绘画和小说等广泛的艺术门类之中都有其具象化的表现形式，充分体现了其跨媒介性。在小说领域，系列短篇小说在本质上正是延续这一传统。这种松散结构能将多个本可以独立的短篇小说组合成集，从表面上看互无联系，内部却以各种因素关联，从而构成一个相对统一的整体。文本内主题、重复出现的人物、统一的地点或地域性等因素充分体现了文本的内在互文性，在部分小说中甚至表现为一种跨文本的外在互文性。这些因素不仅是统一文本，使表面松散结构具有内在连贯性的重要手段，也成为系列短篇小说的基本叙事要素。从叙事学的角度讲，在叙事空间、叙事时间、叙事角度等方面，不同系列短篇小说之间也存在一种跨文本的相似性和趋同性，这也是该文类的基本叙事共性所在。然而，这些因素在体现文本内在互文性特点的同时，也造成了文本内部各故事之间的差异性。这种故事之间既独立自足又彼此关联，既存在内在互文性也体现差异性的矛盾共存性，恰是系列短篇小说的一大特性。

虽然传统和现代的系列短篇小说在构成的文本类型、主题、内在互文性程度等方面存在差异，但两者都兼有小说和短篇小说的某些特点，同时也体现了文类与形式的二象性特点。这种双重性在某种程度上打破了小说领域"金字塔式"的等级秩序，冲击了长短篇小说的二元对立式划分。文本中并存的内在互文性与差异性特点和以松散的结构组织起多个文本的形式俨然已经成为现代小说理念变革的一种信号，预示着现代小说艺术不仅试图挣脱传统小说的叙事神话，也以新的形态走向更贴合现代人思维和感觉方式的艺术舞台。

引用文献：

安德森，舍伍德（2012）. 俄亥俄，温斯堡（杨向荣，译）. 海口：南海出版公司.

高艳丽，李方木（2017）. 英语文学教研与译介. 北京：北京大学出版社.

胡正学（1993）. "能更持久地抓住海明威读者的想象"：尼克形象系列短篇小说探新. 外国文学研究，4，81—84.

刘建军（1994）. 西方长篇小说结构模式论. 长春：东北师范大学出版社.

黎明（2006）. 威廉·福克纳和他的"插曲式小说". 西南民族大学学报（人文社科版），6，133—136.

里德，伊恩（1993）. 短篇小说（肖遥、陈依，译）. 北京：昆仑出版社.

申丹，王丽亚（2010）. 西方叙事学：经典与后经典. 北京：北京大学出版社.

王元陆（2021）. 约克纳帕塔法世系故事中的毯包客. 外国文学评论，1，109—141.

王丽亚（2016）. 论"短篇故事合成体"的叙事结构：以爱丽丝·门罗的《逃离》为例. 英美文学研究论丛，2，334—351.

Berne, R. E. (2007). "Regionalism, Modernism, and the American Short Story Cycle." Dissertations & Theses Gradworks.

Driss, H. B. (2018). "Nomadic Genres: The Case of the Short Story Cycle." *Mosaic: An Interdisciplinary Critical Journal*, 51(2), 59—74.

Duyck, M. (2014). "The Short Story Cycle in Western Literature: Modernity, Continuity and Generic Implications." *Interférences littéraires / Literaire interferentes*, 12, 73—86.

"Episode" (2010). In Herman, D.; Jahn, M. & Ryan, M. L. (eds.), *Routledge Encyclopedia of Narrative Theory*. London: Routledge, 140.

Herman, D.; Jahn, M. Ryan, M. L. (eds.) (2010), *Routedge Encyclopedia of Narrative Theory*. London: Routledge.

Hoker, E. D. & Bossche, B. V. (2014). "Cycles, Recueils, Macrotexts: The Short Story Collection in a Comparative Perspective." *Interférences Littéraires / Literaire Interferentie*, 12, 5—17.

Iser, W. (1971). "Indeterminacy and the Reader's Response in Prose Fiction." In Miller, J. H. (ed.), *Aspects of Narrative*. New York: Columbia University Press, 1—45

Kennedy, J. G. (1995). *Modern American Short Story Sequences: Composite Fictions and Fictive Communities.* Cambridge: Cambridge University Press.

Killick, T. (2008). "The Paradox of Failure in the Modernist American Short Story Cycle." *Genre*, 41(1−2), 125−149.

Lundén, R. (2014). "Centrifugal and Centripetal Narrative Strategies in the Short Story Composite and the Episode Film." *Interférences littéraires/Literaire interferenties*, 12, 49−60.

Lynch, G. (2016). "Short Story Cycles: Between the Novel and the Story Collection". In Head, D. (ed.), *The Cambridge History of the English Short Story*. Cambridge: Cambridge University Press, 513−529.

Marler, R. F. (1974). "From Tale to Short Story: The Emergence of a New Genre in the 1850's." *American Literature*, 46(2), 153−169.

Nelles, W. (2002). "Stories within Stories: Narrative Levels and Embedded Narrative." In Richardson, B. (ed.), *Narrative Dynamics: Essays on Time, Plot, Closure, and Frames*. Columbus: The Ohio State University Press, 339−353.

Pratt, M. L. (1981). "The Short Story: The Long and Short of It." *Poetics*, 10, 175−194.

Smith, J. J. (2018). *The American Short Story Cycle.* Edinburgh: Edinburgh University Press.

作者简介：

李方木，博士，山东科技大学外国语学院副教授，主要研究方向为美国文学。

丁志强，硕士，山东科技大学外国语学院，主要研究方向为美国文学。

Author:

Li Fangmu, Ph. D., associate professor of College of Foreign Languages, Shandong University of Science and Technology. His research mainly focuses on American literature.

Email: lifangmu@sdust. edu. cn

Ding Zhiqiang, postgraduate of College of Foreign Languages, Shandong University of Science and Technology. His research mainly focuses on American literature.

Email: dingzhiqiang1224@163. com

批评理论与实践 ● ● ● ● ●

伦理失序之孽——《漂亮冤家》的文学伦理学批评解读①

王向红

摘　要： 20世纪初的新科技、新思想、新理论的广泛传播与应用，使美国社会的发展日新月异，导致新旧伦理关系的冲突与更替。当时正处于结构转型期的美国社会，不可避免地遭遇伦理秩序的紊乱，并由此引发青年一代的生活无意义感和幻灭感。在菲茨杰拉德的小说《漂亮冤家》中，安东尼的人生经历就是那个时代的社会缩影。本文从文学伦理学批评理论这一角度对菲茨杰拉德这一经典小说进行解读，从伦理身份迷失和伦理选择困惑视角切入，解析上流社会公子哥安东尼从纵情享乐走向悲凉结局的人生故事，从而透视第一次世界大战前后美国经济繁荣时期的社会风气、青年一代的放荡不羁和心灵迷失，分析社会伦理失序带来的传统道德的动摇，进而揭示伦理失序即为安东尼人生悲剧的根本原因。

关键词： 文学伦理学批评　伦理失序　伦理身份迷失　伦理选择

① 本文系2017年辽宁省社科规划基金项目"'中国梦'主题下菲茨杰拉德作品的再解读"（L17BWW012）的阶段性成果。笔者为该项目的主持人。

Ethical Disorder, the Culprit—Rereading of *The Beautiful and Damned* from the Perspective of Ethical Literary Criticism

Wang Xianghong

Abstract: At the beginning of the 20th century, the combination of new technology, new belief, new thoughts and ideas contributed to the tremendous changes in many aspects in the United States, which inevitably ended up with the conflicts and clashes between traditional and new ethical relations and brought about the chaos of ethical order. Thus, young adults were overwhelmed by the widely-spread sense of meaninglessness and disillusion. From the perspectives of ethical identity loss and difficulties in ethical choices, this essay reviews the life story of Antony, a young man from upper class, whose tragedy is a corollary of his indulge in hedonism. Thus, before us unrolls the picture of life in the 1920s—the ethos of that prosperous society, the dissipation and bewilderedness of the young generation in the United States. Analyzed on the ground of the theory of Ethical Literary Criticism, the conclusion is evident that the ethical disorder in society leads to the collapse in traditional moral values, hence becoming the root cause of the tragic ending of the life of Antony.

Keywords: Ethical Literary Criticism; ethical disorder; ethical identity loss; ethical choice

引　言

　　菲茨杰拉德作为美国 20 世纪最伟大的作家之一、爵士乐时代的代言人，其作品中对爵士乐时代的描述常常是：揽不完的香艳，喝不完的美酒，觥筹交错中的恣肆，音乐舞会里的狂欢……在菲茨杰拉德的笔下，生活似乎就是一场接一场的派对，一夜又一夜的笙歌。爵士乐奏响的是青春岁月的肆意挥霍，曲终人散时却是洒落一地的人生悲歌。在那样一个"最会纵乐，最讲究炫丽的时代"，菲茨杰拉德以一个亲历者的姿态和一个旁观者的目光，把那个时代鲜活地呈现在读者眼前，菲氏的小说《漂亮冤家》（又译为《美与孽》）真切地触摸到 20 世纪 20 年代前后的时代脉搏，读者在追随他细腻的笔触游弋于百年前的美国社会之后，不禁掩卷沉思：那样一个炫丽时代所产生的悲剧，其根源在哪里？本文将以文学伦理学批评理论为依据，解读这部小说呈现的社会现象，揭示伦理失序是安东尼人生悲剧的根本原因。

一、伦理失序的时代

为了更好地理解安东尼夫妇和小说中其他人物伦理身份的迷失以及他们面对伦理选择时的困惑，我们有必要梳理一下《漂亮冤家》这部小说里人物所处的时代背景，以便了解小说中社会伦理失序的深层原因。"伦理失序的首要表现是价值迷失，价值是一种意义指向，价值迷失表现为对经济无限增长、消费无度、金钱至上、享乐主义、功利主义价值观的迷恋，传统的价值观已经被解构，适应社会的新型价值观还没有完全建立，多元的价值观相互冲突。"（李清雁，2014，p. 14）小说开篇就交代了时代背景：一九一三年。安东尼·帕奇二十五岁。由此可以推断出安东尼的成长年代。那时，美国社会正经历着从物质生活到精神生活等方方面面的重大变革，这些重大变革对当时的伦理秩序构成巨大冲击。文学伦理学批评"强调回到历史的伦理现场，站在当时的伦理立场上解读和阐释文学作品"，"分析作品中导致社会事件和影响人物命运的伦理因素，用伦理的观点对事件、人物、文学等问题给以解释，并从历史的角度做出道德评价"（聂珍钊，王松林，2020，p. 8）。本文从三个方面探讨导致当时美国社会伦理失序的主要原因。

1. 科技的日新月异和经济的飞速发展

20 世纪初的美国新科技新发明层出不穷，新的事物不断走入人们的日常生活，改变着人们的生活方式和生活理念。如汽车的普及，以及作为大众媒介的收音机、影视作品的迅速增长，促进了民族文化的同质化，同时极大促进了都市新文化和社会新观点的快速传播。"这种新文化（大众文化）重新塑造了整个美国的工作、家庭和社会关系"（鲍姆，2016，p. 194）。科学技术在带给人们新鲜事物的同时，也把全新的行为方式和价值观带进当时的美国社会，它们迥然不同于传统价值观下的行为方式和处世哲学。大规模机器生产取代了过去的人工生产模式，生产效率的提高和生产力的提升，使得整个社会从以生产为核心的形态转变为以消费为核心的形态。"而一旦当社会进入以消费为经济生活核心的阶段时，主要矛盾就让位给如何开拓市场刺激消费以吸纳高度发达的生产能力这一问题了。经济生活重心的转移必然会导致社会观念和风尚的变化。"（虞建华，2004，p. 165）消费型社会是以生产、大量消费为特征的社会，极易诱发无度纵欲和及时享乐。第一次世界大战之前占主导地位的传统的清教主义价值观提倡节俭勤劳、克制欲望，与消费享乐的价值观是彼此对立、格格不入的。"在工业化突飞猛进的时期，人们崇拜的是机器和实验室，17 世纪的加尔文教教义和 18 世纪的启蒙思想理性主义的结合所建立的道德信仰，已经不足以解释当时日益出现的社会不和谐和不平等，也不足以抵挡物欲横流的大潮。"（资中筠，2018，p. 39）科技和经济的发展带来的是物质条件的改变、生活方式的改变。而这些改变推动着社会进步，同时也改变着人们的思想观念、价值判断。

2. 新思想新理论的广泛传播

还有一种不可忽视的变革力量——由新思想、新理论的传播带来的对传统伦理观、价值观的冲击。新旧世纪交替之际，不仅科技和经济上的发展一浪高过一浪，新的思想也层出不穷。给当时社会带来最具冲击力思潮的当属以下几位：达尔文、尼采和弗洛伊德。达尔文的进化论观点的提出，冲击了人类几千年来对神的信仰，清教徒价值观开始动摇，恪守维多利亚时代价值观和清教徒价值观被认为是愚蠢和蒙昧；尼采揭露了西方文化尤其是基督教道德的非道德性和虚无主义性，自称非道德主义者和反基督徒，他的学说解构了基督教道德价值，他的一声"上帝死了"更是加速了已经开始动摇的宗教信仰的瓦解；弗洛伊德的精神分析学说为人们放纵欲望提供了理论依据和借口。这些新思想新理论的盛行，及其对传统价值观的冲击，在小说中随处可见。比如从对格洛丽亚的描述中就可以看到："……因为她那无所顾忌和为人称道的特立独行，最后还因为她那种盛气凌人的意识，即她从来没有见过跟自己一样漂亮的姑娘，格洛丽亚逐渐成长为尼采学说中坚定不移的践行者。"（菲茨杰拉德，2017，p. 159）"她开始从安东尼的来信中看出……他不希望她到南方来。有些离奇古怪的借口，被他反复提及，似乎正是因为它们自身理由不充分，所以才时常萦绕在他的心头，以一种弗洛伊德所谓的规律性，频频出现在信中。"（p. 365）再比如，在安东尼夫妇灰色小屋的疯狂豪饮派对中，安东尼的好友莫瑞举杯"为民主的溃败和基督教的没落干杯"（p. 271）。物质生活改变和思想观念改变的共同作用必然带来人们价值观念和行为方式的变革。在传统的价值观已经被解构，而适应社会的新型价值观还没有完全建立，多元的价值观相互冲突的社会转型期阶段，不可避免地会出现伦理失序。

3. 社会习俗翻天覆地的变化

第一次世界大战之前的美国社会清教徒思想占主导地位，清教徒价值观对西方资本主义的发展起了关键作用。"在餐桌上讨论风流韵事简直是不要脸面，女孩子默许男人厚着脸皮地奉承更是不能想象。"（艾伦，2017，p. 102）人们对恋爱和婚姻恪守传统的道德价值，订婚前不会与其他异性接吻，女性不沾烟酒，抽烟喝酒的女性要么私生活放荡，要么就是激进分子，不恪守妇道的女性会遭到全社会的唾弃。传统的女性装束是长发、裙边及脚踝。然而，当时间跨入 20 年代，一场道德教化革命在美国普遍蔓延。"早在 1916 年就出现的爱抚晚会，此时已经成了普遍流行的室内活动。"（p. 80）由于科学怀疑论的传播，尼采和弗洛伊德学说的流行，保守派道德家恪守的教义日渐衰落，以坦然面对性爱事实来实现救赎的信仰逐渐占了上风，价值观发生了非常大的变化。"'维多利亚'和'清教徒'都成了一种羞耻。"（p. 97）这十年可以被标记为"缺少教养的十年"（p. 97）。小说中安东尼和格洛丽亚外出旅行，在酒店登记入住时，夜班职员拒绝让他们入住酒店，理由就是"这个职员认为格洛丽亚很漂亮。在他看来，任何像格洛丽亚这样漂亮的人，是不可能有道德的"（菲茨杰拉德，2017，p. 154）。这个职员的观念代表了当时年轻漂亮女性给人们留下的普遍印象，即她们在与异性的交往中已突破传统价值观的底线，可以用"放荡"二字来描述她们的私生活。

总而言之，科技的进步、经济的发展、新思想的传播以及社会习俗的改变，导致伦理失序。伦理失序以伦理身份和价值观迷失表现出来，并带来伦理选择的困惑。

二、伦理身份的迷失

人的伦理身份是一个人在社会中存在的标识，人一旦具备了某种伦理身份，就要承担这一身份所赋予的责任和义务。"在文学批评中，文学伦理学批评注重对人物伦理身份的分析。在阅读文学作品的过程中，我们会发现几乎所有伦理问题的产生往往都同伦理身份相关。……在文学作品中，伦理身份的变化往往直接导致伦理混乱。"（聂珍钊，2010，p. 21）《漂亮冤家》这部小说中的主人公是安东尼和妻子格洛丽亚。发生在他们身上的悲剧正是他们伦理身份迷失的结果。这对夫妇身上表现出的伦理身份迷失，也是整个社会伦理失序的缩影。这部小说讲述上流社会青年安东尼夫妇沉溺于声色犬马、浑浑噩噩的生活。他们肆意挥霍，厌恶工作，幻想有一天能继承祖父的遗产，"在未来某个梦幻般的金色日子里，他会拥有数百万美元"（菲茨杰拉德，

2017，p. 12）。但是持有传统价值观的祖父对安东尼的堕落失望至极，临终时没有将遗产交给他唯一的孙子安东尼。为了争夺巨额遗产，安东尼开始了旷日持久的诉讼。历经四年半的艰苦波折，虽然最终官司打赢了，但安东尼却在生活的层层重压下精神失常了。这个意味深长、发人深省的悲剧性的结局恰恰是主人公伦理身份迷失造成的。

1. 安东尼伦理身份的迷失

小说中安东尼伦理身份的迷失表现在两方面，一个是他与祖父的关系，另一个是他的婚姻。在家庭关系中，父母、子女、兄弟姐妹之间的情感是由血缘维系的，是发自天性的本能，是"直接的或自然的伦理精神"（宋希仁，2010，p. 370）。在美国典型的清教家庭伦理中，"爱""尊重"与"责任"是核心，家庭中和谐的代际伦理关系是长辈慈爱、晚辈恭顺。但是在安东尼与祖父的关系中，却看不到安东尼对祖父的爱、尊重与责任。安东尼的祖父是"美国人的一个良好典范"（菲茨杰拉德，2017，p. 93）。他从事了诸多的慈善活动，他的财富和善行在社会上得到许多人的敬重。但安东尼对祖父连起码的骨肉亲情与关爱都没有，他甚至希望祖父早早死掉，他定期拜访祖父完全是看在祖父将给他遗产的份上。"他本来暗自希望回来时祖父已驾鹤西归，但是在邮轮码头上，他从电话里获悉亚当·帕奇的病体又好多了——第二天他掩饰住失望之情直奔塔里敦"（p. 12），对祖父的疾病连丝毫的同情心都没有。"人性中除了利己本性之外，还有同情心，即设身处地分享他人的情感，通过同情分享或分担他人的快乐和痛苦。"（王正平，2021，p. 50）祖父的康复竟然令安东尼感到失望，而不是正常伦理关系中应本应安心与欣慰，由此可见，安东尼对祖父的感情完全由金钱维系着，安东尼在家庭中本应由血缘关系维系的伦理身份已经被金钱扭曲。

另外在婚姻家庭方面，安东尼在参军期间，与南方女孩多萝西的婚外恋完全突破伦理底线，丝毫不顾忌自己已为人夫的身份，将对婚姻的忠诚置之脑后。与多萝西的婚外恋给安东尼的军旅生涯招致一系列的麻烦，也为安东尼最后陷入精神失常埋下伏笔，是安东尼伦理身份迷失的强烈体现。

2. 格洛丽亚及小说中其他女性伦理身份的迷失

安东尼的妻子格洛丽亚的伦理身份迷失则更能代表20世纪20年代女性的传统价值观的迷失。传统的婚恋观要求婚前坚守贞操，婚后夫妻彼此忠诚、互相恩爱、各尽职责。而在《漂亮冤家》里我们看到的是婚前的滥交和婚后的出轨。婚前的格洛丽亚倚美恃宠，凭借自己的美貌，交友混乱，"她成天外出跳舞，跳个不停——"（菲茨杰拉德，2017，p. 38），约会对象接连不断；

"她很美——但她更冷酷无情"（p. 115）。玩弄感情，伤害了一个又一个认真追求她的男孩，这些都体现了格洛丽亚在婚前社交生活中的伦理身份迷失。婚后格洛丽亚无法面对自己已经作为妻子和将来作为母亲的伦理身份，也没有意识到作为妻子应担负的起码的家庭责任，依然沉浸在酒宴舞会的寻欢作乐中。正如她母亲所说："格洛丽亚有着一个非常年幼的灵魂——不负责任，凡事都是这样，她没有责任感。"（p. 38）格洛丽亚自己也说过："我不想承担责任，也不想照顾一大群孩子"（p. 62），"我绝不会把自己的生命献给子孙后代"（p. 145）。

除了吃喝玩乐，格洛丽亚没有任何家庭责任担当，连把衣服送去洗衣店都不干，"两天之后……地板上那一堆色彩艳丽的衣服，已经增加到了令人吃惊的程度。要洗的衣服积了一堆又一堆"（p. 163），更别说打理其他家务了。她就像一个花瓶，美貌似乎是她唯一的价值，而她就是世界的中心。"她把生活中所有的东西都当成自己的，可以由她来选择和分配"（p. 60），她持有一种"除了自己外，对所有其他事物都漠不关心的态度"（p. 63）。

格洛丽亚的日记本上记录着她婚前的一连串恋人。她在每一次恋情满足短暂激情后都感觉空虚厌倦，进而很快抛弃这段感情。比如她的日记本曾记录过"马蒂·雷弗，这是第一个她爱上超过一天的人"（p. 143）。格洛丽亚视感情如儿戏，尽管她知道她的做法伤了许多人的心，但她似乎别无选择。她也是被整个社会伦理失序的洪流裹挟而迷失的无法自拔的一分子。她的一众男友冠之以"公用水杯"的绰号，讽刺她与异性交往的随意和放纵突破了传统价值观底线。

除了两位主人公，小说中其他人物也出现伦理身份迷失的问题，如格洛丽亚的女友缪丽尔，菲茨杰拉德把她描述为塞壬女妖。塞壬女妖是希腊神话里的人物，她在海里向过往水手发出诱导性的信号，使他们迷失方向，因此塞壬女妖意指迷惑人的漂亮女性。缪丽尔就是这样一个塞壬女妖，"一个将男人召之即来挥之即去的人，一个肆无忌惮的情感玩家"（p. 94）。格洛丽亚的另一个已婚女友雷切尔，当着格洛丽亚的面与他人偷情，竟没有丝毫羞耻感。还有安东尼的情人多萝西，"在八个月的时间之内，她的生活中就出现了三个男人，这让她不能不感到有些焦虑不安。……她想用不了多久，自己就会像杰克逊大街上的'坏女孩'一样了"（p. 323）。从小说的男女主人公，到作者着墨不多的配角，他们都在抛弃传统价值观后处于伦理身份迷失状态。小说中人物的生存状态折射出当时的社会问题，可见伦理身份迷失已是 20 世纪20 年代美国社会的一个普遍问题。

三、伦理选择（ethical choices）的困惑

伦理选择是文学伦理学批评的核心术语之一，"在文学作品中，伦理选择往往同解决伦理困境联系在一起，因此伦理选择需要解决伦理两难的问题"（聂珍钊，2014，p. 268）。伦理身份的迷失必然带来伦理选择的困惑，"伦理选择是内容的选择、本质的选择。用什么样的规范要求自己，按照什么标准塑造自己，做什么样的人……是由伦理选择决定的。伦理选择按照某种社会要求和道德规范进行选择"（聂珍钊，王松林，2020，p. 14）。《漂亮冤家》小说中人物伦理选择的困惑主要由主人公扭曲的工作价值观和消费观造成，且在安东尼和格洛丽亚身上有着集中的体现。

1. 安东尼扭曲的工作价值观

人们通过劳动创造价值，在工作中找到人生的意义，并通过工作成就梦想、实现自己的人生价值。20 世纪 20 年代的美国科技日新月异，生产力大幅提高，经济的飞速发展为当时的人们提供了广阔的自我发展空间。小说中布勒克曼从事电影行业，卡拉梅尔专心写作，莫瑞后来也开始了文学创作，安东尼身边的这些人经过坚持不懈的努力，都取得了骄人的成绩，尤其是布勒克曼，通过自己的勤奋，已经跻身上流社会。小说中不乏对繁忙的都市生活和热火朝天的工作场景的描写。在人人都为美好生活而努力付出时，安东尼对工作的态度却是："为什么一个美国人不可能优雅地闲散"（菲茨杰拉德，2017，p. 64），他认为"所有的努力和成就都同样毫无价值"（p. 92）。由于家境优渥，安东尼大学毕业后不去工作，看到别人工作，他不明白"为什么大家都认为，每一个年轻人都应该进城，每天工作十小时，把他一生中最好的二十年都用来做那些枯燥乏味毫无想象力的工作？"（p. 64）安东尼的祖父为他提供了两次工作机会，一次是做记者，另一次是做债券经纪人，但他憧憬职业生涯的时候豪情万丈，干起来却怕苦怕累，最后都不了了之。安东尼对工作的无价值感令他无法做出正确的选择，也毁灭了他的天赋和文才，使他始终沉浸在即将动笔的历史著作的构想中而没有进展。无意义感和幻灭感始终困扰着他的一生。虽然安东尼认为工作无意义，但当他看到身边的朋友们、他当年的哈佛同学们经过几年的奋斗都在各自的领域取得了成就时，内心还是产生了荒废感和不安全感。但对安东尼来说，早上上班挤地铁时人群那拥挤喧闹的声音，"仿佛地狱的回音"（p. 229），这种可怕的感觉让他断然辞职。后来在生活窘迫、入不敷出时，他依然放不下上流社会公子哥的身份去工作，宁愿过着穷困潦倒的生活，也不愿意辛苦付出。他认为去工作就是

向平庸妥协。安东尼"拒绝平庸"、不思进取、整日酗酒的堕落的生活方式带来的后果就是，他遭到身边所有人的唾弃和鄙视，连妻子格洛丽亚也对他感到绝望。但安东尼认为，"他知道他选择的生活方式的合理性——而且他顽强地经受住了"（p. 442）。只是此时具有这种想法的安东尼已经精神失常了。安东尼最终赢了遗产诉讼案，得到了三千万美元，而他付出的代价却是从此成为一个坐在轮椅上的精神不正常的人。如此的选择，如此的结果，令人唏嘘。这就是安东尼所谓的"合理性"，他宁可蜷缩在毫无尊严感的堕落中，也不愿打破生活在虚幻财富中的现状，只能在错位的伦理观中苟且度日。

2. 安东尼夫妇扭曲的消费观

大机器的推广使用、物质生产的飞速发展和商品的极大丰富，为20世纪初的美国贴上了消费主义的标签。"文化方面，消费主义将'物的消费'转变为'符号消费'，物的价值不断扩展。商品不仅具有马克思主义价值观中的价值和交换价值，而且具有象征价值。社会方面，消费影响着现今社会的整体运行和发展方向，对人们的日常生活有着潜移默化且必不可少的作用"（孙世强，2018，p. 77）。消费社会的最大特点就是极大丰富的物质产品激发了人的感官享受和欲望，放大了人性中的贪婪、炫耀、虚伪等，催生出炫耀性奢侈消费，以满足自身贪婪的欲望以及证明自己高人一等的身份。大行其道的消费主义与传统的清教主义勤俭克己的价值观形成冲突。对一夜暴富的鼓吹与幻想，以及对物欲满足的无限度的追求，在小说中比比皆是。安东尼有满满一橱柜的华丽衣服，"足够三个男人穿的，还有一大堆各色各样的领带"（菲茨杰拉德，2017，p. 11）。浴室里是"一块真正的华丽地毯，跟卧室里的那块一样，柔软得不可思议"（p. 11）。安东尼的好友莫瑞在读大学的时候说，"他的打算就是用三年的时间旅行，用三年的时间尽享悠闲——然后尽可能快地暴富起来"（p. 41）。"回到美国之后，他以同样不屈不挠的精神，全身心地投入到纵情享乐之中"（p. 42）。安东尼夫妇和朋友经常去一家舞厅，"这里（卡巴莱舞厅）的景象已够得上纵情欢乐，甚至有些许不道德。这就是生活！谁还在乎明天！"（p. 68）人们在聚会时唱着这样的歌：

> 恐慌——已经——抓住了——我们
> 道德——也跟着——一起堕落 （p. 236）

可见当时物欲的放纵是一个普遍状态，而这种状态已经到了违背社会既存伦理道德的程度。人们已经认识到消费主义对道德的冲击，但汹涌的物欲令深陷其中的人们无法抵挡，只能随着这股洪流一路下泄。

社会传统价值观的毁坏和整体道德的堕落，使安东尼夫妇在对生活方式的伦理选择中始终处于茫然和困惑之中。一方面他们也对自己这种酗酒抽烟、夜夜笙歌的无度放纵的生活状态感到空虚无聊，另一方面已经陷入消费主义陷阱无法自拔的安东尼夫妇很难让生活走上正轨。安东尼只有醉酒才能驱逐生活的无意义感，格洛丽亚只有在舞会和派对上才能感觉到成为众人目光的焦点，满足自己的虚荣心。他们"每个周末都会邀请满屋子的客人来参加派对，而且派对通常会一直延续到工作日"（p. 233），"只有在这些人玩得欣喜若狂的时候，她和安东尼才是举足轻重的"（p. 230）。疯狂派对后的场面真是惨不忍睹：

> 房间里面一片狼藉。桌子上有一碟水果，虽说是真的，而看上去却像是假的一样。在它的周围，是一堆给人不祥之感的各式酒瓶、玻璃杯和堆积起来的烟灰缸，当中还有袅袅余烟飘向本已浑浊不堪的空气里——整个效果只缺一只骷髅头，就与庄严神圣的彩色石印画极为相像，这曾经是每一个"进行秘密活动的场所"里必不可少的东西，它为纵情享乐的生活增添了愉悦而又令人生畏的感觉。（pp. 259—260）

安东尼夫妇如此不堪的生活场景终于被祖父偶然撞见了。看到孙子这样的生活状态，祖父忍无可忍，一怒之下取消了安东尼的遗产继承权。于是坐吃山空的安东尼也尝试找一份工作，但骄纵惯了的安东尼受不了工作的辛苦，也戒不掉酒瘾，最后又回到了整天用酒精麻痹自己的状态。格洛丽亚面对生活的日渐窘迫，也努力做了一些尝试，比如学会自己做咖啡和一日三餐，但她依然无法摆脱一掷千金、花天酒地的诱惑。"当缺乏安全感时，人们在得到一些新的占有物时常常能获得暂时的情绪提升。"（迈尔斯，2019，p. 475）所以尽管他们的经济每况愈下，甚至租住到平民区，却仍然入不敷出，他们依然"花了够买两件灰色松鼠皮大衣的钱，去参加了一个漫长而又歇斯底里的派对"（菲茨杰拉德，2017，p. 385）。其实当时他们连一件灰色松鼠皮大衣都买不起——无论格洛丽亚心中多么想要一件。如果将安东尼与小说中普通工薪阶层进行收入对比，就不难看出安东尼夫妇令人惊讶的挥霍：小说中安东尼的情人多萝西属于普通工薪阶层，每周的薪水是十四美元；一个服了十八年兵役的副排长退休后，"将会领到每月五十五美元的可观收入"（p. 326）。而安东尼夫妇一年的收入为7500美元，是一个普通工薪阶层的十倍多。尽管如此，他们的生活依然入不敷出，因为他们把钱花在摆阔和物欲享受等无底洞一样的炫耀性消费上。

对虚荣的贪慕和对物欲的放纵，已使安东尼夫妇在消费选择上失去了理性，他们只能借助感官上的麻痹来暂时忘却颓废的生活状态给他们带来的不安全感。"屋子里总是弥漫着烟味——两人连续不断地吸烟，衣服、毛毯、窗帘和撒满烟灰的地毯上，无不散发出烟味。跟这种烟味混杂在一起的，是馊酒的难闻气味……还有回忆起来让人恶心的欢宴。……那些人摔碎东西，在格洛丽亚的浴室里呕吐，把酒泼翻，令人难以置信地把小厨房弄得一片狼藉。"（p. 293）。这就是安东尼夫妇的生活常态。小说中的这些描写让读者领略了当时美国上流社会颓废一代的生活画面，他们放纵的物欲和无所顾忌的挥霍、想回归传统正常生活却又在声色犬马中无法自拔的挣扎，将处于社会伦理失序中的安东尼夫妇伦理选择的困惑表现得非常透彻。

四、结语

《漂亮冤家》记录了美国 20 世纪初传统价值观的动摇和那个伦理失序时代给人们带来的价值观的迷失，小说中强烈的悲剧意识体现了菲茨杰拉德对社会、对人生的严肃审视与批判。聂珍钊指出，"我们对文学的批评研究，就需要从传统上对性格、心理和精神的分析转移到对伦理选择的分析上来，通过对伦理选择的分析而理解人的心理和精神状态、理解人的情感以及道德"（聂珍钊，王松林，2020，p. 10）。只要人性的弱点和阴暗面还在，那么伦理批评就是一个永恒的话题，文学的警醒作用就是一个不衰的主题。本文选用"伦理失序之孽"作为标题，因为《漂亮冤家》这部小说又被译为《美与孽》。孽，指罪行、恶因。美与孽到底有着怎样的纠葛，到底是什么样的孽造成了主人公悲剧性的人生，这部小说令每一位读者读完不禁掩卷深思。"文学是因为人类教诲的需要而产生的，是人类最重要的伦理表达形式之一。"（聂珍钊，2020，p. 76）从文学伦理学批评的角度解析，小说令人感叹的悲剧性结局正是由个人伦理身份迷失和伦理选择困惑带来的，而所有的迷失和困惑则是由整个社会伦理失序造成的，所以伦理失序是整个悲剧的孽缘。在经济飞速发展、科技日新月异的今天，帮助青年人树立正确的价值观、人生观也是文学领域一直不容忽视的责任和课题。

引用文献：

艾伦，弗雷德里克·刘易斯（2017）. 从大繁荣到大萧条（李思毅，译）. 北京：北京理工大学出版社.

鲍姆，丽莎·克里索夫；科里，斯蒂文·H.（2016）. 美国城市史（申思，译）. 北京：

电子工业出版社.

菲茨杰拉德，F. S.（2017）．漂亮冤家（何伟文，译）．北京：人民文学出版社.

李清雁（2014）．基于伦理失序的道德教育反思．教育科学研究，3，12—16.

迈尔斯，戴维（2006）．社会心理学（第 8 版）（侯玉波、乐国安、张智勇，等译）．北京：
人民邮电出版社.

聂珍钊（2010）．文学伦理学批评：基本理论与术语．外国文学研究，1，12—22.

聂珍钊（2014）．文学伦理学批评导论．北京：北京大学出版社.

聂珍钊（2020）．文学伦理学批评的价值选择与理论建构．中国社会科学，10，71—92.

聂珍钊，王松林（2020）．文学伦理学批评理论研究．北京：北京大学出版社.

宋希仁（2010）．西方伦理思想史．北京：中国人民大学出版社.

孙世强（2018）．生活性消费、经济增长与消费伦理嵌容．北京：社会科学文献出版社.

王正平（2021）．人性与道德的伦理之思．上海师范大学学报（哲学社会科学版），1，45—
60.

虞建华（2004）．美国文学的第二次繁荣．上海：上海外语教育出版社.

资中筠（2018）．20 世纪的美国．北京：商务印书馆.

作者简介：

王向红，东北财经大学国际商务外语学院副教授，硕士生导师，研究方向为英美
文学。

Author:

Wang Xianghong, associate professor at the School of International Business Communications,
Dongbei University of Finance and Economics. Her academic research focuses on American
literature.

Email:614065631@qq.com

本·奥克瑞《危险的爱》中的内战创伤书写

王少婷

摘 要：尼日利亚当代小说家本·奥克瑞的作品主要展现了尼日利亚的政治、社会和文化特色。其中，发生于 1967—1970 年的尼日利亚内战在其创作中占有重要位置。内战创伤书写在奥克瑞的《危险的爱》中是多维的：对象既不乏个体又有群体，奥莫沃等内战的旁观者、参加战争的士兵和贫民窟居民都是令人印象深刻的创伤载体，个体心理创伤、集体创伤、精神创伤在其中共存。与此同时，小说中的人物并不甘于做创伤的俘虏，而是积极采取措施破除创伤禁锢、走出创伤，他们渴望摆脱创伤，实现社会变革。

关键词：本·奥克瑞 《危险的爱》 尼日利亚内战 创伤书写

The Trauma Writing of Civil War in Ben Okri's *Dangerous Love*

Wang Shaoting

Abstract: As a contemporary Nigerian novelist, Ben Okri focuses on writing the politics, society as well as cultural features of Nigeria. Among others, the Nigerian civil war from 1967 to 1970 occupies a significant position in his writing. In his *Dangerous Love*, there is a multi-dimensional representation of trauma regarding this civil war, in which the traumatized individuals and groups are both included. Specifically, there are several bystanders of civil war like Omovo, and groups like soldiers and slum dwellers, all of which are traumatized victims. Hence, the individual psychological trauma, collective trauma and mental trauma coexist in this fiction. Facing trauma, meanwhile, none of the figures in the novel are willing to live under its control. Yearning for getting rid of trauma and achieving social reforms, they would however, positively take steps to find a way out.

Keywords: Ben Okri; *Dangerous Love*; The Nigerian civil war; trauma writing

尼日利亚当代小说家本·奥克瑞（Ben Okri, 1959—   ）被认为是非洲后现代和后殖民文学的代表性作家，他虽然长期居住在英国，其写作却主要展现了尼日利亚的政治、社会和文化特色。其中，发生于 1967—1970 年的尼日利亚内战在其创作中就占有重要位置。尼日利亚内战又称比夫拉内战，是尼日利亚东部意欲独立的比夫拉共和国与联邦政府之间的战争。内战历时两年多，异常残酷，有上百万人死于战争、饥荒等灾难事件。奥克瑞在短篇小说《桥下的笑声》（*Laughter Beneath the Bridge*，1987）、《在战争的阴影下》（*In the Shadow of War*，1988）、《繁荣发展的世界》（*Worlds that Flourish*，1988）以及长篇小说《危险的爱》（*Dangerous Love*，1996）中书写了这一历史事件，展现了这一发生于过去的事件如何影响和遮蔽了人们现在的生活。本文拟从小说的内容和主题入手，结合创伤理论，着力探讨《危险的爱》中创伤书写的历史文化内涵，即作家如何在小说中书写历史和表征创伤，进而审视文学创作在参与公共记忆、治疗精神创伤、促进社会变革等方面所具有的现实意义。

一、尼日利亚内战及奥克瑞的内战经历

尼日利亚于 1960 年 10 月 1 日脱离英国的殖民统治，赢得独立。它由北区、西区和东区三大区域组成，主要分布着三个民族——北部的豪萨-富拉尼族、西南部的约鲁巴族以及东部的伊博族。三个区域之间的斗争和冲突一直存在，其根源在于英国殖民政府所采取的分而治之的殖民政策：把尼日利亚殖民地划分为三个行政区——"尼日利亚殖民地"（相当于原拉各斯殖民地）、"南部诸省"（相当于原来的南尼日利亚殖民地和保护国）、"北部诸省"（相当于原来的北尼日利亚殖民地和保护国）（刘鸿武等，2014，p. 108）。独立后的尼日利亚将这三个殖民地融为一个国家，它们在宗教、经济和文化传统等方面本来就存在很大的差异，后来，又由于东部地区石油资源的发现和开采，鸿沟进一步扩大。这一切最终导致尼日利亚内战的发生。1967 年 7

月，尼日利亚第二次军事政变后，位于尼日利亚东部的伊博族人感到他们在国家中的地位将受到严重损害，随后出现的一系列部族冲突与仇杀事件，更是加剧了伊博族人的分裂情绪。1967 年 5 月 30 日，东区军事首领奥朱古宣布脱离联邦，成立"比夫拉共和国"。联邦政府不承认这个新的国家，对其发动了进攻，内战正式开始。内战历时两年零七个半月，1970 年结束，共造成上百万平民死亡（刘鸿武等，2014，pp. 146-149）。内战期间发生了很多部族仇杀事件，北方豪萨族人在当地大肆屠杀伊博人，在其他地区，联邦政府军也大肆逮捕、屠杀当地的伊博人，因为他们属于敌军阵营。迈克尔·夏普（Michael Sharp）曾具体描写过内战的惨状："在尼日利亚内战期间，死亡的图片，被破坏的城镇和村庄，对平民的无差别轰炸，对农业和工业的破坏，无休止的难民队伍，公开处决，外国政府的干涉，蛋白质营养不良所造成的饥饿和死亡，对那些独立共和国的儿童影响尤其大，这些一度成为世界知名媒体的头版新闻。"（Sharp，2010，p. 273）由此可见内战的灾难性影响。

值得注意的是，奥克瑞本人也亲历了内战。内战发生时，奥克瑞在萨佩莱的学校读书，这是一个位于尼日利亚南部的港口城市，它刚好地处联邦军队和比夫拉军队之间，交战双方激烈争夺周边的领土，普通民众只能在夹缝中尽力生存下去。当地的伊博人很容易受到攻击，因为他们不支持东部伊博人的分裂行径，所以既被联邦部队和其他部族的人视为敌人，也被比夫拉军队视为叛徒。在当时的历史形势下，他们处境相当悲惨和艰难，只能逃离当地，躲藏起来。在内战期间，发生了许多针对平民的暴力事件。对当地居民来说，在路边、桥梁下或树下看到散落的平民或士兵的残缺的尸体，是司空见惯的事情（Fraser，2002，pp. 17-18）。"我的教育是在我的亲戚被杀的同时进行的，"奥克瑞回忆道，"还有一些朋友突然有一天在课堂上站起来，然后出去参加了战争。"（Shakespeare，1986）因此，奥克瑞在萨佩莱的学习经历中混杂着众多关于内战的记忆，这对他的创作也有显著影响。他曾在一些短篇小说中描绘了尼日利亚内战，包括《桥下的笑声》《在战争的阴影下》以及《繁荣发展的世界》。在这几个故事中，奥克瑞展现了内战时期普通人如何被失业、流离失所、战争的残酷景象困扰，揭露了内战对个体的伤害。而在长篇小说《危险的爱》中，奥克瑞着重刻画了内战给人们带来的复杂多样的心理创伤。

二、《危险的爱》中个体人物的心理创伤

在《危险的爱》中，奥克瑞将故事发生的背景设置在内战发生大约十年

后，通过已经成年的奥莫沃及其同龄人的记忆空间来讲述内战时期所发生的故事，描绘了内战给人们所带来的心理创伤。

创伤（trauma）一词最初是指人身体上所受到的伤害，后来，到了 20 世纪早期，在弗洛伊德（Sigmund Freud, 1856—1939）的著作中，创伤的含义开始转向精神领域，指人在心理上所受到的伤害。弗洛伊德提出了创伤性神经症的概念：也许会有这样的情况：在火车相撞的事故中，有人虽然受了惊吓，但他明显的没有受伤，他离开了出事地点，可是几个星期之后，他却产生了一系列严重的精神的和运动的症状，这些症状只能归咎于火车失事时他所受的惊吓等等情况，他已经患上了"创伤性神经症"。（弗洛伊德，1989，p. 57）这个定义强调了创伤经历的延宕性，对当代创伤研究专家凯西·卡鲁斯（Cathy Caruth, 1955— ）等人产生了重要影响。20 世纪 90 年代初期，创伤的理论性研究在美国展开，研究者们关注一战、二战、大屠杀、广岛原子弹爆炸、越南战争和 9·11 等创伤性事件，揭示出创伤隐含的文化与伦理意义。卡鲁斯首次提出"创伤理论"这一术语，她认为创伤"描述了一种对突如其来或灾难性事件的无法回避的经历，在这种经历中，人们对这些事件的反应往往是出现重复性的幻觉和其他侵入性现象，这种反应是延迟的、令人无法控制的"（Caruth, 1996, p. 11）。恰如安妮·怀特海德（Anne Whitehead）所言："创伤呈现出一种令人难以忘怀的品质，继续以其不断的重复和再现来占有主体。"（Whitehead, 2004, p. 12）艾琳·维瑟（Irene Visser）则进一步补充了创伤的表现形式，她指出"创伤是指通过记忆、梦、叙述和/或创伤后应激障碍定义下的其他各种症状，对应激源事件的再现或者重复行为"（Visser, 2011, p. 272）。更为重要的是，卡鲁斯还强调了创伤的延宕性和历史性，她写道："事件在当时并没有被充分吸纳或体验，而是在对受创者的反复占有中姗姗来迟。受到创伤恰恰是被某种形象或事件所占据"，"受到创伤的人，拥有一段令人难以忍受的历史，或者说，他们自己成为一段他们无法完全控制的历史的症状"。（Caruth, 1995, pp. 4—5）这就把创伤研究与历史联系起来，拓宽了创伤研究的深度，有助于分析创伤的历史文化内涵。关于创伤研究与文学研究的结合，正如邵凌所言："20 世纪八九十年代，西方涌现了新一波的创伤叙事，而在文学批评领域，创伤在当代小说创作中的意义也凸显出来，运用创伤理论透视当代小说应运而生，将文学研究与创伤研究结合起来的思路已成为美国文学研究界的主要趋势之一。"（邵凌，2011, p. 37）

《危险的爱》的主人公奥莫沃至今仍为他童年时的内战经历所困扰。小说中讲道,一天晚上,奥莫沃和朋友去拉各斯一个海滨公园的时候,发现了一具女孩的尸体,这具尸体唤醒了沉睡在他记忆深处的内战经历:"奥莫沃感到一种奇怪的痛苦。然后他有一种'旧事重现'的感觉。"(Okri,1996,p. 46)这句话非常清晰地表明,"看到女孩尸体"这一事件让奥莫沃回想起了过去的经历,这也展现了弗洛伊德和卡鲁斯所强调的创伤的延宕性。具体而言,内战发生时,奥莫沃才九岁,他在家乡乌盖利目睹了一场暴力事件:一群疯狂的人拿着棍棒冲进一个小屋,拉出里面的老人和女孩,他们毒打老人,抱走孩子,还用大木头将小屋撞塌。乌盖利位于尼日利亚南部的三角洲,地处瓦里东部,当地人主要是乌尔霍博人,但也有一些伊博族人以及埃多族人。立足尼日利亚内战的历史语境,可以发现,战争不仅在战场上发生,也在普通居民之间发生。隶属于联邦政府管辖区的当地人报复、杀害属于反叛阵营的伊博人,是一种集体的暴力、罪恶行为。他们的人性被战争遮蔽,疯狂、残忍地伤害无辜的普通民众。

除此之外,奥莫沃在内战期间还看到联邦军队的飞机在城镇上空盘旋,听到远处的枪声以及人们的尖叫声。更恐怖的是,他在街上看到了一具伊博人的尸体。奥莫沃盯着尸体,看到那个死人的"身体开始肿胀。他的胃变成一堆肉和绿色的血组成的混合物。他发出恶臭。他身上满是苍蝇"(Okri,1996,p. 98);奥莫沃还看到了那具尸体的眼睛,感觉死人正在盯着他看,他因此被吓得目瞪口呆。后来,一个士兵走过来驱赶他,奥莫沃才回过神来,然后发现"周围的混乱。人们在奔跑,就像从大火中逃出来一样。背着孩子的妇女们尖叫着。男人们到处乱跑。整个世界就像一场噩梦"(p. 98)。这时他才十岁,看到尸体的恐怖经历使得尚为孩童的他一直做噩梦,梦到死尸的眼睛凝视着自己。由此可见,这种经历对奥莫沃的心灵造成了巨大的伤害。为此,父亲不得不带他去看草药医生,治疗结束后,他的情况有所好转。但是,正如他本人所宣称的那样,草药医生并没有真正治好他的疾病,他从未忘记过那对眼睛(pp. 98—99)。这表明心理创伤虽然在奥莫沃童年时貌似被治愈了,其实却隐藏得更深了,存在于他的内心深处。恰如卡鲁斯所言,"事件在当时并没有被充分吸纳或体验,而是在对受创者的反复占有中姗姗来迟"(Caruth,1995,pp. 4—5)。因此,多年以后,奥莫沃已经成年,他在公园看到女孩的尸体仍会有旧事重现的感觉。

除了上述两段关于内战的记忆,奥莫沃还回想起另一件发生在内战时期的集体性罪恶事件。镇上的居民因为仇恨,出卖了一个藏在妓女家里的伊博大学生。之后,大学生就被联邦军的士兵开枪杀害,死状非常恐怖。处理完尸体后，这群士兵若无其事地聚在一起抽烟，讨论他们下一个狩猎伊博人的计划。他们离开后，那个藏匿大学生的妓女从房间里哭嚎着出来，把自己的钱都倒在了她死去情人的尸体上，最后她在埋葬了爱人之后消失不见。镇上的居民不仅隔着窗户目睹了枪杀事件的整个过程，还在妓女离开后，争相去水沟里捡钱。这个事件的可怕之处一是在于士兵们完全没意识到他们的残忍，他们被战争的残酷逻辑控制，对于残杀自己的同胞没有丝毫愧疚之心，而是将其看作天经地义、理所当然的，还自诩为英雄，迷失在战争的血腥和暴力中；二是镇上居民的行为，他们是士兵的帮凶，出卖伊博人的消息给士兵，间接造成了大学生的死亡，之后还贪婪地去捡妓女的钱，他们不仅冷漠残忍，而且卑鄙无耻，丧失了人性。可见，透过比夫拉内战去审视战争对人性的戕害，是奥克瑞内战历史书写的主要关注点之一。

除了奥莫沃，他的朋友奥科罗（Okoro）也受内战创伤的困扰。值得注意的是，奥科罗在内战时是一个士兵，参加了战争。但是参战经历并未给他带来荣誉和勋章，而是使他纯真、善良的人性遭到压抑和扭曲。正如小说所写："战争通过一些不太明显的方式给奥科罗留下了永远的创伤。"（Okri，1996，p. 107）他上过战场，亲身经历过战争，感受到战争的可怕与疯狂。他接受了士兵速成班的训练，然后应征入伍，那时他还不到十七岁。他曾在没有掩体的情况下，三次从爆炸中幸存。他还做过瞭望员，看到他的村庄被空袭摧毁。此外，他还经常在夜间、在森林深处，透过臭气沼泽定期侦察敌方部队的下落。在一次侦察中，他看到他的三个朋友被饵雷炸死。奥科罗和奥莫沃刚认识时，经常谈论自己关于战争的记忆，他说自己看到过胸部中弹的女人、在空袭中尖叫的婴儿、穿过森林时腿被打得稀烂的十五岁的士兵，他还谈到燃烧的村庄、因逃跑被抓回枪杀的士兵以及死在战场上的父亲（p. 108）。谈论战争的同时，奥科罗充满病态的热情，他决心要在生活中重建一些东西，以弥补那些失去的岁月，为此他做过各种工作。其实，他是想要通过这些行动来对抗自己的创伤经历。但是，这些行动最终并未见效，他对生活的热情渐渐消失，也不再谈论战争，反而开始陷入一种无法缓解的痛苦情绪中。每到这个时候，他就去参加派对或者去歌舞厅寻欢作乐，找不同的女人搭讪，哈哈大笑，试图以此来对抗痛苦。奥科罗本人也坦言，自己想要通过遗忘和寻欢作乐来摆脱给他带来无限痛苦的内战记忆："我当然很放松。我忘了，就是这样。你学会了遗忘的技巧。你只要能跳舞就跳舞，找个女人，去工作，然后忘掉它。"（p. 180）

可以看出，奥科罗的创伤体验是非常复杂的。他在战争中遭受了很多痛苦，为此，离开战场后，最开始他试图用热情学习和工作来开始一种新的生活、正常的生活，以弥补战争中所失去的岁月；但是一段时间过后，热情消逝，痛苦的情绪开始袭扰他，他就试图遗忘那些创伤经历，并且开始寻欢作乐，期望以此摆脱痛苦。对于朋友的痛苦，奥莫沃也心知肚明："奥莫沃知道，他的朋友生活在他无法理解的恐怖之中。"（p. 108）奥科罗虽然在内战中幸存下来，却依然无法摆脱战争所带给他的创伤。他经常做噩梦，梦到自己还在战场作战，他的父亲胸部中枪正在叫他的名字，到处都是枪声，他自己像疯子一样四处射击，他跑过城市，看到街上腐烂的尸体，他去向长官报告，却看到长官在寻欢作乐（p. 180）。为了摆脱创伤记忆，他还试图离开尼日利亚，去美国过一种新的生活，结果未能如愿。

在小说最后，奥科罗在马路边被一辆军车撞倒，腿部受伤。朋友去医院看他，他不停地跟朋友倾诉自己的不幸：女朋友抛弃了他，另一个朋友德勒也抛下他去了美国，和平时期自己被军车撞倒。此时的他，受到过去的创伤经历以及现在的交通事故的共同影响，变得神志不清，还表现出一些被害妄想症的症状：他对朋友说医院里所有的医生都是间谍、以前的士兵、死去的士兵，还认为他们正密谋砍断他的腿。"他说他梦见自己是一个老乞丐，拖着自己的身体在拥挤的街道上行走，唯一的一条腿扭在脖子上"（pp. 318-319）。奥科罗在内心深处并未遗忘关于战争的创伤记忆，因此这次的交通事故才会让他内心崩溃，觉得有人要伤害他。可见，内战战场上的经历使奥科罗精神失衡，难以维系之前的价值观和信念，最后走向精神崩溃。

关于创伤的症状，维瑟指出："很明显，这些官方认可的症状是极其多样化的，包括明显相反的行为和记忆模式，从情绪麻木到极度警觉甚至是过度兴奋。创伤事件可能会反复干扰受创者的日常活动和睡眠，但也可能对其完全没有影响。症状可能是慢性的或间歇性的；可能在事件发生后立即出现，也可能许多年后才出现。"（Visser，2011，p. 272）可以看出，奥莫沃和奥科罗二人身上所展现的多种创伤症状与维瑟所概括的这些创伤表现是非常一致的。它们都是由战争带来的，所以奥科罗称自己从战场上幸存下来是"血腥的幸运"，因为现在虽然国家和平了，他们却依然被创伤禁锢，无法摆脱恐惧和痛苦。

还需注意的是，奥莫沃在内战时期的创伤经历是通过向老画家奥科查博士（Doctor Okocha）的倾诉展现出来的。在创伤理论研究中有两种相反的观点：一种观点认为创伤具有不可言说性，因为创伤一旦被再次言说，就意味着受创者要再次经历和承受过去的痛苦；另一种观点相信，言说行为有助于治疗创伤，促进受创者愈合和康复（Visser，2011，p. 274）。笔者比较认同第二种观点，恰如朱云所言："治愈创伤需要创伤受害者倾诉创伤经历，直面过去以摆脱其羁绊，对现实和自我有全新认识。"（朱云，2011，p. 23）奥莫沃正是通过向奥科查博士讲述自己的创伤记忆，才对内战以及国家的现状有了更深刻的认识。与此同时，奥莫沃向老画家讲述了他的经历后，也唤醒了对方倾诉的欲望。老画家坦言道："我也有同感。除了我的妻子，我没有把我在战争中的经历告诉任何人。"（Okri，1996，p. 99）现在，他也能够向别人讲述自己的创伤经历了：他在战争中失去了两个儿子，母亲及兄弟姐妹也死于战火，他所在的村庄在战争中被烧毁。可以看出，老画家也深受内战创伤困扰，因为战争，他失去了亲人，失去了自己的家以及自己的村子。正是通过和奥莫沃互相倾诉创伤经历，二人迈出了破除创伤禁锢、走出创伤的第一步。

三、尼日利亚人民的集体创伤

除了上文所谈到的个体人物的心理创伤，《危险的爱》也展现了内战给尼日利亚人民所带来的慢性集体创伤，例如普遍的腐败、贫困以及新旧一代的冲突。小说中多次谈到主人公奥莫沃这一代人所面临的困境，这些人包括奥莫沃的朋友奥科罗、凯梅（Keme）、德勒（Dele）以及他的爱人伊菲伊娃（Ifeyiwa）等人，他们经常自觉反思他们这一代人的特征。奥莫沃身处海边城镇时，反省道："这就是我这一代人。以带有血腥的钱为食，以贪污的钱为食，以死人的钱为食，以腐败的钱为食，以受到诅咒的钱为食。这一代人吞食了我们的未来以及我们的历史。这是有罪的、盲目的和拥有可憎责任的一代。"（Okri，1996，p. 290）奥莫沃的爱人伊菲伊娃同样深刻认识到她那一代人生活的可悲之处："她想到了他们出生和生存的环境：一种混乱、获取的氛围，一个充满腐败、贫穷和贫民窟梦想的时代，一段交织着浪费和损失的时期，被父母背叛的一代人。"（p. 251）奥科罗曾指出："我们的社会就是一个战场。贫穷、腐败和饥饿是子弹。坏政府就是炸弹。而且仍然有士兵统治着我们。"（p. 109）

结合尼日利亚的历史，1970 年内战结束后，尼日利亚依然被军政府统治，之后国家也被军政府和文官交替统治，国家政局动荡。此外，20 世纪 70 年代是尼日利亚石油工业最繁荣的时期，石油收入使尼日利亚变成世界上第十三富有的国家，国家经济经历了飞速增长（法洛拉，2010，p. 130）。但这些收入有很大一部分落入军队和政府高官手中，普通人民并未从中获取很大收益，贫民窟人民的生活条件依然非常恶劣。因此，内战结束后的尼日利亚依然被暴力、贫穷和政府官员的腐败困扰。与此同时，奥莫沃这代人感觉他们被父母那辈人背叛，童年时就被迫参与和见证内战，不得不目睹那些给他们带来巨大创伤的暴力行为，成年后也不被父母尊重，无法追求理想的爱情和事业。正如安德鲁·阿姆斯特朗（Andrew Armstrong）所言："奥科罗代表了一代年轻人，对他们来说，战争意味着失去和背叛——失去梦想，背叛希望和信任。对他们中的许多人来说，这意味着他们开始参与一种他们以前从未目睹过的暴力行为。"（Armstrong，2000，p. 177）关于小说的内容，作家本人也在访谈中谈道，他"描写了一件使很多人受到伤害的事情"（Wilkinson，1992，p. 81），笔者认为这件事就是指尼日利亚内战，作家在小说中所展现的奥莫沃那一代人的创伤经历、痛苦和困惑都属于内战的余波。评论家安德鲁也认为："奥克瑞的《危险的爱》展现了战争和社会动荡对国家和个人的影响。"（Armstrong，2000，p. 183）

值得注意的是，老画家奥科查博士在小说中也痛心地谈到位于拉各斯市中心的阿杰冈勒（Ajegunle）贫民窟人民的战后生活：

> 这里任何人的故事都比我们的更糟糕。这个地方是个大伤口。当我看到它，看到我们的艰难，看到我们努力生存的方式时，我的眼睛变得刺痛。人们住在没有屋顶的房子里。他们的孩子每隔一年就会死去。锌皮小屋到处都是洞。每天只能吃上一顿木薯粉的大家庭。他们生病时得不到治疗。当地的庸医把他们挣的一点钱都搜刮走了。他们的孩子从早到晚卖空瓶子和旧报纸。没有工作。饱受疾病折磨的家庭。他们的孩子患病，拉的屎里都有蠕虫。年轻的男孩们跑掉了，成为汽车修理厂的推销员。儿童营养不良。然而，贫民区的心脏仍在跳动。他们忍受着痛苦、微笑着，正如音乐家所说，他们继续战斗。我亲眼所见。一天一天。日复一日。（Okri，1996，p. 309）

可以看出，这个贫民窟居住条件非常恶劣，人们不得不住在没有房顶、到处是洞的房子里。不仅如此，贫民窟居民还要忍饥挨饿，一家人一天只能吃上一顿饭。除此之外，贫民窟儿童的命运也异常悲惨，他们不仅因无法得到足够的食物而营养不良，还不得不早早地赚钱谋生，无法去学校接受正规的教育。经常有孩子因为缺医少药、贫穷饥饿而死去。可见，内战后贫民窟人民的生活并未有很大改善，依然受到贫穷、饥饿、疾病和死亡的折磨。

在小说结尾，主人公奥莫沃经历了爱人死去、父亲坐牢的双重打击后，由一开始的一蹶不振而慢慢平静下来。通过向他人倾诉创伤经历，他也逐渐摆脱了内战创伤的困扰，他将继续追求自己的艺术事业，迎接未来的艰难时光。与此同时，创伤叙事还体现了尼日利亚人对于社会变革的渴望。正如奥莫沃的朋友凯梅所言，他们这代人必须为上一代人收拾残局。父母那代人必须离开，因为他们有着太多罪过。凯梅宣称他们这代人必须纠正过去的失败，然后才能继续前进。为了生存，他们必须学会忍受，然后才能为完成非洲的使命做出自己的贡献（Okri，1996，p. 320）。这意味着奥莫沃这代人将致力实现社会变革、完成非洲使命。

结　语

除奥克瑞外，尼日利亚还有许多作家创作出关于内战的文学作品，如阿契贝的《战争中的女孩们》《这曾是一个国家》、索因卡的《已逝的男人》等作品。由此可见内战对尼日利亚作家们的影响之深，他们都自觉地对这段历史进行书写，对其做出自己的解读。面对 20 世纪尼日利亚这一压倒性的社会创伤事件，奥克瑞进行了独特的探索，既描绘了个体人物的心理创伤，也展现了战后人民的集体创伤以及尼日利亚的社会状况。值得注意的是，《危险的爱》中的人物并不甘于只做创伤的俘虏，而是积极采取措施破除创伤禁锢、走出创伤，他们渴望摆脱创伤，实现社会变革。作家曾在其小说《震慑诸神》（*Astonishing the Gods*，1995）中，虚构出一个乌托邦空间——那些在罪恶的奴隶贸易中葬身大西洋海底的黑人们，从其过去的苦难经历中吸取教训，建造了一个充满爱、智慧、光明与正义的岛上城市。笔者认为这也正是奥莫沃等人物走出创伤后努力的方向，表现出奥克瑞对创建充满平等、自由、完美、正义和爱的新非洲的美好愿望。

引用文献：

法洛拉，托因（2010）. 尼日利亚史（沐涛，译）. 上海：东方出版中心.

弗洛伊德（1989）. 摩西与一神教（李展开，译）. 北京：生活·读书·新知三联书店.

刘鸿武等（2014）. 尼日利亚建国百年史（1914—2014）. 杭州：浙江人民出版社.

邵凌（2011）. 库切与创伤书写. 当代外国文学，1，36－44.

张勇（2019）. 大历史，小叙事——阿迪契《半轮黄日》中的历史创伤叙事. 当代外国文学，3，76－85.

朱云（2011）. 疏离、记忆与倾诉——解读《乐园》中的"创伤之家". 当代外国文学，1，19－26.

Armstrong, A. (2000). "Speaking through the Wound: Irruption and Memory in the Writing of Ben Okri and Festus Iyayi." *Journal of African Cultural Studies*, 13(2):173—183.

Caruth, C. (1995). "Trauma and Experience: Introduction." In Caruth, Cathy (ed.), *Trauma: Explorations in Memory*. Baltimore: The Johns Hopkins University Press.

Caruth, C. (1996). *Unclaimed Experience: Trauma, Narrative and History*. Baltimore: The Johns Hopkins University Press.

Fraser, R. (2002). *Ben Okri: Towards the Invisible City*. Tavistock: Northcote Publishers.

Ogunfolabi, K. O. (2010). "Representations of War and Peace in Selected works of Ben Okri." In Falola, Toyin and Haar, Hetty ter(eds.), *Narrating War and Peace in Africa*. Rochester: University of Rochester Press.

Okri, B. (1996). *Dangerous Love*. London: Phoenix.

Shakespeare, N. (1986). "Arts: Fantasies Born in the Ghetto." *Times*. Business Insights: Global.

Sharp, M. (2010). "'Lament for the Casualties': The Nigerian War of 1967—70 and the Poetry of John Pepper Clark-Bekederemo." In Falola, Toyin and Haar, Hetty ter(eds.), *Narrating War and Peace in Africa*. Rochester: University of Rochester Press.

Visser, I. (2011). "Trauma, Theory and Postcolonial Literary Studies." *Journal of Postcolonial Writing*, 47(3):270—282.

Whitehead, A. (2004). *Trauma Fiction*. Edinburgh: Edinburgh University Press.

Wilkinson, J. (ed.)(1992). *Talking with African Writers: Interviews with African Poets, Playwrights and Novelists*. London: Heinemann.

作者简介：

王少婷，文学博士，现就职于四川大学外国语学院，主要研究方向为非洲英语文学、文学空间研究、比较文学。

Author:

Wang Shaoting, Ph. D. of literature, lecturing in College of Foreign Languages and Cultures, Sichuan University. Her research fields include African literature in English, literature space study and comparative literature.

Email: wangshaoting0492@foxmail.com

体育与政治：论 C.L.R.詹姆斯《超越界限》中的板球书写

荆瑞歌

摘　要：《超越界限》是西印度裔马克思主义思想家 C.L.R.詹姆斯的著作，是一部将个人经历融入文化研究的混合体裁的自传式批评，不仅记录了詹姆斯传奇的一生，更嵌入了特立尼达板球发展史和他的马克思主义思想。一方面，作品辩证地反思板球在特立尼达殖民史上表征的种族和阶级矛盾，揭示出板球作为一种政治场域对殖民话语的颠覆和超越。另一方面，作品聚焦球员和观众，挖掘出板球作为一种艺术形式的审美意涵和缓解资本主义劳动异化的解放功能。《超越界限》以板球为窗，不仅体现了詹姆斯对殖民主义、资本主义和大众文化的多维思考，而且拓展了艺术概念，丰富了黑人马克思主义学者对文化研究的贡献。

关键词：《超越界限》　C.L.R.詹姆斯　体育政治　殖民话语　文化研究

Sports and Politics: Cricket Writing in C. L. R. James' *Beyond a Boundary*

Jing Ruige

Abstract: *Beyond a Boundary* by C. L. R. James, a West Indian Marxist, is an autocritography of hybrid genres that integrates personal narrative into cultural studies. It not only records James' legendary life, but the development of cricket in Trinidad and his Marxist thoughts. On the one hand, it reconsiders racial and class conflicts represented by cricket in the colonial

Trinidad in a dialectical manner, revealing cricket's transcendence of colonial discourse as a political field. On the other hand, by focusing on cricket players and audience, it unearths the aesthetic values and the liberating nature of cricket as an artistic form in a highly alienated capitalist society. Providing an extended conception of art and an inspiring paradigm of cultural studies, *Beyond a Boundary* with its cricket writing, manifests James's multi-dimensional comprehensions of colonialism, capitalism, and popular culture, which enriches the theoretical contributions of black Marxists in cultural studies.

Keywords: *Beyond a Boundary*; C. L. R. James; sports politics; colonial discourse; cultural studies

皮埃尔·布尔迪厄（Pierre Bourdieu）曾说，"体育实践领域是斗争的场所"，"这个领域本身是一个更大的领域的一部分，那里进行着关于合法身体和身体的合法使用的定义的斗争"（布尔迪厄，2000，p. 331）。事实上，体育不仅是一个重要的社会空间，体育活动还可以被视为一种艺术形式，赛事发展和规则演变、球员的技术表现和观赛观众的反馈等，无一不传达出特定的经济、政治和社会文化信息。而就发掘体育"作为一种更广泛的变革模式的价值"，并系统地研究体育作为一种艺术形式的美学价值和文化历史内涵来说，来自加勒比海地区的西印度裔作家詹姆斯也许是第一人（Featherstone et al.，2018，p. 1）。

C. L. R. 詹姆斯（Cyril Lionel Robert James，1901—1989）生于特立尼达和多巴哥的图纳普纳，是一位著名的历史学家、政治活动家和马克思主义思想家。年少时曾效力于家乡的板球俱乐部，1932 年移居英国后还曾先后为《卫报》（*Manchester Guardian*）和《格拉斯哥先驱报》（*Glasgow Herald*）撰写板球新闻，是《卫报》第一位有色人种通讯记者。詹姆斯居英期间常常参加纳尔逊当地的工党活动，逐渐成长为一名托洛茨基主义者。虽 1941 年后与托派决裂，但他始终是一位坚定的马克思主义者，为西印度群岛和非洲人民的解放运动奔走一生。詹姆斯集西印度裔出身、板球运动员经历和马克思主义思想于一身，独特的个人经历和多重文化身份赋予了他与众不同的创作视角，这些在其著作《超越界限》（*Beyond a Boundary*）中得到了淋漓尽致的展现。

关于此书该如何定性的问题，评论界说法各异。曼宁·马拉博

(Manning Marable) 指出，"《超越界限》严格来说是一本关于 20 世纪西印度板球的书，但它首先是一部传奇人物——也许是我们这个时代最伟大的社会主义理论家——的自传"（Marable，1985，p. 38）。斯图亚特·霍尔（Stuart Hall）认为，此书不仅是关于板球，更是对大众文化研究具有重要意义（Hall，1996，p. 13）。在《超越界限》的题献中，詹姆斯表示希望将此书献给两位板球名宿利瑞·康斯坦丁（Learie Constainine）和威廉·吉尔伯特·格雷斯（William Gilbert Grace），"纠正关于他们的一些严重错误"，同时"拓展我们过于狭隘的历史和艺术概念"。在该书前言部分，詹姆斯更是直接否认了将此书视为板球回忆录或自传的看法。可见，创作伊始，詹姆斯的目光就没有局限于板球这项单一的体育运动，而是从体育赛事拓展至历史维度和艺术视域，这为全书奠定了广阔的格局和宽宏的视野。"将理论阐述者的人生经历融入社会科学理论著作当中的一种混合体裁"，是近年来兴起的"自传式批评"（autocritography）的典型特征（杨晓霖，2014，p. 100）。从这个意义上讲，《超越界限》更像是一部自传式批评，因为它不同于传统意义上的自传，不仅记录了詹姆斯传奇的一生，更呈现了西印度板球发展史和詹姆斯的马克思主义思想，是将个人经历融入文化研究的混合体裁作品。

《超越界限》于 1963 年出版，一经问世便得到体育界和文学界的广泛好评。世界著名体育杂志《体育画报》（*Sports Illustrated*）将其评选为历史上最重要的五十部体育图书之一。德里克·沃尔科特（Derek Walcott）建议"每个作家都应阅读此书"，因为"这是一部殖民时代史，其中有艰辛，有剥削，也有骄傲"，它足以让詹姆斯"和海明威等人相提并论"（Walcott，1998，p. 115，p. 120）。然而，这本书在国内尚未引起足够关注，知网上也仅有一篇相关论文发表。但《超越界限》的价值是不应忽略的。作为一名出色的前板球运动员，詹姆斯深谙板球的攻防理念和击投球技战术。再加上多年的写作经验和马克思主义政治活动经历，詹姆斯予以板球审美性呈现的同时，不仅通过辩证地反思板球赛场上的种族和阶级冲突，看到了板球作为一种政治场域对殖民话语的颠覆潜能，更通过聚焦板球运动员和观众，挖掘出板球作为一种艺术形式在异化的资本主义社会中的美学内涵和解放人性的社会功能。无论是将板球运动视为一个政治场域，还是把它看作一种艺术形式，都体现了詹姆斯对殖民主义、阶级问题、资本主义和大众文化等议题的多维审视与辩证思考。

一、作为政治场域的板球：殖民话语的建构与颠覆

"体育曾是殖民化进程的一部分，在大多数殖民地国家取得独立后也依然

如此。"(Bale & Cronin, 2003, p. 3) 在大英帝国,牧师们把上帝的福音书带到了世界各个角落,同时带去的还有各类体育活动——"传教士把板球带到了美拉尼西亚,把足球带到了班图,把赛艇带到了印度,把田径带到了伊朗"(Mangan, 1998, pp. 174-175)。特立尼达的板球运动,最早也是由英国殖民者引入的。有学者因此将板球视为殖民话语的代言,认为"将板球引入特立尼达是一种手段,以促使被殖民者羡慕英国性并将之付诸实践",因此,"西印度的板球可以说是英国性的一个藏身之处"(Diawara, 1990, p. 835)。据詹姆斯在书中回忆,图纳普纳在 20 世纪初是一个只有三千住民的小镇,"板球就是唯一的娱乐活动"(James, 2013a, p. 3)。可见,板球的引入是伴随着殖民进程同时发生的,它从一开始就并非目的单纯的体育活动,而属于社会、经济、历史和文化等多种要素交织的复杂政治场域。

板球见证了殖民地的种族隔离和阶级冲突,书中关于板球俱乐部成员结构的描述就是最好的例证。詹姆斯最早是在一家乙级板球俱乐部效力,但随着他的投球和接球技术日益纯熟,再加上拥有出色的击球记录,是时候考虑加入甲级俱乐部了。可问题在于,他究竟要加盟哪家俱乐部?这一问题看似简单,却让詹姆斯陷入了"一场社会和道德危机",甚至对他的"整个未来生活都产生了深远影响"(p. 49)。要理解这一点,首先要了解各个俱乐部的球员架构。岛上当时主要有六家甲级板球俱乐部,分别代表不同的社会阶层,彼此壁垒分明。排在首位的是女王公园俱乐部(Queen's Park Club),其成员大多为富有的白人,通常没有有色人种球员,除非是来自显赫之家的黑白混血儿,而黑人即使被俱乐部接收,通常也要匿名参赛。地位次之的是三叶草俱乐部(Shamrock Club),球员多来自古老的天主教家庭,当时也几乎是全员白人的俱乐部。接下来是警队俱乐部(Constabulary Club),顾名思义,这家俱乐部的成员主要出自当地警局和政府机构。詹姆斯是肤色很深的黑人,这三家俱乐部对他来说显然不可能。同样被排除在外的还有烈酒俱乐部(Stingo Club),因为他们接收的都是毫无地位的最下等黑人。真正让詹姆斯举棋不定的是枫木俱乐部(Maple Club)和香农俱乐部(Shannon Club)。正常来讲,詹姆斯最有可能加入香农,因为这是一家中下层黑人俱乐部,而且他的好友利瑞·康斯坦丁也效力于此。相比之下,枫木就多少有些不合时宜。枫木主要接收棕色皮肤的中产阶级,"对他们来说,肤色比阶级更重要","他们不希望俱乐部中有任何一个黑人"(p. 50)。这是因为在西印度群岛的有色人种内部,也存在不同程度的歧视,肤色稍浅的棕色人种与纯种黑人之间持续对抗,其激烈程度有时更甚于白人对黑人的歧视。正如詹姆斯在《一个自由的世纪》（"A Century of Freedom"）一文中所言，虽然岛上黑人地位自1834 年奴隶制废除之后有了很大改善，但种族隔离现象依然存在，异族通婚更是鲜有发生，尤其是黑白混血儿通常只会和混血儿结合，"中产阶级黑人几乎不会娶一个比自己肤色更黑的人"（James，2013b，p. 204）。

不难看出，板球俨然已经成为"一种无休止的寓言"，而"主要球员就像是一场戏剧中的象征，一旦越界就会遭到谋杀"（Lipsyte，2013，p. xviii）。詹姆斯的选择，与其说是选择球队，不如说是选择身份与归属。这也是为什么詹姆斯明明肤色很黑却最终选择加盟枫木为时人所不解，甚至时至今日，他还不时因此受到诟病。克莱姆·西卡兰（Clem Seecharan）评论詹姆斯此举"严重破坏了他与许多下层特立尼达黑人的关系"（Seecharan，2018，p. 159）。詹姆斯本人也认为，加入枫木在某种程度上导致他的"政治发展被耽搁了好几年"（James，2013a，p. 53）。但应该看到的是，少年詹姆斯做此选择，其背后有着深层原因。

比尔·阿什克罗夫特（Bill Ashcroft）等人曾指出，英语学习和帝国的发展壮大紧密相连，二者相互促进，"英语学科出现的同时也创造出一种帝国主义的殖民形式"，"文学成为文化帝国事业的核心"，"价值观建构由此变得顺理成章"（Ashcroft et al.，1989，p. 3）。可以说，正是殖民地的英语教育让少年詹姆斯自觉接受了精英文化，在情感上依附所谓更有文化的上层阶级，与肤色较深的下层黑人多有疏离，这也许才是阻碍他加入香农的症结所在。詹姆斯的家族在岛上是很体面的，包括父亲在内的不少家庭成员都是学校教师，詹姆斯毕业后也曾秉承父志留校任教。母亲虽为家庭主妇，却酷爱阅读。在家族熏陶下，詹姆斯自小开始大量阅读。不过，他的书单上大都是一些英国文学经典。父亲曾从书摊上林林总总的小说杂志堆里挑出《匹克威克外传》，告诉詹姆斯，"狄更斯写的，一本伟大的书，我的孩子，读它吧"（James，2013a，p. 16）。就这样，从小受到殖民文化潜移默化的影响，詹姆斯不到十岁时已俨然成长为"一个英国知识分子"（p. 18）。因此，他选择肤色更浅、阶级地位更优越的枫木俱乐部，虽是意料之外却也在情理之中。正如詹姆斯在书中坦言，这一选择源自"狄更斯和萨克雷培育出的社会本能和政治直觉"（p. 52），更是他"从小长大的社会环境"（p. 53）决定的。

尽管如此，殖民教育并没有完全吞没詹姆斯，在这一过程中，板球起到了至关重要的作用。板球不仅是促进詹姆斯意识觉醒的最初源泉，而且逐渐成为他对抗种族和阶级不平等的一种方式。詹姆斯最初意识到种族隔离和阶级差异，就是当他发现板球场上的兄弟情谊在现实世界搁浅之时。他儿时和一位名叫 U 的白人男孩交好，他们总是一起打板球，因为 U 体质差，詹姆斯每次在场上都为他打掩护，两人可以说是亲密无间。但在球场下，这份兄弟情谊却难以维持。U 要离开小镇去上学，尽管二人约好 U 每次回镇都来看望詹姆斯，可当 U 讲起他的新生活和新学校时，詹姆斯才发现他们之间是如此的不同，U 后来再也没回来过了。这让詹姆斯"有种负罪感"，因为"我们之间好像有什么不对劲"（p. 32）。

詹姆斯在回顾这些经历时说："当我回首往事，各种事件、插曲和人物生动浮现，对此我并未感到奇怪，他们是如此的历历在目。真正让我感到惊奇的是，他们如今的象征意义却是迥然不同。"（p. 63）如果从叙述话语的层面来看，作品在叙述这段经历时显然出现了两个不同的叙事眼光，一个是故事外的叙述者詹姆斯追忆过去的眼光，另一个是故事内的少年詹姆斯正在经历事件的眼光。在第一人称回顾性叙述中，上述两种眼光可以体现出"'我'在不同时期对事件的不同看法或对事件的不同认识程度"，二者之间的对比通常是"成熟与幼稚、了解事情的真相与被蒙在鼓里之间的对比"（申丹，1998，p. 251）。作品通过介入性的评价，前置两种叙事眼光的差异，一方面表现出殖民教育对少年詹姆斯意识形态的塑造，另一方面更凸显板球对詹姆斯意识觉醒的启蒙作用。从这个角度看，本书也可视为某种意义上的成长小说，板球既是触发詹姆斯失去童真的关键，也是促进他成长成熟的动因。板球让詹姆斯意识到，所谓的兄弟情谊只停留在板球上，一旦超越球场的界限，一切现实压迫就侵袭而来。但"体育并非现实世界的避难所，因为体育本身就是真实世界的一部分，自由和压迫不可避免地相互交织"（Lipsyte，2013，p. Vⅷ）。实际情况是，岛内很多有潜质的黑人球员都因经济原因被迫放弃板球生涯，利瑞·康斯坦丁为了继续板球事业甚至选择背井离乡远赴英国，足见岛内下层黑人生活之困苦。因此，当詹姆斯荒废教职一心扑在板球上时，全家颇为担心，还多次召开家族会议极力劝阻。但詹姆斯没有退让，他只想打板球，"反抗整个家族和学校秩序"（James，2013a，p. 28）。

如果说板球对詹姆斯而言更多是一种青春期的叛逆，那么，对于香农这家中下层黑人板球俱乐部来说，板球已然从个体性反叛上升至一种民族性的反抗殖民统治和阶级分离的革命性手段。"他们比赛的时候，就好像知道自己所在的俱乐部代表了岛上最广大的黑人群体一样"，要是哪个球员错失了一个机会球，其他成员看待他的眼神就像是看待叛徒一样，这就是"真正的香农韧性"（p. 55）。这也是为什么香农虽财力不及别的俱乐部雄厚，但他们的球员战斗力极强。"尽管其他俱乐部也有个别明星球员，但没有一支队伍像香农这样拥有整条战线的优秀击球手"（p. 55）。特立尼达于 1929 年夺取跨殖民地杯赛冠军时，在球队 11 名首发阵容中，有 6 名都出自香农俱乐部。在詹姆斯看来，香农俱乐部用自己的表现传递出一种明确的社会对抗的信息——"在这里，如果别的地方都不行，至少在板球赛场上，这个岛上人人平等，我们就是岛上最出色的人"（p. 55）。

法农（Frantz Fanon）在《黑皮肤，白面具》 （*Black Skin*，*White Masks*）中也曾关注过黑人运动员这一特殊群体，但他是从身体角度分析其性欲内涵（Fanon, 2008, p. 122）。詹姆斯则另辟蹊径，关注黑人球员的精神象征而非生理表征，从而挖掘出板球运动的革命潜力。这不仅体现了詹姆斯"以彼之矛攻彼之盾"的辩证体育政治观，更提供了一种从内部质疑种族隔离和阶级分离的可能性。不仅如此，孔苏埃洛·洛佩兹·斯普林菲尔德（Consuelo Lopez Springfield）还指出，本书之所以采取自传形式，一定程度上是为了回应卡莱尔等人关于西印度无民族性格的论断（Springfield, 1989, p. 75）。自传作为一种创作体裁，对少数族裔作家来说一直具有特殊意义，自传书写本身就是一种挑战行为，与对抗主导殖民话语的殖民和后殖民写作形成某种呼应（Kelly, 2005, p. 11）。詹姆斯借助自传体的形式讲述板球的政治内涵，在形式和内容两个层面上完成了对殖民话语的颠覆。

二、作为艺术形式的板球：主体的凸显与异化的缓和

詹姆斯对板球的书写并没有止步于后殖民语境。如前所述，《超越界限》可以被视为一部混合体裁的自传式批评，书中体裁的转换是与詹姆斯的人生经历相互呼应的。1932 年，为帮助同为板球运动员的好友利瑞·康斯坦丁撰写自传，詹姆斯离开特立尼达来到英国。在转变为一名马克思主义者之后，他的作品体裁也随之从自传书写转变为理论论述。此时，板球不仅是矛盾激荡的政治场域，它的价值也不单表现为反殖民的革命潜质，而更是被视为一种文化符码，是兼具美学价值和解放人性的社会功能的一种艺术形式。在异化程度越来越高的资本主义社会里，它对于缓和劳动异化和促进人类解放具有积极意义。

詹姆斯之所以能看到板球的美学内涵和解放潜能，和他的个人经历与马克思主义思想是分不开的，这也是他不同于一般族裔学者和流散作家的独到之处。一方面，与 W. E. B. 杜波依斯（W. E. B. DuBois）等成长成才于异国他乡的族裔作家不同，詹姆斯从小在特立尼达长大成人并完成教育。1932 年离开故土时已是而立之年，此时的他已确立了较为清晰的民族身份和种族认

同，因而很少流露出"一种内化的种族自卑感"（Smith，2010，p. 4）。没有低人一等的自卑感，詹姆斯更能以平常心客观地审视板球运动，进而发掘出其中的积极内涵。这也是为何詹姆斯极力反对 T. S. 艾略特（T. S. Eliot）在其诗歌《小吉丁》（"Little Gidding"）中关于从记忆中解脱的观点。詹姆斯"不想从记忆中解脱"，他要"贪婪地重温过去，重温能找到的每一英寸"，他在记忆里"参与现在"，"思索、设计和规划未来"（James，2013a，p. 59）。板球是詹姆斯珍视的重要记忆，它由殖民者引入，但并不因此失掉美学价值和社会功能。

　　另一方面，更为重要的是，马克思主义者的身份决定了詹姆斯的视野不局限于黑人内部的种族问题，而是拓展至资本主义和劳动异化对人类解放的阻碍。詹姆斯曾于 1938 年亲赴巴黎参加托洛茨基创建的第四国际的成立大会，还于同年前往美国为泛非运动做巡回演讲，此后 15 年定居美国期间，他积极参与各类马克思主义政治活动。他曾发表关于 18 世纪末海地革命的马克思主义研究《黑色雅各宾》（*The Black Jacobins*），被学界视为他最重要的学术著作。詹姆斯虽同样关注种族问题，但作为一名坚定的马克思主义者，他明显更为关切资本主义在世界范围内造成的更普遍的人性压迫。他在采访中曾谈道："我想要指出，理查德·赖特写了本书叫《土生子》，他说里面的黑人男孩饱受肤色之苦，但不要被他是黑人这一事实误导了。他忍受的那种折磨并不是因为他是个黑人，而是因为他是个美国人"，"他们是生活在特定社会中的黑人"，应该批判的是资本主义社会（James，1983，p. 272）。可以说，马克思主义的思想浸透在詹姆斯论述的方方面面，是理解他的板球艺术理论建构的关键。

　　在《超越界限》的第 16 章《什么是艺术》（"What is Art"）中，詹姆斯集中论述了板球的艺术内涵和美学价值。在他看来，"板球是一种艺术，不是什么私生子或穷亲戚，而是艺术社群的正式成员"，"板球首先是一场戏剧表演，它和戏剧、芭蕾、歌剧和舞蹈同属一类"（James，2013a，p. 196）。事实上，詹姆斯认为，不止板球，任何体育比赛都具有戏剧特征，比如拳击和赛跑等，它们都能激起"希望和恐惧"，"甚至可以用笑声眼泪和怜悯恐怖直穿心灵"（p. 196）。这里很容易让我们联想起同时期罗兰·巴特（Roland Barthes）在《神话——大众文化诠释》（*Mythologies*）一书的开篇对摔跤表演所做的文化研究。在《摔跤世界》一文中，巴特从微观符号学的角度，将整个摔跤表演阐释为一个复杂的符号系统。摔跤选手的外形和体格特征、比赛过程中的肢体动作以及夸张的打斗场景等，都成为某种独特的能指符号，重要的不是摔跤结果的输赢，而是一个个能指本身凸显的形式美。与巴特关注能指符号不同，詹姆斯则是从马克思集体主义的角度分析板球作为一种戏剧形式的美学内涵。

首先，板球的戏剧特质表现为一种有组织的角色冲突，如古希腊戏剧般兼具个体性和集体性，是一个有机整体的结构。熟悉板球的人也许知道，板球是由两队各十一人组成的回合对抗团体赛，双方队伍每轮比赛各派出一名击球手与投球手，其他选手配合夺分或接球，攻方击球局结束后攻守对调重新开局。每一个进攻队伍的击球手都要单独面对一个防守队伍的投球手，每一个球员都代表了自己的队伍。个人的技术能力固然重要，但其最终价值的实现在于能够帮助球队取得胜利或挽回败局，就像"戏剧作家、小说家和编舞者，必须要努力让每个个体角色成为融入更大的整体的象征"（p.197）。攻方的击球手不仅代表了他所在队伍，"在击球的那一刻，他几乎完全就是整个队伍的化身"（p.197）。如此一来，板球比赛构成了一出戏剧场景，每位球员都要承担起肩负在他身上的结构性特征，有组织的球员冲突使整场比赛成为一个结构明晰的有机整体。

其次，板球的戏剧性还表现为情节的多样性、连续性与统一性，不仅同样体现了结构上的整体和部分的有机统一，而且由于赛场上风云变幻，板球这出戏剧更是高潮迭起（p.197）。每一次大力投球或击中或错失，每一次挥板击球或精准或失误，每一次跑位截击或及时或出局，这些都构成了板球戏剧多样化的情节，推动着整场比赛向前发展，用无数个可能性引发和满足观赛观众的无限种期待。亚里士多德在《诗学》中曾对比诗和历史，指出诗不同于历史的地方在于，它呈现的是可能发生的而不是已经发生的事（亚里士多德，1962，p.28）。由此观之，板球就像是描述事物之间或然和必然关系的诗，既具有普遍性也富含哲理性。

这里我们不妨进一步对比巴特的摔跤研究，以便更好地理解詹姆斯板球艺术理论的独特性。在巴特的研究中，"摔跤不是运动，它是一种表演"，和竞技体育中全力拼搏的职业运动员不同，摔跤手只需按部就班完成已经指定好的角色即可，尽管打斗场面通常看似激烈紧张，但不过是"依照外界期待的动作、姿态来表现"的表演而已（巴特，1999，pp.3-4）。换言之，巴特将整场摔跤表演视为一个共时的封闭的符号系统，每一幕"瞬间出现的"打斗场面都有其"自成完整的激情意义"，每一时刻的意义"却永远不会延伸"，不会影响最终的特定结果（p.4）。詹姆斯则将板球视为一种竞技体育，其竞技性质反而让板球更像是开放动态的戏剧表演，而非封闭静止的符号体系。

球员的每一次击球、投球和跑位等，不仅是个体球员潜力的实现，而且对整场比赛的走势有重要影响。每位球员的表现绝不可能预先决定，同一球员在不同时刻的表现可能有天壤之别，甚至明星击球手也可能一上场就被菜鸟投球手直接淘汰。比赛永远不会和观众期待的完全一致，这也是竞技体育最大的魅力之一。

可以看出，在巴特的研究中，观众其实早已被剥离出意义生产的范畴。因为"重要的不是观众怎么想，而是他们看到什么"（p. 4）。只要选手一进场，观众立刻能明白其角色意义，甚至摔跤手本人也不能决定意义的生产，因为他的角色意义早已被他作为能指的符号特征决定。"一个肥胖松垮的 50 岁男人"，"他的责任就是代表无赖"和"激起憎恶"，摔跤于呈现的和观众看到的不过是"指定给参赛者的角色"而已，也就是早已与所指断裂的能指符号而已（p. 5）。而在詹姆斯的理论架构中，要生成板球这场戏剧的完整意义，球员和观众都是必不可少的组成部分。正是在这一巨大差异上，我们看到了詹姆斯的马克思主义思想的最大特征，那就是他真正地承认并推崇人的主体性，这一点尤其体现在他对球员的身体动作和观众的重要意义的强调上。

詹姆斯认为，板球的艺术形式美和人文内涵在球员和观众身上实现了统一，二者赋予板球以"视觉艺术的美感"，同时，也在一定程度上缓和了资本主义社会造成的异化感与人性压迫（James，2013a，p. 209）。一方面，运动员在球场上的各种动作，完美展现了身体各个部位的协调配合。击球时的力量感、跑动时的节奏感、接球时的控制感等，无不体现了板球作为一种视觉艺术的形式美。在詹姆斯的眼中，板球运动员似乎成为被巨蛇缠身的拉奥孔和他的儿子们的化身，甚至比他们更具戏剧冲突与张力美。"通过挖掘个体球员的动作美与风格美，詹姆斯提供了一种与体育相关的更为宽阔的艺术定义。"（Mellette，2015，p. 465）但球员身体动作的意义不止于形式上的视觉美，更在于它对"增强生命力"的凸显，"板球的基本动作代表的身体运动是无数个世纪以来原始社会和文明生活的共同根基"（James，2013a，p. 209）。尽管"工业革命彻底转变了我们的存在方式"，但身体潜能作为"人类诞生之初的最基本特质"是未曾改变也不可改变的，它"是人类赖以生存的方式"，失去身体行动的潜能，人们"在工作和娱乐中也会变成枯株朽木"（p. 209）。因此，板球运动为饱受工业主义压迫和劳动分化造成的异化感的无产阶级提供了一个窗口，让他们有机会找回沉睡的身体潜能，重新焕发个体性与生命力。

另一方面，詹姆斯还指出，一直以来，板球之所以没有被视为一种艺术形式，就是资本主义社会的"分类化和专门化"造成的，这是"人性的分裂，是我们这个时代最大的祸患"，要克服它就要把"有组织的体育比赛和观众"都纳入考察范围（pp. 195－196）。詹姆斯将观赛群众视为积极的观众，认为观众对比赛有着自己的理解，会影响和决定球员动作的风格甚至比赛胜负，是生成板球比赛完整意义的必要组成部分。板球和一般视觉艺术不同，它呈现的不是静态画面，正是球场看台上的观众把一幕幕比赛场面变成了一个不断更新的动态的再创造过程。"不管是否是训练有素的观众，他总有自己的标准"，当看到精妙的曲线球或滑步捉球等精彩比赛瞬间时，成千上万的观众爆发出的热烈欢呼声是"艺术情感最真挚深切的表达"（p. 205，p. 207）。即使和兴起于六七十年代的接受美学及读者反映批评相比，上述观念也足以让詹姆斯成为发掘受众在阐释文化意义方面的重要作用的先驱。此外，詹姆斯还强调，板球的重要意义不在于比赛胜负，"欣赏板球和比赛结果没多大关系"，重要的是每个人"看到的和感受的"（pp. 197－198）。劳动生产本是一个社会化过程，可资本主义市场却盲目抬高商品地位，一切都表现为商品的交换价值，商品甚至决定劳动者的命运，如此一来，生产者和生产过程被剥离，商品拜物教就此形成，同时也造成了劳动者的异化感以及与同伴和社会的疏离感。詹姆斯关注比赛过程而非结果胜负，这不仅是在强调球员和观众的重要性，更是在凸显人的主体性和社会关系的重要性，对缓解资本主义社会中人的异化感大有裨益。

三、板球的革命潜能：公平竞争与意识形态的谈判

作为一个政治场域，虽然板球在其引入之初曾是殖民话语的代言，但它在发展过程中却逐渐产生了挑战和颠覆种族主义的潜能。作为一种艺术形式，板球凸显了球员和观众的主体性以及社会关系的重要性，为缓和资本主义社会中人的异化提供了一个窗口。这些构成了板球在后殖民语境和资本主义社会中的双重革命潜能。不过，板球是否真如詹姆斯所说具备上述积极的社会功能，这一点曾引发评论界不少讨论。以罗伯特·格雷格（Robert Gregg）为例，他曾质疑詹姆斯对板球规则和所谓"公平竞争"（fair play）的维护，认为这在某种程度上反映了詹姆斯的精英主义和沙文主义，不见得对"西印度普通民众"有什么好处（Gregg，2000，p. 110）。不过，此论似乎并未看到板球在西印度的广泛群众基础，更没抓住詹姆斯对文化多义性极富前瞻性的释读。克里斯蒂安·霍斯伯格（Christian Høgsbjerg）发现，詹姆斯曾于1961年高度赞扬英国马克思主义思想家雷蒙德·威廉斯（Raymond

Williams)，认为他是"英国社会主义运动中近十年甚至二十年内诞生的最杰出的作家"（Høgsbjerg，2018，p. 66）。据此，我们有理由相信，威廉斯对詹姆斯产生过一定影响。正如威廉斯将文化视为一种整体生活方式，詹姆斯也将板球视为一种生活方式，认为体育早已成为普通人日常生活中不可分割的一部分——"当普通人不工作的时候，他们想要做的一件事就是观看有组织的体育比赛"（James，2013a，p. 152）。詹姆斯正是从板球的广泛群众基础出发，打破了所谓高雅艺术和低级艺术的二元区分，不仅挖掘出板球如戏剧和视觉艺术般的审美意涵，还看到了板球作为一种更广阔的大众文化形式的积极潜能。

而要真正发挥板球的积极意义，恰恰需要尊重比赛规则，做到公平竞争。詹姆斯明确指出，尽管比赛结果不重要，但"比赛美妙的不确定性并不是无政府状态"，"只有在严格的结构框架下，板球独有的特性才能发扬光大"（p. 197，p. 198）。正如诗歌是戴着镣铐的舞蹈，遵守板球规则的公平比赛也是实现板球的积极文化功能的前提。克里斯托弗·考德威尔（Christopher Caudwell）在《幻想与现实》（*Illusion and Reality*）也曾有过类似论述。他认为，资本主义虚假自由观追求的是没有任何限制的、彻底的和绝对的个人自由，这必然会导致"无政府状态"，但真正的自由是"对必然的认识"，"了解到外部现实的规律"才算是自由（考德威尔，1995，p. 61）。换言之，只有意识到必然性，才能有意识地在改造世界的过程中发挥个人潜力并拓展个人自由。

板球规则也是外部现实规律的一部分，遵守比赛规则才能实现个人在比赛中的潜力。在《超越界限》的开篇，詹姆斯就已为此思想埋下伏笔。他在第一章回忆儿时初见板球时说，他第一次对板球产生深刻印象是因为赛场内外判若两人的邻居马修（James，2013a，p. 3）。马修生活中肮脏邋遢招人烦，球场上却摇身一变，成了一个优雅击球手，这曾让詹姆斯百思不得其解。而当詹姆斯进入学校后，他再次发现板球在塑造人格方面的潜力。甚至，与板球比赛相比，课堂教育简直收效甚微。"小偷小摸是禁忌，我们却依然撒谎舞弊，且毫无愧疚"，"但我们一旦踏上板球或足球场地，尤其是板球场，一切都变了"，"我们很快学会遵守裁判员的判罚，不管判罚多么荒谬，我们也从不质疑"，"我们学会把个人偏好甚至是私人利益都让位于全局利益"（p. 25）。可见，哪怕是在殖民时期，詹姆斯已认识到板球潜在的教育意义，而这一积极意义正是以遵守比赛规则为前提的。

尊重规则并不等于政治屈从，詹姆斯的可贵之处正是在于，他能够辩证地看待板球的规则制定，从而看到板球从最初作为一种帝国主义殖民话语转变为未来一种无产阶级文化形式的革命潜能。如果我们将板球规则视为一种主导意识形态的隐喻，那么，詹姆斯对板球的辩证解读在一定程度上还可以视为一种文化多义论，甚至预见了 20 世纪 80 年代文化研究领域出现的葛兰西转向。理解了这一点，就可以更加深入地理解为什么詹姆斯坚定地维护板球的比赛规则。正如葛兰西将市民社会视为一个动态的权力对抗的场所，其中既有融合也有抵抗，板球赛场也是各种权力交互的场域，其中既有认同也有对抗。这是属下阶级与主导阶级的谈判与妥协，正是在这样的权力流动过程中，属下阶级才能逐渐建立起自己的文化权利，最终实现颠覆主导意识形态的可能。但这始终是一个漫长的革命过程，其中必然伴随着妥协与让步，尊重比赛规则正是谈判双方需要达成的基本共识。显然，詹姆斯和法兰克福学派以及盛行一时的阿尔都塞结构主义的研究范式大为不同，上述二者对主导意识形态的认识不乏绝对主义和悲观主义的倾向，而且很大程度上否认无产阶级的主体性和革命潜能。詹姆斯则不然，他不仅从殖民者制定的板球规则中看到了积极面，更揭示了球员和观众的能动性与革命性。正因为尊重板球规则，反而最终能够超越球场界限，参与更加广阔的权力政治和社会文化领域。

结　语

作为一部混合了个人经历与文化研究的自传式批评，《超越界限》以辩证的眼光，聚焦板球在西印度殖民史上和现代资本主义社会中的双重革命潜能。不仅看到了板球作为一种政治场域对殖民话语的颠覆和超越，而且揭示出其被忽略的美学价值和解放功能。《超越界限》用独特而前卫的创作形式，打破了学院式文化研究和理论论述的传统写作模式，对"后理论时代"的学术创作有重要启发。不仅如此，詹姆斯对艺术概念的拓展，和对文化的社会效能的前置，尤其是对观众重要意义的强调，在当时看来非常具有前瞻性，为文化研究做出了积极贡献。

引用文献：

巴特，罗兰（1999）. 神话——大众文化诠释（许蔷蔷、许绮玲，译）. 上海：上海人民出版社.

布尔迪厄，皮埃尔（2000）. 如何才能做一个体育爱好者（马海良，译）. 罗钢、刘象愚（编）. 文化研究读本. 北京：中国社会科学出版社，326–343.

考德威尔（1995）. 考德威尔文学论文集（陆建德，等译）. 南昌：百花洲文艺出版社.

申丹（1998）. 叙述学与小说文体学研究. 北京：北京大学出版社.

亚里士多德（1962）. 诗学（罗念生，译）. 北京：人民文学出版社.

杨晓霖（2014）. 自传式批评. 外国文学，6，100 109.

Ashcroft, Bill, et al. (1989). *The Empire Writes Back: Theory and Practice in Post-colonial Literature*. London: Routledge.

Bale, John & Cronin, Mike (2003). "Introduction: Sport and Postcolonialism." In John Bale and Mike Cronin (eds.), *Sport and Postcolonialism*. Oxford: Berg, 1−13.

Diawara, Manthia (1990). "Englishness and Blackness: Cricket as Discourse on Colonialism." *Callaloo*, 13. 4 (Autumn), 830−844.

Fanon, Frans (2008). *Black Skin, White Masks*. London: Pluto.

Featherstone, David, et al. (2018). "Introduction: *Beyond a Boundary* at Fifty." In David Featherstone, et al. (eds.), *Marxism, Colonialism, and Cricket: C. L. R. James's* Beyond a Boundary. Durham: Duke UP, 1−31.

Gregg, Robert (2000). *Inside Out, Outside In: Essays in Contemporary History*. New York: Palgrave Macmillan.

Hall, Stuart (1996). "C. L. R. James: A Portrait." In Paget Henry and Paul Buhle (eds.), *C. L. R. James's Caribbean*. Durham: Duke UP, 3−16.

Høgsbjerg, Christian (2018). "C. L. R. James's 'British Civilization'? Exploring the 'Dark Unfathomed Caves' of *Beyond a Boundary*." In David Featherstone, et al (eds.), *Marxism, Colonialism, and Cricket: C. L. R. James's* Beyond a Boundary. Durham: Duke UP, 51−71.

James, C. L. R. (1938). *The Black Jacobins*. New York: The Dial.

James, C. L. R. (1983). "Interview with C. L. R. James." In Henry Abelove, et al. (eds.), *Visions of History*. New York: Pantheon Books, 263−277.

James, C. L. R. (2013a). *Beyond a Boundary*. Durham: Duke UP.

James, C. L. R. (2013b). "A Century of Freedom." In *Toussaint Louverture: The Story of the Only Successful Slave Revolt in History*. Durham: Duke UP, 199−205.

Kelly, Debra (2005). *Autobiography and Independence*. Liverpool: Liverpool UP.

Lipsyte, Robert (2013). "Introduction to the American Edition." In *Beyond a Boundary*. Durham: Duke UP, XVII−XXI.

Mangan, J. A (1998). *The Games Ethic and Imperialism: Aspects of the Diffusion of an Ideal*. London: Routledge.

Marable, Manning (1985). "Review of *Beyond a Boundary*." *Journal of Sport and Social Issues*, 9. 1, 38.

Mellette, Justin (2015). "C. L. R. James and the Aesthetics of Sport." *African American*

Review, 48. 4(Winter), 457—471.

Seecharan, Clem(2018). "Shannonism: Learie Constantine and the Origins of C. L. R. James's Worrell Captaincy Campaign of 1959 — 60: A Preliminary Assessment." In David Featherstone, et al. (eds.), *Marxism, Colonialism, and Cricket: C. L. R. James's* Beyond a Boundary. Durham: Duke UP, 153—169.

Smith, Andrew(2010). *C. L. R. James and the Study of Culture*. New York: Palgrave Macmillan.

Springfield, Consuelo Lopez(1989). "What Do Men Life by? Autobiography and Intention in C. L. R. James's *Beyond a Boundary*." *Caribbean Quarterly*, 35. 4(December): 73—88.

Walcott, Derek(1998). "C. L. R. James." In *What the Twilight Says: Essays*. New York: Farrar, Straus and Giroux, 115—120.

作者简介：

荆瑞歌，北京外国语大学英语学院博士，研究方向为现代西方文论。

Author:

Jing Ruige, Ph. D. candidate in Beijing Foreign Studies University. She mainly focuses on the study of modern Western literary theory and criticism.

Email: jingruige@bfsu. edu. cn

献给牛仔的挽歌——《天下骏马》中男性气质的建构与解构

纪小清　唐东旭

摘　要：《天下骏马》讲述了一个时空错位的故事：生活在 20 世纪的美国少年约翰·格雷迪前往墨西哥寻找想象中 19 世纪的牛仔生活。工业化和商业化所带来的社会转型导致了传统男性气质的消逝，对西部牛仔男性气质的怀旧激发了约翰·格雷迪的墨西哥之行。通过"引用"牛仔规范，挪用牛仔符码，约翰·格雷迪及其同伴试图以兄弟情谊、浪漫爱情以及暴力行动来建构自己的牛仔身份和男性气质。但是约翰·格雷迪忽视了现实和想象之间的差异，忽视了西部牛仔的男性气质这一文化意象的伦理内核和社会现实之间的冲突。这一冲突消解了他所操演的男性气质，导致了这一追寻之旅的最终失败。科马克·麦卡锡通过西部少年牛仔追寻男性气质的故事揭示了西部牛仔男性气质的建构性和矛盾性，为它在当代社会的消逝献上了一曲挽歌。

关键词：西部牛仔　男性气质　社会转型　操演性

Elegy for Cowboys: The Construction and Deconstruction of the Masculinity in *All the Pretty Horses*

Ji Xiaoqing　Tang Dongxu

Abstract: *All the Pretty Horses* narrates a story of anachronism: the American boy John Grady living in the 20th century America heads for Mexico to quest for the ideal cowboy life of the 19th century. Industrialization and the commercialization bring about the degeneration of traditional masculinity and the nostalgia for the west masculinity leads to Grady's journey to Mexico. John Grady and his companions intend to construct their cowboy identity and masculinity throughout the "citation" of such cowboy codes like fellowship, romantic love and violence. However, the neglect of the disparity between the reality and the ideal and the neglect of the conflict between the ethical connotation of the traditional masculinity and the social reality also deconstruct the masculinity he performs, which results in the final failure of his quest for masculinity. Through the story of questing masculinity of the western cowboys, McCarthy reveals the constructiveness and the contradiction of traditional west masculinity, presenting an elegy for the deceased cowboy masculinity in modern society.

Keywords: west cowboy; masculinity; social transformation; performativity

《天下骏马》是科马克·麦卡锡"边境三部曲"之首，发表于 1992 年。小说出版之后即获好评，荣获了"美国国家图书奖"和"美国评论界图书奖"两项美国文学界的至高荣誉。小说以第二次世界大战后工业发展以及消费主义兴盛所造成的美国西南边境牧场锐减为背景，讲述了两位西部牛仔少年约翰·格雷迪·科尔（小说中多称约翰·格雷迪）和其好友罗林斯纵马南下前往墨西哥，追寻梦想中的牛仔生活的甘苦历程。主人公约翰·格雷迪是一个坚韧而又略鲁莽的少年，执意追求西部小说和电影中的西部牛仔所特有的牛仔气质。在二战后工业急剧发展、牧场日益缩减的时代，他对工业化前的生活充满了迷恋般的怀旧之情，对新时代女性社会地位的提高以及消费主义的盛行困惑不解，同时也对追寻一片属于西部牛仔的乐土充满了渴望。因而，该小说可以说是对"日益消失的传统美国牛仔的老套生活致以悲伤的敬意"（Greenwood，2009，p. 56）。但若从对现实不满的牛仔因怀旧而南下寻求乐土的这一过程来看，就会发现小说的核心乃是一个追寻（quest）的故事，讲述了为什么追寻、追寻的过程以及追寻的最终结果。约翰·格雷迪通过追寻昔日西部牛仔的男性气质进行自我塑造，它构成了整个小说叙事的线索，将追寻的缘由、追寻的过程以及追寻的结果连接起来，展现了 20 世纪中期一位西部少年追寻牛仔梦的旅程。因此，本文拟从男性气质这一视角出发，首先分析二战后工业和消费主义的侵袭以及西部牧场的凋敝如何导致男性气质的消逝。其次，分析约翰·格雷迪在墨西哥之行中，如何"引用"牛仔符码建构理想的牛仔身份，操演西部牛仔的男性气质。最后，本文将分析主人公追梦旅途失败的原因，揭示传统的西部牛仔男性气质这一文化意象的建构性和矛盾性。

男性气质是一个内涵多样的概念。不同的文化、种族、阶层甚或时代都对男性气质有不同的界定。它并非人类经验的普遍范式，而是一种受到多种因素影响的独特的男性经验。雷泽尔（Reeser）认为男性气质很难界定起源，也没有创造者，但与意识形态、话语和符号息息相关，是一种被文化建构的东西。所以，男性气质是会随着历史的发展变化而变化的。在他看来，"男性气质的定义必然会随着女性、女性化、种族、族裔、阶级以及其他形式的主体性的变化而变化"（Reeser，2010，p. 218）。同时，男性气质作为文化建构的产物，必定通过某种特定的方式呈现出来。男性气质"不仅具有建构性，还具有操演性，即我们不仅要展现一个建构的角色，还要以这个角色进行操演。这就意味着角色不是固定的，而是流动的、暂时的"（Dowd，2000，p. 182）。这一看法与朱迪斯·巴特勒（Judith Butler）的"操演性"理论不谋而合。"操演性"是性别理论专家巴特勒用来阐释身体构建过程和重构可能性的理论，即"身体"是重重社会规范依赖社会强制反复书写、引用自己的结果。换言之，作为社会规范的性别通过表演来创造主体。这一术语被相关学者借用来阐释男性气质、性别身份和表演之间的关系问题。沃顿（Daniel Worden）就指出："一个人并不'拥有'男性气质……相反，他们表演男性气质，而这一表演涉及一系列复杂的符号的妥协调和。"（Worden，2011，p. 1）也就是说，男性气质被认为是男性的一种操演，并非某种与生俱来的东西。男性必须遵循社会规范的规训，通过一些方法、途径、资源等来操演男性气质，从而建构自己的性别身份，获取归属感。

一、社会转型与男性气质的衰落

男性气质是美国西部神话中的经典构成要素。男性气质与牛仔这一文化英雄有机地结合起来，不仅塑造了牛仔神话，也建构了美国精神。边疆牛仔所独有的男性气质曾在美国社会文化和思想领域具有重要的影响和深远的意义。特纳（Frederic Jackson Turner）在其著名的《边疆在美国历史上的重要性》一文中指出："美国思想的显著特性是依靠边疆形成的。粗暴、强健加上精明好奇这些特性；头脑既切实际又能独出心裁，想的办法快这种特性；掌握物质这一类的东西，手脚灵巧，不过艺术性差，但做出来的东西使人产生伟大有力的感觉这种特性；精力充沛，生气勃勃这种特性；个人主义突出，

伪善为恶全力以赴这种特性；同时热爱自由，华而不实这种特性——这一切
都是边疆的特性。"（Turner，1976，pp. 36~37）特纳所总结的这些西部边疆
的特性折射出19世纪西部边疆的主导男性气质。同时，宣扬男性气质也是那
个时代政治修辞的主题。不间断的对外扩张为宣扬男性气质提供了合适的社
会语境。西奥多·罗斯福总统不仅是美国历史上最具男性气质的总统之一，
同时也将男性气质的精髓带入了其政治思想。他所奉行的"门罗主义"再一
次以"天命论"（manifest destiny）扩大了美国的边疆。而他的莽骑兵
（rough riders）则很好地体现了西部边疆所共有的"坚韧的品质和对冒险的
渴望"。在罗斯福总统看来，"他们是天生的冒险家"（Roosevelt，2004，
p. 25）。但是，随着社会经济的发展，尤其是20世纪工业和商业的迅猛发展、
城市化进程的加快，边疆广袤无垠的荒野逐渐被工厂和城市占据，粗犷豪放
的文化生活也逐渐变得细腻精致。这一社会经济的转型也为性别的外在表现
带来了变化，如同很多学者所指出的，整个社会变得越来越"女性化"。金美
尔（Michael S. Kimmel）认为，美国文化逐渐进入了一个新的女性化的时
代，反对对中美洲采取军事行动，关注日益恶化的环境，挑战传统的性别观
念中女性运动和同性恋运动所取得的成就以及跨性别群体的增长趋势，都表
明了一个不同以往的美国社会。这种女性化的趋势最显著的表现就是"日益
扩大的都市和工业文化，这种文化不断地剥夺男人的机会，使得他们无法像
男人一样冒险，也失去和他们工作紧密相连的感觉"（Kimmel，2006，
p. 20）。金美尔在这里指出了工业发展和消费文化对男性气质的影响，代表男
性气质的冒险精神逐渐消逝，取而代之的是都市化的精致和细腻。这一转变
在小说中体现为外祖父的离世、父亲的衰弱与焦虑以及约翰·格雷迪的远走
墨西哥。

外祖父是小说中西部牛仔男性气质的隐喻。他生活在19世纪末的得克萨
斯州，"是八个男孩当中最年长的一个，也是唯一一个活过了二十五岁的"
（麦卡锡，2010，p. 5）。那些被水淹死、被枪打死或是被马踢死的男孩是那个
时代牛仔的代表，他们的早夭所折射的正是昔日里轰轰烈烈的男性气质，而
外祖父的离世则象征着西部牛仔男性气质的终结。外祖父膝下无子，终其一
生苦心经营的牧场则由唯一的女儿、约翰·格雷迪的母亲继承。约翰·格雷
迪的母亲一方面沉迷于城市生活和戏剧事业，另一方面由于牧场获利甚少而
决意卖掉牧场，对于约翰·格雷迪请求租用牧场、偿付租金一事亦断然拒绝。
约翰·格雷迪对他母亲沉迷都市、厌恶牧场的生活困惑不解。他依旧生活在
男性掌控世界的幻想中。但正如他父母的离婚律师告诉他的那样："并不是每

个人都认为在西德克萨斯牧场上的生活是仅次于死后进天堂的乐事，她不愿意再过这种生活，事情就是这样。如果这是个获利的好主意，那就另当别论了。但它不是。"(p.17) 在这里，麦卡锡将女性与商业化和城市生活联系起来。从表面上看，小说反映的是母亲对整个牧场的控制，而究其根本这一切则象征着女性化的城市生活和商业化对传统的牧场所表征的牛仔男性气质的主导和控制。父亲所代表的则是一个受到战争创伤同时又无法面对和接受业已转型的社会现实的形象。他的焦虑、颓废和衰弱都象征着昔日牧场生活及其相应的男性气质的衰败。小说这样描写父亲的形象：

> 他是那么的消瘦和虚弱，给人弱不胜衣的感觉。他用那双深深陷下去的眼睛巡视着这片田野，好像这世界已经改变，或是因为和他在别处看到的世界有所不同而心存疑虑。又好像他再不会真切地看到这个世界——或者更糟的是，他终于真切地看见它了，看到这个世界一直不变，永远也不变的样子。(p.24)

二战后迅速发展和变化的社会让受到战争创伤的父亲怅然若失。他无法面对迅速被改变的世界，也无法面对商业化对牧场的侵袭。他只能被动生活在对往昔生活的焦虑和惆怅之中。

作为天生的牛仔，约翰·格雷迪既不像母亲一样接受城市化和商业化对传统牧场生活的入侵，也不像父亲一样沉浸于对昔日生活的缅怀而日益消沉。爱好自由、渴望冒险的天性促使他出走墨西哥，寻求理想中的牛仔身份。与其焦虑颓废的父亲相比，约翰·格雷迪性格坚毅，充满浪漫主义精神。他对马的挚爱正是他对马所象征的自由和西部情怀的迷恋。麦卡锡以父亲的视角来描绘约翰·格雷迪："稍稍骑在他前面的孩子坐在马上驾驭自如，仿佛他不仅生来就会骑马，而且即使邪恶或不幸使他降生在一个奇怪的没有马的地方，他无论如何也一定会找到他们。他会觉得这世界上如果没有马真是若有所失，不够正常，他会去填补这个空白，一定要满世界地漫游寻找这种可爱的生灵，一直找到方肯罢休。"(p.24) 这个年轻的牛仔是西部边疆精神和男性气质的化身。因此，约翰·格雷迪出走墨西哥从表面上看是祖父离世、家庭牧场出售以及母子间隔阂等因素共同作用的结果，但从社会经济变革的角度来看，却是由工业化的生活方式所造成的牛仔身份的丧失，以及相应的男性气质的失落引发的寻求牛仔身份和男性气质的旅途。

在小说中，墨西哥为约翰·格雷迪及其伙伴提供了一个追寻牛仔身份和男性气质的空间。美国的西部边疆曾经是男性气质得以体现和检验的地方，那里是男人被认可为男人所依赖的地理和文化空间。但是，随着工业化和商业化的侵蚀，美国的西部边疆也逐渐失去了男性气质赖以维持的物质和文化基础。相对于在二战后迅速工业化和商业化的美国西部，墨西哥依然保持了天然的风貌和传统的大牧场。这就为想成为牧牛驯马的牛仔的格雷迪创造了良好的条件。正如科莫尔（Krista Comer）所指出的："没有'墨西哥'，约翰·格雷迪无处可去，无法逃脱战后藩篱的束缚，也没有一个成为他想成为的男人的梦想空间。没有墨西哥，也就没人听到他对男性气质的呼唤——他会成为一个迪克·萨默斯（Dick Summers），只能步入对历史的缅怀之中。"（Comer，2011，p. 256）因此，墨西哥这一背景的重要性不言而喻。在这个以马作为主要交通工具的社会，墨西哥依旧保持着它的古老与原始，尚没有沾染上美国式的现代气息。马所象征的自由精神和不羁的灵魂，正是约翰·格雷迪所渴望和追求的西部精神。与业已为工业化和商业化所侵蚀的得克萨斯牧场相比，墨西哥为格雷迪寻找牛仔身份、表演其男性气质提供了场所。

二、操演性与牛仔身份的建构

麦卡锡对约翰·格雷迪墨西哥之旅的叙述继承了传统西部小说的主题，包括了诸如兄弟情义、浪漫爱情、暴力打斗等西部小说和电影的经典要素。这些要素所建构的边疆神话时刻萦绕在牛仔的脑海中，幻化出一幅19世纪西部牛仔所具有的男性气质的生活图景。这些要素无一不指向重现昔日牛仔的男性气质，建构传统意义上的牛仔身份。

兄弟情义是西部小说的传统主题。牛仔间的情义是男性气质的一种体现。金美尔认为："男性气质是一种男性社交条令（homosocial enactment）"，作为男人，"我们总是处于其他男人的注视之下。其他男人总是注视着我们，安排我们的等级，认可我们进入男子汉之列。男子气概（manhood）总是经过别人的认可而体现。这一表演（performance）正是要其他男人来鉴定"。（Kimmel，2006，p. 19）在金美尔看来，其他男人变成了一种"规范"，只有接受这些"规范"，并得到这些规范的认可，才能被承认具有男性气质。这与巴特勒所说的"性别永远被制造为霸权性规范的重现"不谋而合（Butler，2011，p. 95）。无论是其他男人的注视和认可，还是对霸权性规范的不断引用，皆强调男性气质的操演性和建构性。也就是说，社会性别是通过话语和文化等社会规范塑造而成的。男性气质则正是一系列规范话语和文化的产物。一个人是否拥有男性气质并不在于他是否具有男性的生理结构，而依赖于是否不断重复"引用"（即操演）霸权规范。在小说中，正是对规范的"引用"

（即社会文化所建构出的一系列牛仔符码）解释了约翰·格雷迪和罗林斯与布莱文斯之间的兄弟情义。约翰·格雷迪和罗林斯作为一起长大的朋友，其情义自不必言。但在前往墨西哥途中，他们对于布莱文斯的接纳却令人深思。麦卡锡笔下的布莱文斯是个年龄尚幼，却老练世故的牛仔少年。他的满嘴谎言以及与其并不匹配的牛仔行头（骏马、手枪等）都让约翰·格雷迪和罗林斯预感他会给他们带来麻烦和灾难。但双方能结成一个"同性社会"（homosociety）则源于彼此对对方身上传统的男性气质的认可。双方都积极通过想象中的牛仔符码来构建自己的牛仔身份。首先，他们对牛仔的认知源自西部小说和电影中的文化意象：头戴毡帽、脚蹬皮靴、腰挎手枪、骑着骏马的牛仔形象。他们彼此认同的第一步就是从衣着和装备上来判断和辨认彼此。约翰·格雷迪对布莱文斯的第一印象是他骑了一匹好马。紧接着在近距离的观察中，他看清了来人的模样："他头戴一顶大宽边帽，身穿一条连体工装裤。"（麦卡锡，2010，p.42）在发现这个穿着打扮与年龄极不相称的小牛仔之后，约翰·格雷迪和罗林斯对其实施了一次勇气的考验。这是小说中极为精彩的一幕，戏拟了他们想象中的牛仔生活：

> 罗林斯看着约翰·格雷迪说："你想咋办？"
>
> "不知道。"
>
> "我们可以在墨西哥卖掉那匹马。"
>
> "对。"
>
> "我可不想像上次那样去挖坑埋死人了。"
>
> "混蛋！"约翰·格雷迪说，"那可是你自己出的馊主意。我当时不是说把他留给兀鹰吗？"
>
> "我们要不要决定扔个硬币决定由谁来毙了他？"
>
> "好吧，扔吧。"
>
> "要哪一面？"罗林斯问。
>
> "正面。"
>
> ············
>
> "是正面。"
>
> "把你的枪给我。"
>
> "这不公平，"罗林斯说，"你已经毙过三个了。"
>
> "那你来吧，你可以欠我一次。"（p.44）

在这一场景中，约翰·格雷迪和罗林斯戏拟了西部通俗小说和电影中牛仔的暴力形象。这是对布莱文斯的一种考验，看他是否能经受得住这一威胁，证明自己是个有勇气的西部牛仔。布莱文斯镇定自若，并揭穿了他们俩的表演。他们结成"同性社会"的机会进一步明确。他们最终的结盟因为布莱文斯的一句"因为我是美国人"而达成。这句话表达的不仅仅是简单的民族认同，而是在异国共同追寻牛仔身份及其男性气质的基础上所进行的身份认同。在往后的生活中，布莱文斯以精湛的马术、百步穿杨的枪法以及流浪情怀得到了约翰·格雷迪和罗林斯的进一步认可，从而获得了进入他们男子社会的资格。同时，从另一方面来讲，约翰·格雷迪和罗林斯不抛弃布莱文斯的侠义精神同样重现了昔日的男性气质。不论是布莱文斯还是约翰·格雷迪和罗林斯，都在不断地重复传统的牛仔精神这一规范，从而操演他们互相认可和欣赏的男性气质。

男性气质的另一种表现在于约翰·格雷迪和阿莱詹德拉之间短暂的爱情故事。牛仔们的浪漫爱情故事是西部小说和电影中的永恒话题。同布莱文斯失散之后，约翰·格雷迪和罗林斯来到了墨西哥的普利西玛圣母玛利亚牧场，开始了他们放马牧牛的牛仔生活。在这里，约翰·格雷迪爱上了牧场主的女儿阿莱詹德拉，并与她展开了一段不为家庭所认可的爱情。关于约翰·格雷迪和阿莱詹德拉之间跨越阶级和种族的爱情，有评论指出这是一种白人男性对有色女性的征服。例如雷默（Jennifer A. Reimer）就认为麦卡锡对墨西哥女性的程式化的塑造在于"建构一种主导的白人男性气质"（Reimer，2014，p. 423）。雷默通过分析小说中的黑色以及阿莱詹德拉的性欲来反映阿莱詹德拉的"他者"身份以及约翰·格雷迪的白人男性气质。但若将二人的关系仅仅解释为白人男性对有色女性的征服，则无疑落入了种族主义的窠臼。种族主义视角忽略了约翰·格雷迪和阿莱詹德拉脆弱的两性关系中两个重要因素：阶级和文化差异。约翰·格雷迪与阿莱詹德拉的关系之所以不能被简单解释为白人男性对有色女性的征服，是因为约翰·格雷迪对阿莱詹德拉的追求最终是失败的。约翰·格雷迪所表演的男性气质是他对阶级和文化差异这两重障碍的努力突破。他在这里试图引用的是美国通俗文化和电影中"牛仔穷小孩爱上富家女子历经波折但终成眷属"的经典桥段，西部牛仔的男性气质体现为冲破阶级的鸿沟，征服他所钟爱的女孩。在现实主义者罗林斯看来，这个上贵族学校，应该与有飞机的家伙们约会的女孩是约翰·格雷迪不可高攀的。但是约翰·格雷迪始终都是一个理想主义者，是牛仔符码的践行者。正是在逾越阶级差异，征服所钟爱的女性的观念下，约翰·格雷迪忽视了美国和墨西哥之间的文化差异。墨西哥不仅等级观念森严，同时还是一个十分强调女性贞洁的国家。但约翰·格雷迪拒绝遵从墨西哥社会规范。甚至在阿芳莎提醒他"这是另外一个国家，在这里，一个女人的名声就是她的一切"时，他也始终没有放弃践行他所信奉的牛仔符码（麦卡锡，2009，p. 155）。他试图以理想的牛仔思维和行为模式取代墨西哥的文化，从而建立自己的男性权力地位。

如果说对阿莱詹德拉的追求是征服女性的一个明确清晰的展现，那么对格雷迪驯马的细致描绘则是对征服女性的隐性表述。马和女人在小说中被紧密地联系在一起。如同罗林斯所说的："骏马就像美女……而男人要的是匹能干活出力的马。"（p. 101）马在小说中的很多地方是被女性化了的，对马的驯服象征着对女性的征服。约翰·格雷迪精湛的驯马技术不仅赢得了牧场所有人的赞扬，也赢得了牧场主的器重，最重要的是展现了牛仔所独有的男性气质。然而，无论是与布莱文斯的同袍之情，还是与阿莱詹德拉的欢愉之爱，这两种牛仔符码观念下的行为都为约翰·格雷迪和罗林斯带来了灾难，把他们推向了只能靠暴力解决问题的混乱无序的墨西哥监狱。

暴力一直与男性气质紧密相连，甚至在某些语境之下暴力可以作为男性气质的代名词。有关二者的关系众说纷纭，莫衷一是。当代研究者分别从生物遗传、社会机制规训性别角色、女性主义、男性研究以及犯罪学等角度对暴力和男性之间的关系进行了研究。[①] 金美尔指出暴力、好斗、求胜心切以及令人痛苦的不安全感等都是男性气质的明确特征（Kimmel，2005，p. 93）。在传统的美国西部叙事中，无论是费涅莫·库柏的小说还是好莱坞的西部大片，暴力总是吸引人眼球的重要元素。同时，暴力也是男性气质最直接的展现。韩德利（William R. Handley）在研究美国西部文学中的婚姻、暴力和民族关系时指出"暴力是西部小说形式中男性气质的传统范围（preserve）"（Handley，2002，p. 5）。作为当代美国西部小说的翘楚，麦卡锡的西部小说和后启示录小说将暴力置于核心的书写地位，深刻地挖掘了暴力与历史、种族、男性气质以及人性之间的关系。杜德雷（John Dudley）在对麦卡锡的研究中就指出"在我们理解美国西部的历史、文学和文化的过程中，麦卡锡小说中的暴力一直是形象化的"（Dudley，2013，p. 177）。小说中的暴力集中在小说第三部分的佩里卡拉监狱。这个监狱并非福柯所说的可以产生权力的全景敞视建筑，而是一个混乱无序的暴力空间，在这里"衡量每个人的绝对平

---

① 有关于男性气质和暴力关系的研究，详见爱德华（Tim Edwards）的著作《男性气质的文化》一书的第三部分，其中对有关于男性气质与暴力关系的研究进行了详尽的梳理，在此不再赘述。

等的标准只有一条，那就是他是否乐意去杀人"（麦卡锡，2010，p. 207）。在进入佩里卡拉监狱之前，上尉向约翰·格雷迪和罗林斯讲述他年轻时如何通过暴力杀死一名妓女而向其他的男性伙伴展示其男子汉气概就是对佩里卡拉监狱生活的一种暗示。在那里，唯有暴力才能维持生命。约翰·格雷迪和一个未名小伙子的生死决斗则让人想起古罗马的角斗士。麦卡锡细致入微的描写把这场生死恶斗变成了一场演出，对周围环境的描写也加强了演出的氛围。在打斗开始之前，餐厅杀机暗藏，死一般的寂静。紧接着噼噼啪啪的打斗声打破了彼时的沉寂，在"当啷"一声托盘掉在瓷砖地上时，打斗进入了最高潮，接着约翰·格雷迪瞄准机会，用刀刺中了小伙子的心脏。当他最终杀死了那个小伙子的时候，这一表演也就落幕了。小说对此描绘道："食堂大厅里的灯光摄向院子里，照射出一道狭长的光带。随着那几个来看他的人来到门口，那光影不停地晃动，在暮色中光线逐渐变暗。"（p. 229）这最后的描写所折射出的冷寂和淡漠进一步加深了这场暴力打斗的虚无。如果说，这场暴力的争斗有什么意义的话，那或许就如同古罗马的角斗士们一样显示了他们的男子气概（manliness）。但是这种男子气概却与牛仔们所追求的蕴含着英雄主义的男性气质（masculinity）相去甚远。

三、伦理冲突与男性气质的消解

西部牛仔在西部通俗小说和电影中一向是正义的化身，对牛仔的身份界定常常建立在一系列的美德之上。戴瑞（David Dary）在其《牛仔文化》一书中就指出："不论是疲惫还是生病，人们期望牛仔是乐观的……牛仔从不抱怨……牛仔总是帮助朋友，即使牛仔看见一个陌生人甚或是敌人处于危难之中，他都有尽可能快地提供援助的义务。"（Dary，1981，p. 278）鲍曼（Baumann）在分析牛仔的特质时说道："他是一个忠诚、坚韧、上进的人。胆识过人，坚韧如柳，承担艰苦而危险的责任，对所遭遇的私事从不抱怨。"（转引自 Slatta，1990，p. 47）安钮（Jeremy Agnew）则认为西部牛仔是从南方的骑士演化而来的，"牛仔英雄被认为是西部骑士的一种形式，牛仔符码变成了一种荣耀的概念，任何对此的侮辱都将被报复"（Agnew，2015，p. 92）。从以上对牛仔的界定来看，牛仔或牛仔英雄的形象具有一个道德内核：惩恶扬善、助人为乐、自强自立以及骑士风骨。尽管上文所述的几个方面无一不表明约翰·格雷迪和罗林斯试图遵从牛仔规范，努力建构牛仔身份，表现牛仔所应具有的男性气质，但他们所表演的牛仔身份及其男性气质却丧失了传统的西部牛仔男性气质赖以存在的伦理内核。在麦卡锡的笔下，约翰·格雷迪所有意在建构牛仔身份、操演男性气质的行为在面临复杂的现实问题时都缺乏合理的道德基础。通过不断重复理想中的牛仔规范而建构起来的男性气质，在面对复杂多变的现实问题时陷入了难以抉择的伦理困境。约翰·格雷迪的最终抉择则丧失了西部牛仔男性气质的伦理内核。

对布莱文斯的收留反映了他们所遵循的同袍兄弟之情，但是对上尉杀害布莱文斯的无动于衷，以及最后放走上尉所暗含的对这一行为的认同，消解了他们收留布莱文斯所展现的兄弟之情。与阿莱詹德拉的爱情建立在一个将女性的贞操观念看得无比重要的社会语境下，但约翰·格雷迪执意追求阿莱詹德拉，为二人的爱情悲剧埋下了伏笔。最重要的是，墨西哥监狱中混乱无序的暴力并没有遵循传统西部小说中"通过暴力重生"的范式，即血腥的暴力通常会通过某种文明的方式得以改善，这一方式常常会解释暴力之所以存在的必要性。但在小说中，暴力仅仅是暴力，而看不到任何秩序的恢复或伦理的复苏。由于正义和道德伦理无法得到匡正，浪漫主义式的西部牛仔的男性气质也就失去了原有的意义。作为英雄主义载体的西部牛仔的文化意义在所有混乱无序的事件面前消解了原有的价值。

究其原因，约翰·格雷迪并没有分清现实与想象之间的界限。他们对牛仔身份和男性气质的怀旧都是建立在 19 世纪的西部神话基础之上的，而这一神话夸大了真实的牛仔生活。在小说的开始，约翰·格雷迪的祖父就已经暗示了现实与想象之间的差异。当他问外祖父餐具橱上方墙上所画的骏马属于什么品种时，"外祖父只是把眼睛慢慢从菜盘上移到那幅油画上，就好像第一次看到一样，然后他说，这不过是画册上的马，接着就又埋头吃饭了"（麦卡锡，2009，p.16）。外祖父的生活阅历使他清晰地知道现实和想象之间的差异，而格雷迪常常把虚构的事物当作现实的存在。虽然墨西哥为格雷迪提供了追寻昔日男性气质的空间，但他并没有意识到真实的墨西哥与想象中的作为西部空间的墨西哥之间的差异。本森（Josef Benson）在分析墨西哥在《天下骏马》中的作用时说道："在墨西哥，真理是一个灵活的、可通融的概念，由掌握权力的人操控。墨西哥政府机构所操控的真理的灵活性威胁着两个牛仔，因为他们摇摇欲坠的身份并没有现实的牢固根基，而是通俗文化作用的结果。"（Benson，2014，pp.25−26）所以墨西哥看似原初的环境实质上打破了牛仔男孩们的牛仔梦，击碎了他们所追求的英雄主义的神话梦想。

四、结语

约翰·格雷迪并没有实现他的牛仔梦想，而是在南下墨西哥的整个旅程中展现出西部牛仔男性气质的残酷性和破坏力，揭示了这一想象的文化意象的建构性与虚无性。这位追求英雄主义的牛仔少年最终证实了他身上的反英雄特质。对理想中男性气质的追求最终解构了他所追寻的英雄主义的宏大叙事，而将他变为了叙事中的反英雄人物。小说的结尾揭示了格雷迪的孤独与失败，他的旅程是对西部牛仔男性气质的一次献祭，如同那离群的野牛"在如血的残阳中，在漫漫的红色烟尘中滚动，活像是即将被宰割的祭品"（麦卡锡，2009，pp. 343－344）。正如小说的题目所揭示的[①]，一切都是错误，都只是幻想，无法实现。在揭示西部牛仔男性气质的建构性的同时，麦卡锡也为这一曾经象征着民族身份的文化意象在新的时代的消逝献上了一曲挽歌。

引用文献：

麦卡锡，科马克（2010）．天下骏马（尚玉明、魏铁汉，译）．重庆：重庆出版社.

Agnew, Jeremy（2015）. *The Creation of the Cowboy Hero*. Jefferson: McFarland & Company, Inc., Publishers.

Benson, Josef（2014）. *Hypermasculinities in the Contemporary Novel*. Lanham: Rowman & Littlefield.

Butler, Judith（2011）. *Bodies That Matter*. London and New York: Routledge.

Comer, Krista（2011）. "New West, Urban and Suburban Spaces, Postwest." In Nicolas S. Witschi（eds.）. *A Companion to the Literature and Culture of the American West*. West Sussex: Wiley-Blackwell.

Dary, David（1981）. *Cowboy Culture*. New York: Alfred A. Knopf, Inc.

Dowd, Nancy E.（2000）. *Redefining Fatherhood*. New York: New York University Press.

Dudley, John（2013）. "McCarthy's Heroes: Revisiting Masculinity." In Steven Frye（ed.）*The Cambridge Companion to Cormac McCarthy*. New York: Cambridge University Press.

Edwards, Tim（2006）. *Cultures of Masculinity*. London & New York: Routledge.

Greenwood, Willard P.（2009）. *Reading Cormac McCarthy*. Santa Barbara: Greenwood Press.

Handley, William R.（2002）. *Marriage, Violence and the Nation in the American Literary West*. Cambridge: Cambridge University Press.

---

① 小说的题目来自一首黑奴催眠曲，一位黑人奶妈哄白人小孩儿睡觉，而她自己的孩子在远处哭着要妈妈。催眠曲这样唱道："乖宝宝，不哭闹，快快睡觉小宝宝，醒来骑着马儿跑。"在这首催眠曲中，一切都是个错误，种族的、历史的、社会的，所有的一切都有问题——生身母亲不在自己的家里，父亲是奴隶，家庭支离破碎，小孩子啼哭不休，所有的骏马都是幻想的、不真实的。（Lincoln 102）

Kimmel, Michael S. (2005). *The History of Men: Essays in the History of America and British Masculinity*. Albany: State University of New York Press.

—. (2006). *Manhood in America: A Cultural History* (2ⁿᵈ edition). Oxford & New York: Oxford University Press.

Lehan, Richard (2014). *Quest West: American Intellectual and Cultural Transformations*. Baton Rouge: Louisiana University Press.

Lincoln, Kenneth (2009). *Cormac McCarthy: American Canticles*. New York: Palgrave MacMillan.

McCarthy, Cormac (1993). *All the Pretty Horses*. New York: Vintage Books.

Reeser, Todd W. (2010). *Masculinities in Theory: A Introduction*. New Jersey: Wiley Blackwell.

Reimer, Jennifer A. (2014). "All the Pretty Mexican Girls: Whiteness and Racial Desire in Cormac McCarthy's All the Pretty Horses and Cities of the Plain." In *Western American Literature*, 48, 422—442.

Roosevelt, Theodore (2004). *The Rough Riders, 1899, Theodore Roosevelt: The Rough Riders, An Autobiography*. New York: Library of America.

Slatta, R. W. (1990). *Cowboys of the Americas*. New Haven: Yale University Press.

Turner, Frederic Jackson (1976). *The Frontier in American History*. New York: Robert E. Krieger Publishing Company.

Worden, Daniel (2011). *Masculine Style: The American West and Literary Modernism*. New York: Palgrave Macmillan.

作者简介：

纪小清，南京邮电大学外国语学院讲师，主要研究方向为英美文学。

唐东旭，四川大学外国语学院博士研究生，主要研究方向为英美文学。

Author：

Ji Xiaoqing, lecturer of School of Foreign Languages, Nanjing University of Posts and Telecommunications. His research is focused on British and American literature.

Email: jixq1987@163.com

Tang Dongxu, Ph. D. candidate at School of Foreign Languages and Cultures, Sichuan University. His research is focused on British and American literature.

Email: 18284531224@163.com

跨学科研究 ●●●●●

莎士比亚经典：从文化产品到文化资本[①]

张　秦

摘　要：经典作为一个重要的范畴，其概念本身就涉及文化建构及社会
体制。经典形成不只是文学审美的结果，还涉及国家意识、社
会身份、市场消费以及历史表述等方面。从这个角度讲，文学
经典如同一个节点，联系着文学、历史、文化等各方面，它不
仅是文学创作的产物，更是文化生产的结果。本文通过梳理莎
士比亚从剧作家到巴德诗人再到天才的形象嬗变过程，力求从
文化研究的角度，揭示莎士比亚如何通过意义生产、客体化生
产以及象征生产，实现从文化产品到文化资本的转化，并最终
完成文学经典建构。

关键词：经典　莎士比亚　文化产品　文化资本

Shakespeare as a Canon: From Cultural Product to Cultural Capital

Zhang Qin

Abstract：Canon is an essential concept concerning cultural construction and social
institutionalization. The canon formation thus involves not only literary
aesthetics but also national ideology, social identity, marketing, history

①　本文系中央高校科研项目"莎士比亚英国经典化研究"（2019 自研外语 12）成果。

narration and other aspects. In this regard, the literary canon serves as a node connecting various aspects of literature, history and culture. It is more a result of cultural production than a mere literary creation. To illustrate the idea, this paper will focus on Shakespeare's canon formation, exploring how his identity has changed from a playwright to an author, then from the Bard to a genius. From the perspective of cultural study, the paper will further reveal how Shakespeare has been converted from the cultural product to the cultural capital and eventually shaped into a literary canon through significance production, objectification, and symbolic production.

Keywords: canon; Shakespeare; cultural product; cultural capital

一、引言

经典是文学文化研究的重要范畴。它链接着文学史、文学理论及文学批评，构成了浓缩的文学知识体系。同时，经典又涉及价值意识、身份认同、历史书写、市场消费乃至技术发展等多个维度，是社会文化的一种文学投射。从这个角度讲，文学经典不仅是文学审美的产物，更是文化生产的结果。

在汉语中，"经典"一词由"经"和"典"两部分构成。"经"原意为织物的纵线，代表着条理、秩序；"典"意为册在架上，暗含选择、供奉的意思。刘勰在《文心雕龙》中则直接将经典与君王意志、国家纲常礼制联系起来，指出了经典所具有的社会功能。"五礼资之以成文，六典因之致用，君臣所以炳焕，军国所以昭明，详其本源，莫非经典。"（刘勰，1981，p. 534）在英文中，经典（canon）则源于古希腊文 kanon，指用作量度的芦苇。帕悌（D. P. Patey）在《十八世纪开创经典》（*The Eighteenth Century Invents the Canon*）这篇论文中，从知识分类的角度分析了文学经典的生成。他认为经典本是"文学"一词现代意义转向的直接产物，代表着一种新标准的形成。由此可见，无论是在中文还是英文中，"经典"一词都具有价值判断和标准规范的意思，其背后不可避免地存在着文化力量的作用。文艺复兴、新古典主义、浪漫主义乃至现代主义，不同时代的经典也不尽相同，便是这个原因。这意味着经典并非原生自足的，其产生是一个动态遴选建构的过程。对此，伊格尔顿的表述是："所谓'文学经典'，必须被视为一种建构。它是由特定的人、在特定的时间、出于特定的原因形塑而成的。"（Eagleton，2008，p. 10）

经典建构历来是学界关注的焦点。从古今之争到雅俗之争，关于经典的讨论从未停歇过。20世纪后半叶，一场轰轰烈烈的经典论战更是在世界范围内展开。文化本质主义、自由主义、解构主义、女权主义、西方马克思主义、后殖民主义、多元文化主义等各个学派的学者都参与其中，提出了各自不同的见解。弗兰克·克莫德（Frank Kermode）在《注意的形式》（*Forms of Attention*）一书中将塑造经典的力量归于学术体制。乔治·麦克费登（George McFadden）、莉莲·罗宾逊（Lillian Robinson）、保罗·劳特（Paul Lauter）、罗伯特·维曼（Robert Weimann）、简·格拉克（Jan Gorak）、布鲁斯·富兰克林（Bruce Franklin）、简·汤普金斯（Jane Tompkins）以及约翰·杰洛瑞（John Guillory）等学者则提倡经典建构中不同声音的缝合，以体现出文化多元主义的特点。这些研究各有所长，从不同角度揭示出了经典的不同特点，却始终难以达成共识。究其原因，一方面是各派学者的出发点及立场不同；另一方面则在于现有研究多倾向于理论探讨，鲜有具体完整的案例分析作为佐证。有鉴于此，本研究将以莎士比亚为例，通过对莎士比亚在英国身份嬗变的梳理，探查其经典化的路径，并由此总结出文学经典生成的普遍规律。

莎士比亚毫无疑问是经典中的经典。关于他何以成为经典，著名莎学家加里·泰勒（Garry Taylor）认为"是种种外力使他成为无所不吸的黑洞，让实则有限的他跻身神明"（Taylor，1998，pp. 410-411）。大卫·卡斯顿（David Scott Kastan）在《莎士比亚与书》（*Shakespeare and the Book*）中进一步指出："莎士比亚在世时并不是莎士比亚，他的经典地位是在18世纪中期左右确立的。"（卡斯顿，2012，p. 15）事实上，在近两百年间，莎士比亚历经了从剧作家、作者到巴德诗人再到天才的嬗变，在完成从文化产品向文化资本转化的过程中，实现了其文学经典化过程。

二、作为文化产品的莎士比亚

1. 意义生产与民族想象

所谓文化生产指的是创造、传播、实现文化价值的生产过程。它首先是一种意义生产过程，即对思想、观念、情感、意识形态等非物质资源进行加工生产的过程。"每一个文学文本，在某种意义上都内化了它的社会生产关系……它们都有自身的意识形态编码，以说明文本由谁、为谁以及如何生产出意识形态。"（Eagleton，1976，p. 48）这里的意识包括代表创作者情感观点的个人意识，体现文学话语、风格的审美意识，以及由生产结构方式决定的社会主流意识。其中，占主导地位的是社会主流意识，它表现为一系列的价值话语，一方面反映了社会物质生产结构，另一方面也决定着个体对社会的体验，包括个人意识和审美意识的形成。从这个意义上讲，文本就是"处于一般意识形态的总体结构中的作者意识形态的操作之下，生产出来的审美意识形态"（冯宪光，1997，p. 117）。

莎士比亚作为文化产品的诞生正是作者意识与社会意识相互作用的结果。在经年的战乱之后，伊丽莎白统治时期的政治进入相对稳定阶段，维持政权稳定是当时主流的社会意识。同时，资本主义萌芽、圈地运动、海外扩张又使英国的经济、军事实力迅速发展，民族情绪因此空前高涨。对于占据领导地位的封建贵族和新兴的资产阶级而言，统一稳定是共同的愿望。于是均衡各方利益，构建民族共同体成为大势所趋。本尼迪克特·安德森在《想象的共同体》（Imagined Communities）中指出，民族在本质上是一种想象共同体，是替代神谕式的认知方式和君权至上的社会结构而形成的现代想象，是被设想在历史之中稳定地向下（或向上）运动的坚实的共同体（安德森，2005，p. 9）。从这个定义中，我们不难看出，民族认同本是一朵从历史的土壤中生长出来的想象之花，它一方面彰显着新生的力量，另一方面又需要历史的谱系为其正名。

莎士比亚的生产正是这一理念的充分体现，其作品适时地提供了英国民族认同所必需的历史框架和全新的话语体系。事实上，重修历史是都铎王朝的一项"国家意识形态工程"（张沛，2011，p. 13）。1501 年，波多利尔·弗古尔（Polydore Vergil，约 1470—1555）就奉命开始编撰从理查二世到亨利七世的《英国史》（Anglia Historia），耗时 28 年。1577 年，拉斐尔·霍林希德（Raphael Holinshed，1529—1580）出版了《英格兰、苏格兰和爱尔兰编年史》（Chronicles of England，Scotlande and Irelande），1587 年再版，并引发了英国历史剧的创作热潮。莎士比亚的创作恰好顺应了这一潮流。他在与古希腊罗马建立联系的同时，也完成了对英国现实历史的呈现。通过对旧有剧本、小说编年史、民间传说以及民谣的借用，莎剧构建出一部英国的民间历史。

从《约翰王》（King John）、《理查二世》（Richard Ⅱ）、《亨利四世》（Henry Ⅳ）、《亨利五世》（Henry Ⅴ）、《亨利六世》（Henry Ⅵ）到《理查三世》（Richard Ⅲ）、《亨利八世》（Henry Ⅷ），莎士比亚通过两个四联剧外加穿插的形式，演绎出英格兰国家的完整成长历程，构成了一部英雄主义视野下的民族史诗。理查·威尔逊（Richard Wilson）在评论《裘力斯·恺撒》（*Julies Caesar*）时曾一针见血地指出"舞台塑造历史"。对于伊丽莎白时代末期的观众而言，在他们去环球剧场观看莎士比亚戏剧之时，历史就在他们的头脑中被塑造出来。（Wilson，1992，p. 1）通过对古典文化和本土历史的指涉，莎士比亚在构建历史叙事的同时，也让自己的作品成为历史谱系的一部分，从而在无形中完成了作品的文化增值和合法性构建。

除了历史书写，莎士比亚的戏剧还为民族身份的构建提供了另一个重要元素，即民族共有的语言。随着英国民族意识的萌生，英语的地位也得到了不断提升，并逐渐成为文学、教育乃至政府公文的通用语言。尽管如此，伊丽莎白时期的英语在词汇和表达方式上犹显贫乏。如何扩大英语词汇，是否应该借用拉丁语、希腊语等外来语，成为当时急需解决的问题。这个问题还引发了 16 世纪中期一场旷日持久的争论，史称"墨水瓶之争"（Inkhorn Controversy）。

面对这一民族语言发展的潮流，莎士比亚不仅在剧作中大量吸纳民间表达，更推波助澜地创造出了一系列全新的词汇。据统计，1500—1659 年，英语新增词汇有 30000 个，其中莎士比亚作品中出现的就有 15000 多个，远远超过同时代其他作家。仅《牛津英语字典》收录的莎士比亚独创的词汇就达到 2000 个。从某种角度讲，莎士比亚对英语语言的贡献不啻新大陆的发现。他从语法、拼写和词汇等各方面极大地丰富了英语，完成了中古英语向现代英语的过渡。正如波利斯·福特（Borris Ford）在《莎士比亚的时代》中所说："在莎士比亚来伦敦之前，英语是毫无未来的。然而待到 1613 年，当他完成了最后一部作品时，现代英语笔下的文学已是硕果累累，自信而成熟。"（Ford，1955，p. 56）从这个意义上讲，是莎士比亚帮助奠定了现代英语的基础。

莎士比亚通过对都铎神话的书写、共同语言的建造，充分实现了英国对民族身份的共同想象，完成了社会意识的个人编码过程。其作品中反映出的社会意识又进一步为他赢得了主流社会的支持，使意义的生产迅速从个人层面扩展到社会层面。从 16 世纪末到 17 世纪早期，莎士比亚的作品完成了从舞台到文本、从大众文化向精英文化的过渡。莎士比亚本人也从一个默默无闻的乡村青年成为人所共知的戏剧作家，并在 17 世纪迅速提升为巴德诗人（Bard of Avon）。1623 年，在莎士比亚的第一对开本序言中，本·琼森（Ben Jonson）称之为"戏剧的元勋"。（杨周翰，1979，pp. 11－13）1629 年在《新客店》（*The New Inn*）的末尾，本·琼森也仍然视莎士比亚为剧作家，认为他的《特洛伊罗斯与克瑞希达》（*Troilus and Cressida*）可与泰伦斯（Publius Terentius Afer）和普劳图斯（Titus Maccius Plautus）的戏剧相媲美。然而到 1632 年第二对开本出版时，莎士比亚已经华丽转身，成为经典的诗人。1664 年，德莱顿（John Drydon）在《〈女士争风〉献词》（*Epistle Dedicatory of The Rival Ladies*）中更是将他称为"诗界伟大的灵魂"。（Dryden，1800，pp. 10—11）

　　这一称号的改变清晰地反映出莎士比亚生产中王权作用的渗透，因为巴德诗人指的不仅仅是普通的诗歌创作者，更是一种文学文化传统。"巴德诗人"一词最早出现在盖尔语中——bàrd，在凯尔特文化中，指的是专门从事故事讲述、诗歌创作、音乐谱写的人。他们主要的任务是为君主贵族创作颂歌，讲述部族武士的英勇事迹，或为统治阶层谱写家族历史。在没有文字历史的时代，巴德诗人就是历史的创造者。他们以史诗般的叙述、浓厚的正统色彩勾画出一个族群的共同想象。中世纪之后，巴德诗人与当时另一类宫廷诗人菲利（fili，复数为 filid）合二为一，成为世袭贵族。他们通常要在学校接受六七年严格的文法修辞培训，在掌握了包括头韵、谐音等在内的一整套特有的语言表达方式后，方能获得巴德诗人的称号。这种"言语的所有权"以及由此形成的体制上的屏蔽，为建立莎士比亚的权威性奠定了基础。（巴尔特，2009，p. 11）

　　莎剧虽然在 17 世纪早期就得到了官方认可，但在新古典主义的视角下仍存在很多问题，如场景转换频繁、剧情枝节繁杂等。其中最受诟病的是曾经赋予他作品生命力的世俗性：人物不入流的习性、粗俗的语言，尤其是使用双关语（quibble）进行低俗的性指涉。这都与作为民族诗人应有的道德高度极不相称。对此，甚至连塞缪尔·约翰逊也略有微词，认为是"金色的苹果""致命的克里奥帕特拉"引诱着莎士比亚偏离了"理性、礼数和真理"的正轨。（Johnson，1765，p. B3）

　　为了让莎剧具有高雅的古典风格，同时不失道德典范教化的功能，自 1660 年起，大批的文人，尤其是桂冠诗人们参与到对莎剧的修订编撰当中。从 1670 年升始到 18 世纪初，英国掀起了一场轰轰烈烈的莎剧改编浪潮。文人们从情节、语言、人物、舞台提示等方面，对莎剧进行了细致入微的修改。桂冠诗人威廉·达韦南特勋爵（Sir William Davenant，1606—1668）对《麦克白》（*Macbeth*）、《暴风雨》（*The Tempest*）、《无事生非》（*Much Ado about Nothing*）、《一报还一报》（*Measure for Measure*）、《罗密欧与朱丽叶》（*Romeo and Juliet*）等剧中所有的独白、对话，包括最简短的对话都进行了语言润色。他的版本去除了晦涩过时的表达，更加清晰优雅，因此成为后来改编的范本。作为英国首个桂冠诗人，德莱顿依据三一律，对莎士比亚的悲剧《安东尼和克莉奥佩特拉》（*Antony and Cleopatra*）进行了改写。改写后的《一切为了爱情》（*All for Love*，1678）虽然依旧采用无韵诗体，却已然化身为完美的古典悲剧。在《特洛伊罗斯与克瑞希达》中，他甚至坦言，为了突出"作者的杰出天才"，他"重新设计了情节"，"充实了值得发掘的人物形象"，"不厌其烦地确保场景之间保持连贯"，"提炼他的语言"。桂冠诗人内厄姆·泰特（Nahum Tate，1652—1715）则擅长对剧情进行创造性的改编。他改编的《李尔王》（*King Lear*）经久不衰，"长达一百五十年之久"。（卡斯顿，2012，p. 123）另一位桂冠诗人西伯（Colley Cibber，1671—1757）则以改编《理查三世》而著称。他的《查理三世》时至今日还不时被搬上舞台。此外，奥特维（Thomas Otway，1652—1685）、达菲（Thomas Durfey，1653—1723）等剧作家也参与了这一时期的莎剧改编。甚至赫赫有名的学者西奥博尔德（Lewis Theobald，1688—1744）也未能免俗。他在《理查二世》中明确表达了他的改编原则："（莎士比亚的）这些表达如果能够统一在一个常规的故事里，一定会大放异彩……保持情节的统一，使人物不失尊严。"本着这样的原则，西奥博尔德去粗取精，大胆宣称"不朽的莎士比亚始于此篇"（卡斯顿，2012，p. 128）。

据统计，从 1660 年至 1737 年，按照新古典主义时代的趣味和社会风尚改编的莎氏戏剧共有 23 部，其中近一半是在 1678—1682 年完成的，包括：《雅典的泰门》（*Timon of Athens*）、《泰特斯·安德洛尼克斯》《罗密欧与朱丽叶》《特洛伊罗斯与克瑞希达》（*Troilus and Cressida*）、《辛白林》（*Cymbeline*）、《仲夏夜之梦》（*A Midsummer Night's Dream*）、《理查三世》《威尼斯商人》（*The Merchant of Venice*）、《温莎的风流娘儿们》（*The Merry Wives of Windsor*）等。1703 年之后改编的热潮虽有消退，却没有消失。直至 18 世纪 20 年代，阿伦·希尔（Aaron Hill）的《亨利五世》、安布罗斯·菲利普斯（Ambrose Phillips）的《亨利六世中篇》、丹尼斯的《科里奥兰纳斯》（*Coriolanus*）、西伯的《约翰王》还在陆续面世。

经过反复修订后的莎士比亚作品呈现出以下几个特点：一是语言充满韵律，遣词造句更为雅致，符合古典审美；二是剧情设置上突出人物主线，注重人性刻画，将人物命运的跌宕起伏与善恶相联系；三是版本规模愈发宏大，从单卷本逐渐扩展到 21 卷的巨著；四是学术化趋势渐显。根据《威廉莎士比亚：批评遗产》（*William Shakespeare：The Critical Heritage*）收录的文献，整个 17 世纪有关莎士比亚的评论文章仅 28 篇，而 1700—1798 年，相关的评论是 17 世纪的 10 倍，其中还不包括以专著形式出版的评论。1710 年，查理·吉尔顿为罗伊版莎剧集增补的一卷评论可谓初试牛刀。两年之后，1712 年约翰·丹尼斯（John Dennis）以《论莎士比亚的天才与作品》（*An Essay upon the Writings and Genius of Shakespeare*）正式开启了莎士比亚批评专著的出版产业。通过这些评论，英国第一次向占据主导地位的法国评论界发出了挑战，对莎士比亚进行了重新定义。在《威廉·莎士比亚：批评遗产》的第三卷（1733—1752）中，涉及"论莎士比亚"（On Shakespeare）的就有 15 篇。这些文章从莎士比亚的作品、生活、学识、正义、道德等各个方面对莎士比亚进行了重新定位，或称他为自然之子，或认为他是天才，具有通达人情、洞悉世事的超凡能力，归根结底是为了证明莎士比亚天赋神性。

通过这一系列的改变，莎剧从昔日下里巴人喜闻乐见的表演，逐渐登堂入室，成为高雅艺术的象征。正如塞缪尔·约翰逊描述的那样："这位大诗人，我已经为其作品做了修订，如今或许开始享受古人的庄严，开始领受特权，其美名无可动摇，其尊荣已成惯例。"（Johnson，1765，p. 1）

2. 非物质劳动的客体化生产

在完成意义生产之后，文化生产的第二步就是实现非物质劳动的客体化。只有完成了非物质劳动的客体化，意义生产才能真正化为产品。荣跃明在《论文化生产的价值形态》一文中提出，非物质劳动作为文化生产的基本劳动形式，通常以两种客观形式呈现出来：一是以表演、讲述等方式进行的动态文化传播；二是依托物资载体的静态展现。就莎士比亚的生产而言，其早期的产品主要表现为戏剧表演。这样的产品形式虽然生动形象，但因为表演的即时性，很难保证意识形态表达的统一稳定性。为了确保主流意识的传递，王公贵族除了从政治经济上掌控剧团，还借助印刷技术将莎剧以出版物的形式固定下来。出版物的"物理稳定性使文化生产的价值客观化，突破时间空间对于非物质劳动成果动态过程的限制"（荣跃明，2009，p. 120）。在伊格尔顿看来，印刷出版发行是文学生产模式中居于统治地位的方式，"它们再生产一般社会生产中居于统治地位的那些因素"（Eagleton，1976，p. 51）。到 18 世纪初，安娜版权法的颁布则正式从法理上确认了莎士比亚作品的客观价值。《安娜法令》（*The Statute of Anne*）也称《安娜女王法令》，原名《为鼓励知识创作授予作者及购买者就其已印刷成册的图书在一定时期内之权利的法》（*An Act for the Encouragement of Learning，by Vesting the Copies of Printed Books in the Authors or Purchasers of such Copies，during the Times therein Mentioned*），1709 年由英国议会颁布，1710 年生效，首次确立了著作权，并明确了作者为著作所有权保护的主体。由此"财产的法权意识的革命性变革……使文化产品得以直接进入商品交换领域，从而直接推动了文化生产规模的扩大"（荣跃明，2007，p.40）。

像所有的产品一样，文化产品的生产也是以消费为原动力，并以消费市场的建立作为产品成型的标志。伊格尔顿在《批评与意识形态》（*Criticism and Ideology*）一书中就明确指出，文学生产模式（Literature Mode of Production，LMP），从属于一般生产模式（General Mode of Production，GMP），由生产、分配、交换、消费等环节和结构组成。生产决定着消费，反过来也被消费决定。"每个文本都有其暗含的假定读者，并以消费力定义了它的可生产性。"（Eagleton，1976，p.48）

同样，莎士比亚文化生产的最后一个环节也是消费。莎剧的消费包括观看演出与阅读两种方式。在印刷剧本出现以前，戏剧表演是莎剧的唯一呈现方式。消费人群包括宫廷贵族和社会大众，其中大众消费占有绝对优势。对当时观众身份的分析显示，观看莎剧的人群中手艺人和学徒占45%，工人占15%，商人占15%，学生、水手、乞丐占15%，以上这些人占90%，而绅士、官吏只占10%（孙家琇，1993，p.259）。

由此可见，莎剧在创作之初本已具有一定的消费基础，但它的长盛不衰却是官方主导消费的结果。伊丽莎白女王投入巨资繁荣宫廷戏剧，为戏剧的繁荣起了导向作用。仅女王在位期间，莎士比亚所在的宫廷大臣剧团就进宫演出了32次。詹姆士一世更是将剧团改名为国王供奉剧团，亲任剧团保护人，还专门设立宴乐部（Revels Office）管理宫廷戏剧演出事宜。（刘昊，2012，p.77）在王室的大力推广下，莎剧迅速占领了戏剧表演的主要市场，也因此成为政府教育规训的重要媒介。到了17世纪，出版印刷业蓬勃发展，使莎士比亚从剧场走向了书籍。这一变化也是为了满足新兴资产阶级的需要。随着经济的发展，工商业小资产持有者逐渐壮大，形成新兴的社会阶层。他们比低收入市民受过更多的教育，具有良好的文字阅读能力，因而成为剧本阅读的主要群体。与此同时，他们也构成了威胁集权统治的一股力量。为了维护政治稳定，更好地实施管控，政府通过学校教育、阅读方式的引导等，成功地让莎剧的道德教化功能深入这个群体，促进了中产阶级的形成。

除了国内市场，莎士比亚还作为殖民文化进入海外市场。1768年爱德华·卡佩尔（Edward Capell）在其《莎士比亚全集》开篇对格兰富顿公爵（Duke Grafton）的致辞中，就将莎士比亚与英伦的帝国梦想相联系，认为莎士比亚将与不列颠同辉，并与之一起征服世界："不列颠名号响起之处都要谈及他，即是说，但凡有人之处都有他。"（Capell，1768，p. i. a 3）在这样的情形下，莎士比亚及其作品附带的价值取向、意识形态自然得以广为传播，进而实现产品的增值。由此可见，19 世纪前，莎剧作为主流意识形态的载体，其消费带有强烈的官方主导色彩。文化生产不仅生产出文化产品，也"生产出了消费这些文化产品的社会大众"（荣跃明，2007，p. 43）。

三、作为文化资本的莎士比亚

布尔迪厄在《文化生产的场域》中曾提出，文化生产包括"物质生产"（material production）和象征生产（symbolic production）两方面。（Bourdieu，1993，p. 37）物质生产指的是艺术品的物质形态创造过程；象征生产则是指对艺术品文化价值的认可过程，即由合法的能动者来认可艺术作品合法性的过程。这里的物质生产，实则是指从非物质劳动到文化产品的过程，而象征生产则是从文化产品向文化资本转化的过程。莎士比亚在完成产品化之后也进入了资本化过程。

文化产品资本化的首要条件是产品的增值。艺术作品"只有被人熟识或得到承认"，并在社会意义上被作为艺术品"加以制度化"，其文化价值才得以实现。（布迪厄，2001，p. 276）对于莎士比亚的增值，制度化发挥着尤为重要的作用。1572 年后英国政府多次颁布法令，宣布没有保护人的演员将被视同流民处置。从 1579 年起，宴乐官职能扩大，兼作剧本审查官，以防不利于政府的讽刺鼓动之辞。（刘昊，2012，p. 81）即便面对如此严苛的管控制度，莎士比亚的剧团，无论是伊丽莎白时期的宫廷大臣剧团，还是詹姆士一世麾下的国王供奉剧团，都始终是宫廷的宠儿。1609 年后莎士比亚的剧团除了环球剧场，还拥有了专属的室内剧院——黑僧剧院（The Blackfriars Theatre）。在长达 33 年间，莎剧一直占据着两家剧院的舞台。1737 年《资质准入法案》（Licensing Act）进一步以官方的形式确立了莎士比亚的正统地位。法案赋予了宫廷大臣，也称皇家事务大臣（officer of Royal Household）剧本甄选的绝对权力。任何新剧本的出版、演出，或者对以往剧本的任何改动，都必须得到他的认可。如果未经允许擅自上演剧目，则剧院老板会被起诉。然而，法案的实施丝毫没有影响莎剧的演出，相反进一步奠定了莎士比亚戏剧的主导地位。1737 年后，莎士比亚一人的作品就占所有上演剧目的四分之一。除了舞台表演，第一对开本的出版以及关于莎剧评论的发展，也从书面的层次彰显出莎士比亚的特殊地位。由此可见，莎剧作为文化产品无论是在意义层面（编码内容），抑或是在规则层面（编码方式），都满足了统治阶层的需求，也因此获得了产品增值。

文化产品资本化的第二个条件是增值产品的符号化。"文化生产的价值创造是人围绕着符号而展开的寻求和创造意义的活动。所有的文化形式都以符号形式存在，每种文化形式也都是一个自足的符号体系。"（荣跃明，2009，p. 120）文化资本的符号特性决定了文化生产者本身必然走向符号化。当产品的增值达到一定程度时，其价值必须以符号的形式表达出来。这时，艺术家往往会被当作一种象征，置于他的作品之上。人们关注的不再是作品的成就，而是创作这一作品的艺术家的成就。于是，关于作者的种种神话被创造出来。作者成为膜拜的对象，他们的符号权力因此得以强化。而当作者的声望、权威达到一定高度时，他作为文化生产者所拥有的符号资本又会进一步使其他作品增值。从这个意义上讲，"艺术作品价值的生产者不是艺术家，而是作为信仰空间的生产场，信仰空间通过生产对艺术家创造力的信仰，来生产作为偶像的艺术作品的价值"（布迪厄，2001，p. 276）。

莎士比亚亦是如此。其资本化过程首先表现为作者从作品中抽离。从作者身份的确立，到巴德诗人、天才，乃至后来被推上神坛，莎士比亚一步步完成了文化资本的积累，在主体与客体的分离中成为文化价值的象征。其次是莎士比亚与自然人的分离。随着莎士比亚崇拜的升温，到了18世纪中晚期，莎士比亚已不再是莎士比亚其人，而成为一种符号象征——他是"政治词汇中不可或缺的一部分"，让人联想到的是"共有的文化、历史、语言、民族以及传统"。（Sabor & Yachnin，2008，p. 100）

他的雕像、纪念碑、庆典应运而生，成为18世纪的重要文化符号。1741年，莎士比亚纪念碑在威斯敏斯特教堂的诗人角揭幕。对此，安德鲁·桑德斯（Andrew Saunders）认为，"'诗人之角'中的纪念碑大致上体现了一系列决定，所有这些决定，在其所处的时代，都是经过深思熟虑的决定，后来就被解释成绝对的和权威性的了"（桑德斯，2000，p. 5）。1768年，斯特拉福德市政厅（Town Hall）重建，决定在北山墙空地处塑莎士比亚雕像，市政厅后因此更名为莎士比亚大厅（Shakespeare Hall）。1769年大卫·加里克（David Garrick，1717—1779）一手策划完成了著名的莎士比亚纪念活动。

1769年纪念活动的意义在于第一次赋予了莎士比亚以宗教仪式感。其中包括向传说中莎士比亚栽种的桑树躬身行礼，唱诵带有宗教意味的莎士比亚颂歌，表演，盛装游行以及类似于圣餐的宴席等。从9月6日到9月8日，为期三天的庆祝活动通过各种形式对莎士比亚极尽赞美。他的名字不断与"神圣"（divine）、"不朽"（immortal）、"大自然的骄傲"（the pride of all nature)、"人中俊杰"（lad of all lads）等表述相关联，充分彰显出他的神性特质。加里克甚至为此特别创作了颂歌《致莎士比亚》（"Ode Upon Dedicating a Building and Erecting a Statue，to Shakespeare，at Stratford-upon-Avon"）。因为这次活动，宁静的斯特拉福德小镇从此成为文学朝圣不容错过的地点。1769 年之后的 60 年里，这里每年都会举办一次莎士比亚庆典。这些活动不断巩固了莎士比亚神的地位，形成了日后莎士比亚庆典的传统。

结　语

经典作为一个重要的范畴，其概念本身就涉及文化建构及社会体制。经典的形成不只是文学审美的结果，还涉及国家意识、社会身份、市场消费以及历史表述等方面。从这个角度讲，文学经典如同一个节点，联系着文学、历史、文化等各个方面，它不仅是文学创作的产物，更是文化生产的结果。

从文艺复兴到新古典主义，在近两百年间，莎士比亚作品经由创作、改编、评论与民族意识相关联，在意义生产的基础上，借助剧场演绎、文本出版传播，实现了文化产品的客体化生产；最终通过象征生产，完成了从人到神的文化增值，成为真正意义上的文化资本，在具备经济能量的同时，也具有影响民族文化心理和整合社会关系的力量。

引用文献：

安德森，本尼迪克特（2005）. 想象的共同体：民族主义的起源与散布（吴叡人，译）. 上海：上海人民出版社.

巴尔特，罗兰（2009）. 符号学历险（李幼蒸，译）. 北京：中国人民大学出版社.

布迪厄，皮埃尔（2001）. 艺术的法则：文学场的生成和结构（刘晖，译）. 北京：中央编译出版社.

布鲁姆，哈罗德（2005）. 西方经典（江宁康，译）. 南京：译林出版社.

冯宪光（1997）. 论伊格尔顿的文化生产美学. 文艺理论与批评，3，114－122.

卡斯顿，戴维·斯科特（2012）. 莎士比亚与书（郝田虎、冯伟，译）. 北京：商务印书馆.

刘昊（2012）. 莎士比亚与汤显祖时代的演剧环境. 戏剧艺术，2，76－84.

刘勰（1981）. 文心雕龙. 北京：人民文学出版社.

彭建华（2013）. 十七世纪莎士比亚的经典化过程. 外语与外语教学研究，3，74－79.

荣跃明（2009）. 论文化生产的价值形态及其特征. 社会科学，10，119－131.

荣跃明（2007）. 马克思哲学视域中的文化生产. 毛泽东邓小平理论研究，1，35－43.

史晓丽（2007）. 赤子诗人——17、18 世纪英国评论界眼中的莎士比亚. 人文杂志，3，

117—121.

桑德斯，安德鲁（2000）．牛津简明英国文学史（上）（谷启楠、高万隆、韩加明，译）．
北京：人民文学出版社.

孙家琇（1993）．莎士比亚辞典．石家庄：河北人民出版社.

王守仁，林懿（2014）．莎士比亚何以成为英国最具代表性文化符号——兼议我国代表性
文化符号问题．外语研究，3，85—90.

杨周翰（1979）．莎士比亚评论汇编（上册）．北京：中国社会科学出版社.

张沛（2011）．莎士比亚英国历史剧的创作意图．国外文学，4，12—20.

Barbara, Charles(1997). *Early Modern English.* Edinburgh: Edinburgh University Press.

Bourdieu, Pierre(1993). *The Field of Cultural Production: Essays on Art and Literature.*
New York: Columbia University Press.

Capell, Edward(eds.). (1768). *Mr. William Shakespeare, His Comedies, Histories, and
Tragedies.* London: P. Leach.

Dryden, J. (1800). *The Critical and Miscellaneous Prose Works of John Dryden* (Vol. 2).
London: Cadell & Davies.

Dryden, John(1984). "Preface to the Play." In Novak, Macmillan E. (eds.). *Troilus and
Cressida, or, Truth Found too Late, The Works of John Dryden*, Vol. 13. Berkeley:
University of California Press.

Eagleton, Terry (2008). *Literary Theory: An Introduction (Anniversary edition).*
Minneapolis: University of Minnesota Press.

Eagleton, Terry (1976). *Criticism and Ideology: a Study in Marxist Literary Theory.*
London: Verso.

Evans, G. Blakemore (1988). *Elizabethan-Jacobean Drama: The Theatre in Its Time.*
London: New Amsterdam Books.

Ford, Boris (eds.) (1982). *The New Pelican Guide to English Literature: The age of
Shakespeare.* London: Penguin Books.

Garrick, David (1769). *An Ode upon Dedicating a Building and Erecting a Statue, To
Shakespeare, At Stratford-upon-Avon.* London: T. Becket and P. A. De Hondt.

Goy-Blanquet, Dominique(2002). "Elizabethan Historiography and Shakespeare's Sources."
In Michael Hattaway(eds.), *The Cambridge Companion to Shakespeare's History Plays.*
Cambridge: Cambridge University Press.

Gurr, Andrew(1996). *Playgoing in Shakespeare's London,* London: CUP.

Jones, Richard Foster(1953). *The Triumph of the English Language.* Stanford: Stanford
University Press.

Johnson, Samuel(1765). "Preface to Shakespeare." In Samuel Johnson(eds.), *The Plays of
William Shakespeare.* London: C. Bathurit.

Jucker, Andreas H. (2000). *History of English and English Historical Linguistics*. Stuttgart:Ernst Klett Verlag.

Mann, Isabel(1950). "The Garrick Jubilee at Stratford-upon-Avon." *Shakespeare Quarterly*, 3(1),128－134.

Marriot, J. A. R. (1918). *English History in Shakespeare*. New York: E. P. Dutton & Company.

Marsden, Jean I. (1995). *The Re-imagined Text:Shakespeare, Adaptation and Eighteenth-Century Literary Theory*. Lexington:University Press of Kentucky.

Patey, D. L. (1998). "The Eighteenth Century Invents the Canon." *Modern Language Studies*, 18(1),17－37.

Ritchie, Fiona & Peter Sabor(eds.)(2012). *Shakespeare in the Eighteenth Century*. London: CUP.

Sabor, Peter and Paul Yachnin(2008). *Shakespeare and the Eighteenth Century*. Aldershop, UK and Burlington, VT:Ashgate Publishing.

Taylor, Gary (1998). *Reinventing Shakespeare:A Cultural History from the Restoration to the Present*. Oxford:Oxford University Press.

Wilson, Richard (1992). *Penguin Critical Studies: Julius Caesar.* New York: Penguin Books.

作者简介：

张秦，文学博士，四川大学外国语学院副教授，主要从事英美文学研究。

Author:

Zhang Qin, PhD., associate professor of College of Foreign Languages and Cultures, Sichuan University. Her research field is British and American literature.

Email:303482754@qq.com

科赫的社会主义文化理论

秦佳阳

摘　要：十月革命建立的第一个社会主义国家和第二个无产阶级政权在世
界范围内产生了广泛影响，第二次世界大战又使无产阶级理论家
意识到，在整个社会体制的产生、运行、发展和更迭中，除了经
济状况与政治地位，社会文化发挥着不可忽视的重要作用。汉
斯·科赫在马克思列宁主义思想和文艺理论的影响下，发现了社
会主义文化革命对建构社会主义文化理论的关键作用。他发展了
列宁的文化革命理论，结合马克思、恩格斯在《神圣家族》《德
意志意识形态》等文章中的现实主义思想、实践观以及人道主义
思想，提出了自己的社会主义文化理论。文化的意识形态作用使
其成为物质文明建设的指导，文化革命因而成为社会主义政治制
度、阶级乃至经济发展的首要环节。精神文明与物质文明只有在
社会主义语境下才能实现辩证统一，因此，只有社会主义文化革
命才能在价值导向和方法论实践中获得真正的成功。

关键词：马克思列宁主义　十月革命　人民大众　社会主义　文化革命

Socialist Culture Theory of Hans Koch

Qin Jiayang

Abstract: The first socialist country and the second proletarian regime established after
the October Revolution had a wide range of influences around the world, and
the Second World War made proletarian theorists realize that in the
generation, operation, development and change of the entire social system, in
addition to economic conditions and political status, social culture played an

important role that cannot be ignored. Under the influence of Marxism-Leninism and literary theory, Hans Koch discovered the key role of socialist culture revolution in constructing socialist cultural theory. He developed Lenin's theory of cultural revolution and put forward his own socialist cultural theory based on the thoughts of realism, practice, and humanitarian of Marx and Engels in "The Holy Family", "German Ideology" and other articles. The ideological role of culture makes it a guide for the construction of material civilization, and the culture revolution thus becomes the primary segment in the development of socialist political system, classes, and even economy. Spiritual civilization and material civilization can achieve dialectical unity only in the context of socialism. Therefore, only the socialist cultural revolution can achieve real success in value orientation and methodological practice.

Key word: Marxism-Leninism; the October Revolution; the mass; socialism; culture revolution

汉斯·科赫（Hans Koch，1927— ）是民主德国著名马克思主义文艺理论家和文学批判家。受马克思、恩格斯、列宁影响，科赫的文化理论具有明确的正统马克思主义内涵，是针对社会主义的文化理论思考和建构。在《社会主义文化理论》（*Zur Theorie der sozialistischen Kultur*，1982）中，科赫立足于"文化"这一概念，经由文化的内涵、需求、目的、范畴，揭示出社会主义本质和理想与文化的契合之处，以此对社会主义文化理论进行设想和实践。这不仅体现出科赫对正统马克思主义的继承，也表现出他在文化理论研究中具有创造性的思维路径。不仅如此，科赫尤为关注马克思主义、马克思列宁主义文化革命思想，重视文化革命之于人民和社会的重要性和必要性。然而，在科赫的社会主义文化理论研究中，文化革命概念显现出一个明显的悖论。文化革命思想一方面充分肯定社会存在和经济建设对于上层建筑与社会意识形态的决定性作用；另一方面又明确指出文化革命是经济建设和社会发展的必要前提，强调了人民意识的先导作用。文化革命没有实现成功就无法完成经济建设。文化革命的悖论虽然无法解决，但是可以在社会主义文化革命的具体实践中实现调和。不仅如此，辩证分析并利用这一悖论中蕴含的张力，对社会主义文化理论建设具有积极促进作用，也仅有社会主义文化环境，才能使文化革命具备其存在的合法性与实践的可能性。

一、文艺美学是马克思列宁主义思想的重要组成部分

里夫希茨在《卡尔·马克思的艺术哲学》中，以客观冷静的逻辑和思路，揭示出马克思主义思想中美学和艺术理论内容，及其在整个马克思主义思想体系中的地位。里夫希茨明确马克思、恩格斯在政治经济学和哲学思想中的诸多方面涉及艺术问题与美学问题，也认同这些并未直接被马克思、恩格斯提炼著述的部分实际上成为马克思主义思想的重要理论前提和基础。在他看来，马克思的艺术哲学"并不是马克思著作中的专门的一部分，而是一个与这些著作相关且具有原创性的立场，从中可以发现马克思著作中的逻辑"（Lifschitz，1973，p.8），突出了马克思主义文艺理论对于整个马克思主义思想体系的价值。马克思、恩格斯没有将文化和艺术问题作为理论核心进行阐释的原因在于，一方面当时的历史任务已经发生改变，资产阶级对于艺术和文化的态度日益变得经世致用，一切都与政治和经济密切联系，曾经对艺术哲学和美学思想的单纯研究与著书立说已然不适应当前的社会需求，也不符合当前面对阶级斗争与无产阶级实现专政的历史任务；另一方面，里夫希茨认为马克思、恩格斯没有专门就艺术美学问题进行论述，也是因为他们亦想以这样的方式告诉人民群众，在当前，纯粹的美学与艺术理论，尤其是德国古典哲学以黑格尔为核心的主观唯心主义艺术美学，不仅是不合理的，在当前也是落后的。"马克思和恩格斯的革命问题在于，找到一种与对社会秩序进行纯粹意识形态批判决裂的方式，并从人类活动的一切表征中找到日常生活的原因。"（Lifschitz，1973，p.10）这是与唯心主义学说的决裂，也是与过去一直以来的西方资产阶级意识形态的决裂。因此，文艺美学在马克思主义思想中便无法作为主要内容呈现出来。这既是由艺术美学自身的特征决定的，也是由马克思主义产生的社会历史背景决定的。即便如此，马克思主义美学思想和艺术理论都是马克思主义的重要组成部分，无论是经由艺术美学思想证明的马克思主义政治经济学思想，还是在马克思主义美学内涵中体现的社会主义价值、人民群众立场、无产阶级性质以及资产阶级批判性，都显现出文艺美学与马克思主义密不可分的联系。

科赫的马克思主义美学思想和文化理论由两个维度的发展逻辑组成。这两个逻辑之间在理论上有着十分紧密的辩证联系，但也在实践中存在着极大的张力。一方面，科赫肯定马克思、恩格斯、列宁以及其他马克思主义理论家的社会主义现实主义理论思想，重视社会物质基础、经济建设政策、阶级意识以及文化的决定性作用；另一方面，科赫又十分强调文化对整个社会走

向和人民力量的领导意义，对社会主义文化革命抱有强烈的憧憬和理论依赖。他认为，仅有文化发展完善、价值体系合理的阶级才能成为真正的统治阶级，也仅有由社会主义文化革命带来的社会变革才是彻底的、有效的。这是科赫贯彻马克思列宁主义思想做出的理论分析，也是社会文化发展自身的悖论。

1961 年出版的《马克思主义和美学》（*Marxismus und Ästhetik：zur ästhetischen Theorie von Karl Marx，Friedrich Engels und Wladimir Iljitsch Lenin*）通过对艺术的客观基础、历史发展、形式特征、创作背景、实质影响等问题的深入研究，将艺术相关的各因素纳入了全面的有机联系，也将科赫立足于社会实践和艺术实践的马克思主义美学观展现出来。在 20 世纪五六十年代的社会主义国家的美学大讨论中，科赫并未代表德国直接加入论战，因为他觉得以德国当时的实际情况，并不适合参与。但他也从自身的角度提出，抽象地谈论复杂的美学问题和文学艺术现象，只能获得虚假的概念表象，只有从社会实践和艺术实践出发，才能对审美的客体因素和主体因素进行全面的分析和整体性的把握。他与苏联社会派一致，也将社会实践放在美学的核心位置。社会主义现实主义和立足于实践思考艺术和美学的发展以及社会建构的思路，成为他后期思考社会主义文化理论的基础，《马克思主义和美学》也成为科赫思考社会主义文化的理论来源。

科赫关注到艺术理论与美学思想，尤以马克思列宁主义美学思想为纲领。他在马克思、恩格斯和列宁各个时期大量的哲学、政治经济学、历史学以及革命理论的著作中，发现他们对美学的关注从未间断，而这些理论研究密切结合着工人阶级和劳动人民解放斗争这一历史任务。在《马克思主义和美学》中，他直接指出："马克思、恩格斯和列宁的著作，使我们完全有可能得出一个有关这些伟大思想家的美学观点的总的观念。这些观点是一个包括了马克思列宁主义美学理论的基本问题的同一、完整和可以形成体系的整体。"（科赫，1985，p. 3）直接认定了马克思列宁主义美学的存在。不仅如此，他高度评价了马克思、恩格斯、列宁的艺术修养，并对其他马克思列宁主义思想家的美学思想进行肯定。他认为："文学知识是他们（马克思列宁主义经典作家）渊博的学识的有机组成部分。"（p. 22）这不仅体现为这些作家在理论范畴同以黑格尔为中心的唯心主义美学思想的论战，更主要表现在文艺美学思想对于其他问题的基础作用。"对马克思来说，研究美学在很大程度上仅仅是他写作经济学专著的准备工作的一部分，但在马克思看来，这显然也是不可缺少的一部分。"（p. 6）这一论断清楚地表达了美学思想之于马克思列宁主义的价值以及思想地位。在这个意义上，对马克思列宁主义政治经济学理论及其价值的承认，就意味着对马克思列宁主义美学的承认，二者自产生时起，就相互交织、共同发展。甚至文艺美学的产生时间更早，发挥着更为基础的作用。

科赫在论述中，专门提出马克思在《政治经济学批判》中对贵金属审美属性的研究和论述作为例子，并指出："对于作为货币关系化身的贵金属的研究，决不是超出了政治经济学的范围……'金银的美学属性'是一个主要因素，它决定了贵金属在经济领域里的地位。"（p.177）这是在肯定金银使用价值的基础上对其审美属性的强调。马克思的关注点是真实有效的，而科赫对这一问题的提炼是充满创意的。作为一种特殊形式的劳动的物化，黄金的审美属性与其使用价值相关。作为贵金属，黄金不仅产量稀少，而且它自身金光闪闪和高延展性的物理属性，使其符合人类审美，在美学和经济学角度共同具备高于其他金属，且高于其他自然物与人造物的价值。科赫对这一观点的提出不仅在马克思政治经济学思想中揭示出马克思的美学观，佐证了马克思列宁主义美学思想的存在，也为自己对经济基础中审美文化存在的合法性与重要性做出论证。

文艺美学的存在不仅在马克思列宁主义理论产生的逻辑中具备充分的合法性，其理论内涵本身也具有明确且充分的辩证唯物主义性质和社会主义现实主义实践意义。在《德意志意识形态》中，马克思与恩格斯在证实其政治经济学思想逻辑的同时，也表现出其文艺美学的理论逻辑："德国哲学从天国降到人间；和它完全相反，这里我们是从人间升到天国……我们的出发点是从事实际活动的人，而且从他们的现实生活过程中还可以描绘出这一生活过程在意识形态上的反射和反响的发展。"（中共中央马克思恩格斯列宁斯大林著作编译局，2009，p.525）马克思列宁主义美学因此具备了鲜明的唯物主义根基与反唯心主义革命性，这成为科赫倡导社会主义文化革命的主要理论来源，也是科赫将社会主义视为一种新型文化理论建构语境的原因。

不仅如此，对于艺术与自然美的关系问题，科赫也从马克思主义思想中找到理论根源，即"人是艺术的主要对象"，以及"美是生活"（科赫，1985，p.88）。在科赫看来，马克思列宁主义对于艺术对象决定作用的重视，不仅具有明确的社会主义性质，也是文化革命的主要依据，更是美学的真正基础。"（艺术）对象的社会意义之成为审美上的极其重要的和决定的因素，是完全理所当然的事。这一规律把艺术引出了社会生活的避风港。它要求艺术进入社会的深处，并且着重反映重大的社会变化。"（p.218）由此，科赫就从艺术对象本身的物理属性（如黄金作为贵金属的特性）、对象存在的社会条件与角度、对象的社会价值方面证实了艺术与美学产生基础的客观现实性。他追随马克思主义思想路径，并最终经由艺术美学回到马克思主义价值观的过程，则进一步证实了艺术美学与马克思主义政治经济学、哲学等范畴之间的有机联系，证明了文艺美学对马克思主义建构与具体阐释的内在作用。

二、人民文化是社会主义文化的主要内容

随后于 1982 年，科赫与汉克（Helmut Hanke）和巴特尔（Wilfried Barthel）合作出版了著作《社会主义文化理论》（*Zur Theorie der sozialistischen Kultur*）。其中科赫撰写了前两个章节，即《人类文化的特性和基本功能》（"Wesenszüge und Grundfunktion der menschlichen Kultur"）和《文化的一种新历史范式产生的本质和合法性》（"Wesen und Gesetymäßigkeiten der Herausbildung eines historisch neuen Typs der Kultur"）。科赫的这两篇文章不仅为这本著作奠定了理论根基，提供了理论发展和论述的语境，也成为他自己的社会主义文化理论最清晰的导读。

马克思主义思想中的文艺美学，既具有共时意义上社会现实的实际物质基础，又具备历时意义上历史发展的辩证条件。文化亦然。对这两个方面的共同认识使科赫的文艺美学思想和文化理论具有鲜明的实践色彩，他对于文化革命的作用和目的更是有着清醒的认识与详尽的规划。不仅如此，他对 20 世纪欧洲社会格局与发展的亲身经历，以及他作为德国公民对德国社会问题、社会主义、文化等问题的切身体验和关注，都成为他思考社会主义文化理论的有效资源，他也因此在 20 世纪 50—70 年代的理论研究和著作中尤为关注德国社会主义文化理论问题。在第二次世界大战结束后不久，科赫就在《当下斗争中的文化——德意志民主共和国社会主义文化革命的理论问题》（*Kultur in den Kämpfen unserer Tage. Theoretische Probleme der sozialistischen Kulturrevolution in der Deutschen Demokratischen Republik.* 1959）中提出"为什么思想和文化领域的社会主义革命是整体社会主义变革中一个必需且必要的组成部分？"（Koch，1959，S. 12）这一问题。要解决这个问题，就要对当前社会主义文化革命的状况进行梳理，对已完成的任务进行总结，对未完成的目标进行重新规划。而要明确文化发展状况，就需要首先对"文化"这一概念进行界定。

"文化"（Kultur）与"文明"（Zivilisation）这对概念，以及二者分别指向的内容，在德语、英语和法语中具有各自的侧重点，相互之间也因此存在差异。在德国过去的文化中，对文化与文明这两个概念的界定曾经具有物质

与精神、客观世界与主观世界的二元对立区分。科赫思考社会主义文化理论时，倾向于将两者统筹而视作一个统一对象，即分别指向两个范畴的文化与文明在社会主义的文化理论中应当统筹为一个范畴，这应当是社会主义文化的特性，也是其最终优越于资本主义文化的决定性因素。"文化"也就不再仅仅包含精神、哲学、科学、伦理、诗歌、音乐、艺术这些上层建筑，"文明"也不仅仅指向科学技术发展、生活状况、消费习惯、对身体需求的满足等。社会主义文化应当在马克思主义的意义上，既包含物质条件的发展，又包含精神文化的建设，这样的文化才是满足社会主义革命要求和目标的文化。

要实现一种具有物质文明与精神文明辩证统一发展的文化，人民大众就成为起到链接作用的关键环节，也仅有以人民大众为基础和对象发展起来的文化，才能真正成为无产阶级专政所需要的文化。因为无产阶级就是人民大众的阶级，它既然代表了最广大人民，就势必要以人民大众的物质文明需求与精神文明要求为立足点和目的。既然文艺美学是马克思列宁主义思想的题中应有之义，既然社会主义文化是无产阶级推翻资产阶级统治的关键，那么社会主义文化革命就成为实践马克思列宁主义经典思想，将其深入人民群众，并经由群众转化为革命力量，实现无产阶级革命的途径。对此科赫指出，当下的文化革命已经完成了两个阶段，其一就是具体起始于 1949 年的反法西斯主义文化革命。这是以第二次世界大战为具体背景的考察，也是战后德国重建面对的社会革命问题。

在西方思想界，第二次世界大战的影响是显著且深远的。例如卢卡奇曾在 1923 年以《历史与阶级意识》转向马克思主义，而在第二次世界大战之后，他以《理性的毁灭》脱离了早期黑格尔主义的影响，开启了以马克思列宁主义思想为武器对德国古典哲学客观唯心主义思想的批判，并提出"哲学思想恰恰靠从社会生活到社会生活这条道路，来指明它的广度，规定它的深度"（卢卡奇，1988，p. 2）。法西斯战争使卢卡奇意识到"理性自身不能是某种漂浮于社会发展之上的、不偏不倚的中性东西，相反，它总是反映着一个社会情况或一个发展趋势中合理的东西（或具体的不合理的东西），使之成为概念，从而促进或抑制该具体的东西"（p. 2），使理性在立足社会现实并面向社会现实发挥作用的过程中具备反思性与辩证意义。科赫在经历了德国法西斯的统治与第二次世界大战后意识到，"没有社会主义文化革命，人们就不可能完成战后重建，也就更不可能完全解决政治和经济领域的基础问题"（Koch，1959，S. 26）。也因此，德国法西斯虽然在一定时期内实现了绝对统治，甚至发动了世界范围内的大规模战争，但是它最终仍然走向灭亡，没能阻碍世界反法西斯运动的决定性胜利。这就意味着，统治阶级可以实现统治，但脱离了文化革命的统治，即便能在一定时期内影响整个社会，最终也会因为文化的限制而成为落后阶级。科赫认为，法西斯的统治和灭亡恰好证明，如果没有进行彻底的文化革命，一个阶级就算取得了经济、政治领导权，也无法完全解决社会问题，无法长久稳定。

由此，无产阶级要推翻资产阶级统治，建立无产阶级专政，首先就需要发展一种属于无产阶级的独特文化。科赫赞同列宁的观点，认为这种文化应当是一种大众文化，是产生并能包含新的社会主义艺术的社会主义文化。人民大众应当是这种社会主义文化的主要力量。这不仅因为人民大众是社会的广泛力量，更因为真正的文化，包括艺术，都应当是以有价值的客观存在为对象，并从中发掘出具有社会价值与人民价值的艺术价值，在揭示中实现具有大众效应的审美体验的艺术。科赫一直坚持的观点是："在自然和社会之间，没有一道万里长城"（科赫，1985，p. 218），所以自然美并不泾渭分明地区别于社会生活，反而，立足于社会生活并能发掘其社会性方面的特殊内容，表现其历史规律与变化的艺术，才是真正具有审美价值的艺术，也才是真正贯彻社会主义文化的艺术。而且"艺术表现的对象是社会的自然"（p. 218），所以真正的自然界也许因为没有人类社会活动的痕迹，而并不具有科赫眼中美的特质和素质，而仅有真正的日常生活，才是社会主义艺术中具有自然美感的对象，才是具有审美价值的自然。

人民大众的日常生活和物质基础使大众文化成为社会主义文化的有力组成部分，且其集群状况和普遍意识形态使这类文化更需要获得积极有效的引导。在这个意义上，科赫认同教育的重要作用，尤其是在社会主义文化建构和发展的过程中，有效教育对大众文化的影响，乃至对整个社会主义文化革命的作用都是不可忽视的。而由于意识形态的力量一经群众掌握，就会具有强大的物质力量，所以这种以人民大众及其日常劳动和生活为基础的大众文化更需要获得积极的引导，以在理性反思和判断的意义上证明并证实其存在的合法性。在教育方面，科赫将视野放在了历时和共时两个角度。他不仅关注一定时期内不同阶级在文化问题上的各自表现与势力对比，以及在对文化不同掌握程度的现实之下产生的不同统治效果，同时，还十分重视在文化与艺术的创作过程中对已有历史的继承，以及在对历史的继承中，看到阶级斗争和无产阶级革命的根源和已有的实践经验。这些内容也都以实践经验的形式，呈现在人民大众的艺术创作与文化诉求当中。

更重要的是，这种社会主义文化需要具有兼容并包的特性，以及以此保证的文化多样性。科赫表示："如果没有'共同体的'文化'共同建构的'统一力量，在社会个体的共同生活中，多样性历史社会的普遍形式就无法实现稳定。"（Koch，1959，S. 43）这表明，一种具有包容性的社会主义文化，需要接受、容纳并发展不同的个体性文化。不仅如此，这些个体性文化还会成为共同体普遍文化发展的良好基础。当文化实现了这种包容度与统一性时，文化就不再仅仅是一个理论用语或者概念范畴，而成为一种运动和发展的形式，以及能使不同共同体、群体实现共同生活的方式。（Koch，1959，S. 42）能包容不同阶级和群体的社会就是社会主义社会力求实现的目标，在这种目标之下，这一社会所需要的文化则恰好就是社会主义文化，也就是这种立足于广大人民群众，并在内涵上既能包容差异，又能发展普遍性的文化。

三、文化革命的悖论在社会主义实践中得到调适

文化革命的重要性以及社会主义文化的合理性是科赫重视社会主义文化革命的理由，也是他思考社会主义文化革命的目的。这就是卢卡奇所谓的从社会生活到社会生活的哲学道路，也是马克思和恩格斯在《神圣家族》中所表达的：人们生活的境况会最终决定他们实践的方向和目标。然而文化革命思想本身存在一个悖论，也是这个悖论使资产阶级在社会文化理论的建构中经历了长久的发展，仍未实现最后的成功。文化革命在马克思列宁主义思想中具有关键性的重要地位，甚至成为实现政治和经济统治，实现一个阶级长期、合理社会地位的决定性因素。但这种决定性因素却不能也不应当超越对社会存在第一性持绝对肯定态度的唯物主义立场。文化的决定性作用、文化革命的变革性价值都仅能在唯物主义的立场上，经由辩证唯物主义与历史唯物主义理论及其相应的方法论得到实现。由此，文化革命的意义就陷入了两难境地，文化对于整个社会的价值就变得既主要，又次要。它既是科赫眼中决定不同阶级的阶级地位、社会现状与发展方向的根本，又必须紧密结合已有的物质条件。不仅如此，不同国家、不同政治制度依据其不同的社会处境，要求实现不同的文化；而要实现马克思列宁主义意义上一种具有普遍性和普适性的文化，虽然需要以包容和吸收借鉴为基础，但对于部分差异的扬弃，仍然有可能成为一种新的社会文化建设和发展的阻力。这一悖论在理论维度难以解决，然而在社会主义文化的实践中却获得了调适，并成为推动实践发展和深入的张力。

科赫在资本主义文化和以政治经济为最终目的的发展过程中看到，这种过于依赖经济基础，并将其视为一切文化活动和人类实践的最终目标的行为，

在本质上是以人类的自由为代价的。这种文化其实是物的文化，是一种异化的文化，而非人的文化。这种文化迫使人违背人类本性，追求物质富足与经济发展，甚至以人类的类本质特性为代价。这种文化所倡导和追求的民主与自由在本质上只是特定阶级的阶级民主与阶级自由，是满足社会少部分精英群体和资本家利益的民主与自由。在这种社会文化之下，广大人民群众成为实现获利群体自由的牺牲品。牺牲广大人民群众利益，满足小部分群体自由的文化，是以自由主义为旗号的利己主义文化。社会主义文化革命的目的就在于破除资本主义社会文化对人性的压制，跳出整体文化对物质必要性的追求，以实现人的自由为最终目标。这不仅是人相对于物而言所应当得到承认和尊重的特性，也是人相对于动物而言需要获得的尊严和价值。科赫表示："由此，在总体经济和社会变革范畴内被认可的社会主义文化革命将会出现，这个文化领域的革命会以一种整合的表达形式出现。"（Koch，1982，S.128）科赫并未试图消除经济发展与文化建构之间的对立。在他看来，如果以二者的其中一方作为第一性，就会间接导致整个社会发展、政治体制建构朝着被视为第一性的一方发展，这最终会影响广大人民群众的根本利益；而将二者统一起来，虽然艰难，但对于社会文化理论建构却是有效的。因为经济发展与文化建构无法彻底分开以较高下，但二者在辩证的相互作用下，就能成为建构社会主义文化的共同力量。他做出这一判断的根本原因就在于社会主义文化的群众基础与根本利益。也仅有一种整合的、总体性的社会文化，才能最大限度代表人民的利益，也因此才能成为实现真正的社会民主和人民自由的文化。在这一点上，社会主义社会现实与文化自身的特性已经获得了实现统一的可能性。

科赫深切认同俄国十月革命的发生和成果，认可列宁的指导思想。他在阐释自己的社会主义文化理论时，将列宁的思想放在首要位置，赞同列宁在探讨建构一种社会主义文化时对历史和现实的双向关注。科赫指出："他（列宁）将社会主义文化的过去、当下和发展视为总体问题的一个部分，解决社会主义和共产主义社会如何建构的问题。"（Koch，1982，S.132）在探讨文化建构的时候，过去已经形成的文化及其产物不能被一味否定或直接批判，而应当在深入认识和分析的基础上进行扬弃。同时，当下的社会形式和物质条件也不应当被忽视，这并不是由于社会主义文化仍然要以追求经济发展和物质极大丰富为目标，而是因为这样的物质基础是广大人民群众生存的物质基础，其中既体现着当下的生产力水平，也表现出人民群众的意愿与诉求，而这些都是社会主义文化建构的核心问题。科赫认为："列宁的文化革命学说断然表明文化进步与政治和经济事件之间的转换关系。"（Koch，1982，S. 132）这一点具体体现在列宁对历史特殊性的重视当中。所谓历史特殊性，就是某一特定时期的社会和文化特征。这种历史特殊性"在社会主义变革中，标明了统治文化一种新类型的产生和发展，这种类型的文化在对过去文化史的继承和转型过程中，从一种社会形态过渡到了另一种社会形态"（Koch，1982，S. 132）。这种新类型的文化具有一定历史时期内的革命性，也在列宁的文化革命理论中呈现为一种具有典型性的文化。这种过渡，不仅在文化理论中是合法的，在无产阶级革命中也是可行的。列宁的文化革命思想直接为欧洲无产阶级运动提供了理论动力，也为马克思、恩格斯的阶级斗争思想在实践维度做出阐释。

对历史特殊性的重视，具体在于思考当下社会主义文化理论与历史特殊性的联系，这就将社会文化与物质基础真正联系起来。在社会主义文化建构的特殊语境之下，由于无产阶级是这一文化的主角，其自身特性则在这一过程中成为关注的重点。无产阶级一直以来的生存和成长环境，决定了他们自身受教育条件的缺乏，也相应造成了他们受教育程度的参差。作为社会主义文化建设的主力，无产阶级必须首先改善其自身的文化修养，以具备承担起社会主义文化整体的能力。也因此，科赫务实地强调了"克服文化上的落后，尤其是扫除文盲，是社会主义文化革命的前提"（Koch，1982，S. 164），十月革命的成功就是这一提议的革命意义的最好例证。这不仅体现了社会主义文化的阶级特性，也体现出这一时期的历史特殊性，即没有文化基础的资产阶级统治已经成为一座空中楼阁而摇摇欲坠，意识到文化问题重要性的无产阶级领导的社会主义文化革命不仅势在必行，也定会实现目标，获得成功。教育作为实现这一目标的主要途径，既是社会主义文化革命成功的关键，也是直接影响并提升人民群众自身素养和思想水平的举措。对教育问题的重视不仅在 20 世纪中后期成为无产阶级文化理论建设的主要思想，更是在 21 世纪成为关键问题。由此可见科赫对文化建设问题的清醒认识，以及对无产阶级思想程度的足够重视。他提出的教育问题，在 20 世纪中后期对世界范围内无产阶级运动和社会主义文化建设都起到了革命性作用，具有具体的历史性与现实主义意义。

教育与教化的缓慢过程，最终会使人民群众清楚地认识到自己的社会处境，并清晰地表达自己的理想和诉求。允许以人民不同需求为立足点和发展方向的社会主义文化，能在实践范畴和方向上，最大限度地满足人们的物质文明与精神文明要求。文化与群众在此交流与运动中达到良性循环，实现实践统一，文化革命的理论悖论由此在社会主义文化革命的实践中获得了调适。资产阶级统治下的资本主义文化无法满足大部分人民的理想，因而其文化建构由于无法深入群众，逐渐演变为以物为目标的异化文化，最终成为与人民对立的文化。无产阶级领导的社会主义文化在与人民群众的紧密结合中规避了这一矛盾，直接以具有普遍性和总体性的文化囊括了不同的个体性诉求。文化革命的要义和实践价值在无产阶级的文化革命中，才真正实现其价值。

德国社会主义思想早在 20 世纪初期俄国十月革命之前就已经有所显露，在第二次世界大战之后影响进一步扩大，这是科赫思考社会主义文化理论问题的历史背景和理论前提。在这一趋势下，他首先在马克思主义美学和文艺理论中，看到了意识形态与政治经济学之间的辩证关系，也发现了资本主义与社会主义在文化问题上的不同态度，以及以此为基础建立的社会文化理论的不同可能性。在对社会主义文化理论的建构中，科赫虽然严格继承了辩证唯物主义与历史唯物主义，遵循马克思列宁主义思想道路，但并未教条式照搬，而是以此为理论基础，以成功的实践范例为思考对象，创造性地发展起他自己的社会主义文化理论，这在 20 世纪中后期具有重要的时效性和实践价值。作为一个严格贯彻马克思列宁主义的理论家，科赫对社会主义文化理论与文化革命问题的思考，也在特殊性与普遍性、历史性与当下性、意识形态与物质基础相结合的意义上，以马克思主义列宁主义方法论为途径，做出了符合历史特殊性的尝试，实现了理论体系的建构。无论是在社会主义文化理论建构中，还是在对理论结合实践的阐释中，科赫都作为一个正统的马克思主义者，践行着马克思主义思想。

引用文献：

科赫，汉斯（1985）．马克思主义和美学——马克思、恩格斯和列宁的美学理论（佟景韩，译）．桂林：漓江出版社．

卢卡奇，格奥尔格（1988）．理性的毁灭（王玖兴，等译）．济南：山东人民出版社．

中共中央马克思恩格斯列宁斯大林著作编译局编译（2009）．马克思恩格斯文集（第一卷）．北京：人民出版社．

Koch, Hans (1959). *Kultur in den Kämpfen unserer Tage. Theoretische Probleme der sozialistischen Kulturrevolution in der Deutschen Demokratischen Republik*. Berlin: Dietz Verlag GmbH.

Koch, Hans (1961). *Marxismus und Ästhetik: zur ästhetischen Theorie von Karl Marx, Friedrich Engels und Wladimir Iljitsch Lenin*. Berlin: Dietz Verlag.

Koch, Hans (1969). *Über Kultur, Ästhetik, Literatur. Ausgewählte Texte*. Leipzig: Reclam.

Lifschitz, Mikhail(1973). *The Philosophy of Art of Karl Marx* (Ralph B. Winn, trans.).
  London: Pluto Press Ltd.

Koch, Hans(1974). *Zur Theorie des sozialistischen Realismus*. Berlin: Dietz Verlag.

Koch, Hans(1982). *Zur Theorie der sozialistischen Kultur*. Berlin: Dietz Verlag.

Koch, Hans(1983). *Marx, Engels und die Ästhetik*. Berlin: Dietz Verlag.

Koch, Hans(1988). *Kulturfortschritt im Sozialismus*. Berlin: Dietz Verlag.

作者简介：

秦佳阳，四川大学外国语学院专职博士后，研究方向为东欧马克思主义美学、文艺理论。

Author:

Qin Jiayang, full-time postdoctoral fellow of College of Foreign Languages and Cultures, Sichuan Univeristy. Her research interests include Eastern European Marxist aesthetics and literary theories.

Email: frencesca@163.com

书　评　● ● ● ● ●

Transmedia Storytelling: Bernhart and Urrows's Essay Collection *Music, Narrative and the Moving Image: Varieties of Plurimedial Interrelations*[①]

Chen Wentie

作者：Walter Bernhart & David Francis Urrows

书 名： *Music, Narrative and the Moving Image: Varieties of Plurimedial Interrelations*

出版社：Leiden/Boston：Brill Rodopi

出版时间：2019 年

ISBN：978－90－04－39904－4

We have entered an era when contemporary culture has transcended the traditional word-based medium to other media, such as graphic media, audio-visual media, social net-works and other interactive media(video games, for example). It has turned into reality through multiple media's collaboration and convergence to impart the content of information, which Jenkins names "transmedia storytelling" (Jenkins, 2003, 2006). According to Jenkins, transmedia storytelling refers to "integrating multiple texts to create a narrative so large that it cannot be contained within a single medium"(2006, p.95). The content or the story transmitted can be the same in different media. As Claude Bremond claims, "[Story]is independent of the techniques that bear it long. It may be transposed from one to another medium without

① 本文系辽宁省社会科学规划基金项目（L21BWW002）阶段性成果。

losing its essential properties"(cited in Ryran, 2004, p. 1).

Influential books which discuss this concept include Marie-Laure Ryan's *Narrative across Media: the Languages of Storytelling* (2004); Jan-Noël Thon's *Transmedial Narratology and Contemporary Media Culture* (2016), and Elizabeth Evans's *Transmedia Television: Audiences, New Media and Daily Life* (2011), and another dozen edited books, such as Daniel Stein and Jan-Noël Thon's *From Comic Strips to Graphic Novels* (2015); Jan Alber and Per Krogh Hansen's *Beyond Classical Narration* (2014); Marie-Laure Ryan and Jan-Noël Thon's *Storyworlds across media: toward a Media-conscious Narratology* (2014); Maike Sarah Reinerth and Jan-Noël Thon's *Subjectivity across Media: Interdisciplinary and Transmedial Perspectives* (2016); and Jan Christoph Meister's *Narratology beyond Literary Criticism: Mediality, Disciplinarity* (2003).

Bernhart and Urrows's essay collection *Music, Narrative and the Moving Image: Varieties of Plurimedial Interrelations* brings together the proceedings of a conference held in 2015 at Fordham University in New York with the same topic as the title of the volume. It presents the most recent research on transmedia or intermedia studies. The collection contains seventeen essays which are subdivided into three parts. Part one is dedicated to the transmedia study between the film and music; part two concentrates on the transmedia relations between words, music and moving image beyond film; part three covers the transmediacy among different media, such as visual, aural and verbal media.

The two sections of the first part consist of nine essays, focusing mainly on music in film. Four essays in section one contribute to the function of music in film, and five essays in the next section discuss the significance of the transmedia storytelling between music and film.

In the first section of part one, Lawrence Kramer addresses the issue of the musical function in film by proposing that the music and moving image remedy each other in the field of animation: "Music relieves the image of silence; the image relieves music of invisibility" (p. 6). Though music is transmitted through sound, it can be heard and be seen as well, i. e., "the sight of sound"(p. 6). This idea echoes the belief, "reality effects", i. e., to "make life and ban death"(p. 6). Music makes the film, especially the silent film more animated. Saskia Jaszoltowski's discussion of the interrelation between music and moving image is fascinating because she focuses on the absence of sound in film. It is a different perspective examining the music function in moving image because our attention will be aroused if the sound stops and we might feel disturbed if that happens when we listen to someone speaking or watching a live performance. As Sasskia claims that Hollywood movies work in such a similar way(p. 17), she argues that the oscillation between the music and its counterpart silence can enhance the "open narrative"(p. 22) and "bridge gaps between visual cuts and narrative jumps"(p. 23). Werner Wolf's contribution to this category lies in his application of metalepsis and transmedia studies in his essay to investigate how ambivalence is transmitted through musical metalepsis in postmodernist Hollywood films. In his essay, Wolf discusses both traditional and non-traditional use of music in film by referring to the former essays which deal with the function of the music, e. g. , music as an emotion and mood enhancer, or music as a disruption of narrative. He claims that musical metalepsis creates hyper-reality which blurs the boundaries between life and fiction, creating virtual reality. Wolf's discussion of film music enriches the study of metalepsis studies; meanwhile, it improves our understanding of ambivalence in postmodern films. Jordan Carmalt Stokes studies this topic from narratological approach and puts forward that the distinction between diegetic and non-diegetic music is the fundamental premises in the study of music in film. His objective in his argument is to provide more evidence to defend the basic narratological model which plays a key role in cinematic works.

The four essays of section two consist of the other group of important studies in transmediality which demonstrates how the diegesis is achieved through the work of music in film. Bernhard Kuhn's example, based on an Italian film, *Rapsodia Satanica*, proves that other media have been incorporated in films to improve cinema's cultural acceptance. As a result, the film conveys its significance aesthetically and culturally through the interaction between images and music and creates an operatic sensation or "high artist value" (p. 67) throughout the film. Walter Bernhart in the documentary film *Night Mail* once again proves that the close interaction of picture, words with music can turn film into a "collaborative *Gesamtkunstwerk*" (p. 85). The two essays, though different from each other, share some similarities, to name just a few as examples. First, both mark a sort of historical significance. Bernhard's study demonstrates that reference to other media has been incorporated in films back to the early days of cinema; while Walter's essay reflects political ideas of the 1930s. Second, both become popular because of aesthetic significance. *Rapsodia Satanica* is valued as important as Wagner's musical drama in addition to borrowing some elements from literature and musical theater. *Night Mail* emphasizes an aesthetic idea that a public function of art is admired and film is considered one of the earliest art works created with joint effort by artists of different media. Third, its cultural and aesthetic significance results from the collaborative effort of transmedia in which music does very important cinematic work. Ruth Jacobs refers to the function of the music with one of the two survivors in *Shoah* representing the traumatic memory of the Holocaust by singing, which reveals the unsayability of traumatic past in Auschwitz because "music has a capacity for repetition that enables a kind of resurrected past that is inaccessible to other modes of communication" (p. 101). It is not only a politically, culturally and artistically significant essay reiterating musical function, but also assists to tell us something unsayable. The essays by Heidi Hart and Christopher Booth both demonstrate how music functions in film from different perspectives. The former emphasizes how Shubert's A-major Piano Sonata increases its narrative weight in the film, thus adding more cultural effectiveness in the storytelling. The latter discusses how the preexisting music composed by Mozart and Busoni is employed to portray the character in narrative nuance.

Different from part one which deals with the relationship between music and film, part two shifts to the relationships between music and other media varieties. How does music relate to words, and images? The simple answer we can draw from Peter Dayan's essay is that the book provides a text on a left hand page, and above is single line of music which illustrates what is happening in the scene, the image. Dayan also argues that words, music and images function independently instead of collaborating in a book and the performance, especially shadow theatre, which was materialized through physical distance and it is the physical space that keeps the media apart, and that "... space is where art lives" (p. 139). Marion Recknagel analyzes the silent film and its music in a book version of a shadow play, pointing out that they work together to fulfill three major functions in storytelling: filling the missing information, functioning as a mirror image for the opera's symmetrical structure, and serving a center role of the whole opera. Frieder von Ammon examines the music in three popular 'Quality TV', which use "poetics of music" (p. 155), "musical verisimilitude" (p. 160) and mood technique, highlighting the function of music in TV series of different period of time. Emily Petermann traces the meaning of the word "nonsense" from a literary context by nineteenth-century English writers Edward Lear and Lewis Carroll and puts the word in a wider range of genres and media, such as surrealist film, painting and music for research which is understood contrary to our common sense. Petermann believes that in multimedial interaction, correct understanding of the word is key to make sense of the interaction. Therefore, she argues that the nonsense of a song lies in the music, in the lyrics and in the images, and even in the tension of different medial components. The essays in this part analyze how different media relate to each other in unique ways to represent its own highlights with music as the core link. We can see that the arts, in their different media, have formed a coherent, closed and mutually referential structure either by working together or keeping apart to realize their expressive functions and storytelling.

Part three is classified with the title "Remediations". In discussing the terms "Mediacy and Narrative Mediation", Jan Alber & Monika Fludernik (2009) raise the questions at the end of their essay: "... does it (mediacy, my note) make sense to posit a dramatic or cinematic narrator? Can one argue that they are mediated by the performance?" (p. 186). What they suggest in the questions is whether different media, particularly drama which has been neglected in narratological studies, can transmit story equally effectively. To those questions, we can find the answers in this part; moreover, part three provides much wider scope of different media interaction than part two, since the essays in this part covers various aspects, such as visual, aural and verbal aspects, etc. In Axel Englund's essay, it examines the transposition between opera and film which makes full use of visual language, but at the same time showing all the singers perform live on the set. However, the essay focuses on the conflict among the media as well as the character interiority instead of compatibility, claiming that the clashing of media is due to different genres and their manifestation which are the driving force of the narrative. Alla Bayramova, applying an interdisciplinary approach and a comparative method, analyzes how the book's illustrations, words, music, visual and performing arts inter-reflect and illuminate mutually, emphasizing music not only reflecting the moving images in film, but also aiding to create the images in the readers' mind, i. e. , visualizing the images when they are invisible. Michael Halliwell again studies the relation between opera and film, but he avoids the usual research into opera on film, or opera as film, opera in film and film in opera. He investigates a relatively new phenomenon, film as opera, how the three adaptations of a play into a film by drawing on different elements of the source work, how the interactional adaptation, blending, transformation take place among such media as opera, novel, film and musical and etc. Finally, David Francis Urrows's essay explores three incarnations of the character of Chinese historical background, who transposes through an American musical film, a Soviet ballet, and a revolutionary Peking Opera. The pretext of the character is based on a true story recorded by Charles Halcombe and then the character finds her doppelgänger in the 1932 film. And the more fantastical incarnation appears in the musical film, a Soviet ballet and communist political ideological Peking Opera. In spite of the changes in plot, historical background, setting and various adaptations from one medium to another, the archetype of the character remains the same.

The essays gathered in this book are also extension of contemporary media study and provide deeper insight into futher transmedia studies or intermedial or multimedial interaction, particularly music and film. This collection concentrates not only on some leading multimedia art forms of audio-visual perception, such as instrumental music, film, television, book illustrations, etc. , but also on theatrical forms and literary genres, such as plays, operas, ballet and poetry and narrative fiction as well. Though the major focus of the studies in the essays is the transmedia between film of different era and music of different type that is extremely valuable for music and film scholars, which covers various areas of media and broadens the transmedia study to an unprecedented scope.

The interdisciplinary perspectives applied in those seventeen essays cover different art forms of various media from the 19th to the 21st centuries worldwide which are both theoretically and thematically practical, organizing the essays in a convincing structure with an inherent logic. Some essays' discussion starts from the narrative perspective; others deal with the adaptation of one form into the other. Some essays investigate the absence of the music in film, and a number of essays in contrast look at the presence of the music in film. Some essays focus on theory, and some essays highlight practice. Aside from artistic and aesthetic value, many essays demonstrate historical, political and cultural themes of a particular period. All in all, different readers may find their own focus and interest from these essays. The collection will benefit scholars and students of film and music study as well as media and literature study and readers who might be interested in transmedia studies.

References:

Alber, J. & Fludernik, M. (2009). "Mediacy and Narrative Mediation." In Peter Hühn et al. (eds.), *Handbook of Narratology* Berlin: De Gruyter.

Jenkins, H. (2003). "Transmedia Storytelling: Moving Characters from Books to Films to Video Games Can Make Them Stronger and More Compelling." *MIT Technology Review*.

Jenkins, H. (2006). *Convergence Culture: Where Old and New Media Collide*. New York: New York University Press.

Ryan, M. (2004). *Narrative across Media: the Languages of Storytelling*. Lincoln: University of Nebraska Press.

Author:

Chen Wentie, Ph. D., professor of Dalian Maritime University. His major research areas are British and American literature, and narratology.

Email: chenwentie@dlmu.edu.cn

作者简介:

陈文铁,博士,大连海事大学外国语学院教授,主要研究方向为英美文学、叙事学等。

意义的意义：评赵毅衡"意义三书"

陈文斌

作者：赵毅衡

书名：《符号学：原理与推演》《广义叙述学》《哲学符号学：意义世界的形成》

出版社：南京大学出版社；四川大学出版社；四川大学出版社

出版时间：2011 年；2013 年；2017 年

ISBN：978-7-305-07962-7；978-7-5614-7293-4；978-7-5690-0536-3

文章标题看起来有些俏皮，但的确没有故弄玄虚。我们惯常于去思考某事某物的意义，但很少尝试再进一步，即反思意义本身的意义是什么。题目中出现两次"意义"，实际上触及的是"元理论"的思维范式，即"关于什么的什么"。关于意义的意义，这显然是一种超越本体论的认识论。"元"(meta-) 这个前缀，在希腊文中本意是"在后"，继而被赋予新的含义，即对于某种深层结构规律的再探究，从复杂表象到深层结构，再到深层结构之结构，后者就是一种"元理论"的研究路径。元小说是关于小说的小说，元历史是关于历史的历史……由此，"元理论"开启了本体论反思的路径，也正是通过反思"意义"之意义，我们才能明晰何为意义。

"意义的意义"就是尝试对"意义"本身再做研究。当我们谈及人生、理想，抑或某部电影、某本书，实际上都触及"意义为何"的问题，人存于世，总是需要依托于意义，人生也正是一场追寻意义的旅途。意义并不是事物自身就携带的，赋意源头出于人类自身，从无意义之"物自体"中提取意义，这就是人的能力。空气与水对生物都有意义，但它们不会去思考这些自然物质的结构属性。但是，人不仅会从事物中提取意义，还能够主动创造意义，小说、电影这类文艺作品就是人自己创造出来的故事，从远古神话到商品广告，所有叙述中都蕴含着人自己创造意义的过程。尤瓦尔·赫拉利在《人类简史》中写道："'讨论虚构的事物'正是智人语言最独特的功能。"（赫拉利，2014，p.25）从创世神话到民族国家，从神灵到货币，一以贯之依托的就是人类自己构建的符号。依托这些符号，意义世界得以形成。

意义需要依托于符号，这是符号学理论的一个基础，换言之，"没有意义可以不用符号表达，也没有不表达意义的符号"（赵毅衡，2012，p. 1）。因此，对于意义的讨论建基于符号，而符号学也正是一门讨论意义的学问。符号学家瑞恰慈（I. A. Richards）与语言哲学家奥格登（C. K. Ogden）于 1923年合作出版了《意义的意义》（*The Meaning of Meaning*）一书，从语言与思想之关系入手，掀开了世界符号学运动的序幕。1929—1930 年，瑞恰慈到清华任教，其时，大批北京的学者与学生围观听讲，卞之琳亦在其列。1937年 8 月，瑞恰慈的学生燕卜荪受聘于北京大学西语系，这位用《复义七型》（*Seven Types of Ambiguity*）开创"细读"批评范例的学者在西南联大讲解现代英诗，由此，西方现代派批评理论得以传播。在 1930 年至 1940 年这一阶段，瑞恰慈与燕卜荪共同推进"新批评"理论并留下火种。

20 世纪 30 年代，"新批评"理论在中国生根，李安宅《意义学》（1934年）、曹葆华《诗的四种意义》（1937 年）等形式分析著作问世。作为"后期新月派"的代表诗人及学者，卞之琳翻译了美国"新批评"奠基者艾略特的《传统与个人才能》。同时受到瑞恰慈、燕卜荪、艾略特的影响，卞之琳的诗歌批评也接续了细读传统。30 年代后，"新批评"理论在中国遇冷，70 年代末，赵毅衡师从卞之琳从事莎士比亚研究，其与形式论的羁绊也肇始于"新批评"理论的重拾。

赵毅衡自言，从莎学研究转向以形式论为志业，明确地受到卞之琳的影响。在赵毅衡的回忆中，卞之琳与其畅谈新批评在中国的状况，鼓励并为其指明学术前路的方向："你就从我们三十年代中断的事业做起"，"我看你发表的几篇莎学论文，太注重讲理，恐怕你就适合做理论：从新批评做起，一个个学派，一直做到结构主义，做到符号学"。（王铭玉，2020，pp. 3－12）从新批评到符号学，形式论研究由此一直贯穿于赵毅衡的学术追求中，中途虽穿插小说创作、剧本撰写，但其学术成就主要还是锚定在中国符号学理论的建构与推广。

论及符号学，读者或许有疑问：符号学就是研究符号的学问吗？字面义的确如此，但这一界定陷入了同义反复，符号学本质上是研究意义的学问，文学、艺术乃至文化，实质上都是形式的构成物。形式本身是对纷繁复杂内容的归纳总结，是对一种共同性的探寻。每一本科幻小说自有其内容的独特性，但读者能够从诸多小说中感受到科幻小说的某些形式共性，研究这种共性，就是形式论所要钻研的方向。因此，形式论不只是归纳独特内容背后的形式共性，更是要将内容本身形式化，从而探寻文化的形式，并对文化现象与问题进行读解。

绕了一圈，我们又回到了"元理论"上，符号学并不仅用于解释文本的意义，原型批评、精神分析、接受美学等诸多理论都试图剖析文本的意义，因而，解释意义并不是符号学的特权。符号学的立足之地在于探究符号的表意机制，即意义在何种条件下生成，又在何种框架下被解释。换言之，符号学探究的是意义的意义。这种对于意义本身的探寻本身就是一种元思维的推进，瑞恰慈于 1930 年在清华大学的演讲就是以《〈意义的意义〉之意义》（"The Meaning of *The Meaning of Meaning*"）为题，似乎这个题目更绕，但意图所指，仍旧是研究对象的形式。

频繁提及意义，似乎显得符号学有些执拗，但落实到具体的研究对象，符号学的阐释显得异常的冷峻理性。20 世纪 60 年代以来，符号学运动日益兴起，事实上，二十世纪五六十年代以来，国内关于语言学中"语言/言语"的讨论就已经进入符号学的论域，索绪尔作为符号学家的身份也得以确证。1983 年，《读书》刊登金克木《谈符号学》一文，最早向国内读者介绍符号学的总体状况，该文点明了符号学研究符号深层表意机制的理论基础，从"编码－解码"入手阐明符号运作过程，将符号学研究遍及语言、文字、文化的属性通过案例诠释出来。此文对于日本符号学、苏联符号学的介绍，对于翁贝托·埃科、茱莉娅·克里斯蒂娃的关注，都在向中国学界输入符号学研究的状貌与意义。2020 年，《读书》刊载《语言的"通胀"与意义——纪念李安宅》一文，回顾李安宅的学术人生，其关于"意义学"的研究实为重要一笔。同年，赵毅衡撰文《李安宅与中国最早的符号学著作〈意义学〉》，将《意义学》一书视为 20 世纪 80 年代之前中国唯一的符号学著作。对于中国的符号学家及其思想的回顾，与译介国外符号学思想同样重要，甚至可以说，正是通过中国符号学家的理解、诠释、构建，中国符号学才汇入世界符号学思潮。

赵毅衡的"意义三书"（《符号学：原理与推演》《广义叙述学》《哲学符号学：意义世界的形成》）接续的是 20 世纪 30 年代中断的形式论研究传统，80 年代开始，他以《新批评文集》推开了文化形式论的大门，而"意义三书"算是其符号学思想的系统总结。既然这三本书都是围绕"符号－意义"展开，那我们不妨效仿瑞恰慈的"俏皮"，对这三本研究意义的著作进行意义的再探究。

《符号学：原理与推演》分为"原理"与"推演"两部分，上编明晰学科范式，辨明专业术语，下编将理论概念运用于特定问题的解释。任何事物都处于"物－符号"的两极，符号学要处理的对象是符号，纯然物（如建筑工地的砖头）并不进入论域，由此，符号是"被认为携带着意义而接收的感知"，是人的意识与世界联结的方式。符号学要处理的是符号的形式共性，也正是通过辨析人与符号的关系而进入文化层面。人对于意义世界的处理总是片面化的，片面化是符号化之必需，人对于意义世界的感知只有片面化，也只能片面化，意义世界无穷尽，而人只选取对自己有意义的部分。符号本身有理据性与像似性；符号意义可以"无限衍义"，但人又会确立自己的"意图定点"；文化风格有宽幅与窄幅之分；"四体演进"又是文化演变的深层规律……每个专业术语所要揭示的都是"形式之谜"。

推演部分从文化表征入手，剖解文学、艺术、文化中的普遍问题，如谎言与真相、中项与标出项、艺术的定义、叙述的分类、身份 自我－主体的构成，等等。当代社会的符号危机直面的是符号化泛滥的现实，这表露出符号学想要诠释当代文化征候的雄心。"异化符号消费"等问题的提出，将符号学与马克思主义相结合，对于现代性"动力－制动"机制的剖析，将"西体中用"与"中体西用"所昭示的儒家思想与现代性思想并置，再次从元理论视域点明动力元语言与制动元语言之间的共融与互补。

金克木的《谈符号学》还属于漫谈符号学的粗糙外貌，实际上，符号学远不只是要处理"编码/解码"的问题，其最终意图是要处理人类意义世界中的形式问题，复杂的文化现象背后总有可以归纳的形式共性，这是符号学的研究路径，也是其研究旨趣。《广义叙述学》"讨论的是所有叙述体裁的共同规律"（赵毅衡，2013，p.1），将叙述体裁的研究越出"文学"之外，显然是符号学的本能在驱使。对全部叙述进行分类研究，本质上仍旧是寻找形式共性，但人类叙述种类之多、内容之杂，要对它们进行总体把握和归类显然难度倍增。符号学往往被视为"文科中的数学"，这倒不是说符号学要去解决数字问题，这一评价指向的是符号学的研究范式强调逻辑，任何问题的解释既然是要观照全域，自然需要逻辑无碍与学理自洽。

符号叙述学（semionarratology）要研究各种符号文本中的叙述学，这就是"广义叙述学"称谓的由来，叙述体裁可以分为纪实型叙述与虚构型叙述，这样的分类很好成立，但并没有对各种符号文本进行有效区分，《广义叙述学》加入时间向度（过去、过去现在、现在、类现在、未来），对接不同媒介，由此完成叙述体裁全域的分类。没有接触过符号学的读者或许较难接受文学艺术文本被分类的处境，文艺爱好者甚至可能为文学与艺术被"束缚"

在某种理论框架中而苦恼，这也是笔者初涉符号学的困惑：文化被形式化真的好吗？又或者，文艺作品被形式化分析有用吗？其实，这类问题都是一种价值判断，而非事实判断，符号学首先要处理的是事实本身，这继续显示着符号学本身的冷峻。

但是，符号学不只是要做事实判断，其同时也在进行价值输出。符号学原理在处理消费社会暴露的符号异化问题时，显露出其批判性的本质，"它把符号意义，看成文化编织话语权力网的结果，与马克思主义的意识形态批判，在精神上至为契合"（赵毅衡，2011，p. 199）。将符号与意识形态联系起来，正是符号学的题中应有之意。"一切意识形态的东西都有意义：它代表、表现、替代着在它之外存在着的某个东西，也就是说，它是一个符号（знак）。哪里没有符号，哪里就没有意识形态。"（巴赫金，1998，p. 341）在巴赫金看来，意识形态必须要符号承载，所有符号必然渗透着意识形态。"意识形态领域与符号领域相一致。哪里有符号，哪里就有意识形态。符号的意义属于整个意识形态。"（p. 343）当我们面对任一符号时，符号学的冷峻之处都恰恰在于通过探究其表意机制或过程，深入符号背后的文化，抑或意识形态中。

如此看来，符号学并不是一种只谈形式不谈内容的"数学之思"，事实是，一般认为是"内容"的东西，一旦普遍化，就表现为形式（赵毅衡，2014）。形式与内容本不可分，这已然成为理论讨论的常识，同时，形式是事物的本质，内容的多样与复杂只有在廓清本质后才能被更好地澄清。这就是"意义的意义"，即辨明内容背后的形式共性。广义叙述学表面上是突破小说叙述学的制约，将一切叙述体裁纳入论域，从深层机制上来看，正是通过对人类所有叙述体裁的形式把握，人类文化乃至人类心理的深层机制才得以呈现，这就是"意义–形式批判"的意义所在。

符号学是意义学，按照卡西尔的说法，"所有的文化形式都是符号形式。因此，我们应当把人定义为符号动物（animal symbolicum）来取代把人定义为理性的动物，只有这样，我们才能指明人的独特之处，也才能理解对人开放的新路——通向文化之路"（卡西尔，2013，p. 45）。所有叙述体裁都是人类的文化创造，因而，对于叙述体裁的形式分析属于文化分析的一部分。在完成符号学原理建构与推演实践的尝试后，广义叙述学对人类文化表意实践，即所有"讲故事"的符号文本进行了全域分析。

举例来说，虚构与纪实如何能够在形式上得以划分，这显然是一个大问题。这一区分明显不是事实层面的甄别，即形式分析不是如警探一般去探析何为真，何为假。广义叙述学要处理的是文本类型/风格，何种文本是纪实型的，何种文本是虚构型的，这意味着，当读者看到某一文本，何以判定此一部分是纪实的，彼一部分是虚构的。赵毅衡提出"框架区隔"作为判别标准："一度区隔是再现框架，把符号再现与经验世界区隔开来。"（赵毅衡，2013，p.74）一度区隔内的符号文本是"纪实型"的，比如一张拍摄到凶杀案现场的照片，就是纪实型文本，它是对经验世界的符号再现。"虚构叙述必须在符号再现的基础上再设置第二层区隔。也就是说，它是'再现中的进一步再现'。"（p.76）同样的例子，如若这张照片被放置在某部电影中，则电影故事中的照片就是虚构型文本。这无关乎照片本身的真伪，在文本类型层面，这种照片与经验世界隔了两层。

区隔框架对应的是一套"表意－解释"模式，其阐释会随着文化变迁而变化。原始社会的神话对于先民而言就是纪实的，而在我们当代人眼中，这些神话都是虚构的，人们辨别出框架区隔的能力需要在文化社群中习得。这样的形式分析遍及广义叙述学的讨论，从"讲故事"的叙述文本到意义世界的形成，这是《哲学符号学：意义世界的形成》要在《广义叙述学》之后完成的升级任务。

哲学符号学试图用符号学来处理形而上的哲学问题，从描述意义世界构造的"导论"，到上编"意义的产生"，中编"意义的经验化"，再到下编"意义的社会化"，该书尝试回答"意识与意义"的关系问题，由此，符号学研究从文化现实转向了主体自身，意义被定为"意识与各种事物的关联方式"（赵毅衡，2017，p.2）。人如何处理对象、把握对象、解释对象、积累经验、形成文化社群，这一系列问题都进入了哲学符号学的论域。

有意思的是，《符号学：原理与推演》最后处理的是中国社会发展的整体元语言；《广义叙述学》最后分析的是"关于叙述的叙述"，即元叙述；《哲学符号学：意义世界的形成》最后探究的是"关于符号的符号"，即元符号。元理论的思维始终印刻在"意义三书"的精神轨迹中。或许在这里，我们又可以回到最开始的问题："关于意义的意义"究竟为何？这是符号学一直在做的工作。"意义三书"给出了一些解释，但我们也知道，中国符号学乃至世界符号学的发展都在朝着解决这个终极问题努力。

引用文献：

巴赫金（1998）. 巴赫金全集（第二卷）（钱中文，等译）. 石家庄：河北教育出版社.

赫拉利，尤瓦尔（2014）. 人类简史（林俊宏，译）. 北京：中信出版社.

卡西尔，恩斯特（2013）. 人论（甘阳，译）. 上海：上海译文出版社.

王铭玉（主编）（2020）. 语言与符号（第 6 辑）. 北京：北京航空航天大学出版社.

赵毅衡（2012）. 符号学. 南京：南京大学出版社.

赵毅衡（2013）. 广义叙述学. 成都：四川大学出版社.

赵毅衡（2011）. 符号学的一个世纪：四种模式与三个阶段. 江海学刊，5，199.

赵毅衡（2014）. 形式与内容：何为主导. 中国社会科学报，10−10，654.

赵毅衡（2017）. 哲学符号学：意义世界的形成. 成都：四川大学出版社.

作者简介：

　　陈文斌，电子科技大学讲师，四川大学符号学−传媒学研究所成员，新闻传播学博士后，研究方向为符号学。

Author：

　　Chen Wenbin, lecturer of University of Electronic Science and Technology of China, member of ISMS Research Team. His main research field is Marxist Semiotics.

　　Email：dgsycwb@163.com

叙事中的听觉想象：评傅修延教授的《听觉叙事研究》

何雅怡

作者：傅修延
书名：《听觉叙事研究》
出版社：北京大学出版社
出版时间：2021 年
ISBN：978－7－301－32010－5

　　早期人类倚仗声音传递信息，而自文字发明和印刷术兴起，阅读的必要性逐渐帮助视觉霸权崛起。自古希腊起，西方哲学家便将视觉当作认知的工具。柏拉图《理想国》中，身处洞穴中的囚徒只知道用眼睛观察，把洞内墙壁上的光影误认为真实的物体。亚里士多德在探讨人类认识活动中最高级别的观照时，措辞离不开"看"与观察，他的表达方式依赖视觉譬喻。直到 20 世纪，无论是萨特提出的"看"与"被看"的抗争，还是福柯将他人监视的目光形容成"权力的眼睛"，都表明视觉中心仍是一股潮流。我们对听觉的长期忽视导致丢失了对声音应有的敏感，在阅读文学作品时过度倚重视觉而忽视了声音景观和听觉事件。研究听觉叙事，不仅带有陌生化的意味，能获得一些新的作品解读角度，还能帮助我们恢复听觉感官功能，实现身体解放和自由。

　　为了纠正当代文学中的视听失衡，傅修延在《听觉叙事研究》中呈现了一个关于听觉叙事较完整的本体论研究。他从声学、语言学、文学叙事学以及文学符号学等角度，探讨听觉于人类历史上在交流、感知和文艺发展方面所起到的不可替代的作用。全书分为十四个章节，主要介绍了研究听觉叙事的缘由、文学作品中的听觉景观及其在叙事中所起的独特作用。作者引用中西叙事中大量的例证，聚焦声音事件的摹写与想象，从听与讲的关系，视听领域的通感现象，幻听、偷听等典型听觉事件等方面切入，概述中西文化中的声音景观，启发读者关注听觉事件引发的感受和体验，从新的角度解读经典作品。

一、为什么研究听觉叙事？

为什么研究听觉叙事？为了回答这个问题，作者首先从人类学的角度指出，在早期人类的日常生活中，听觉就占据了重要地位。听的前提是讲，叙事即讲故事。讲故事有助于维系群体、营造群体感，在语言形成之前，群居的人类就通过梳毛来实现结盟和排他的功能，语言形成之后，梳毛升级成"八卦"和夜话。而工业革命之后，生产方式的变革改变了人类社会的声音环境，机器运转的噪声和城市中人类活动的嘈杂声让音景（soundscape）质量由高保真降为低保真，人们只能听到一团难以分辨的声音混响（Schafer，1977，pp. 43-44）。长期处于城市喧嚣中的人类听力逐渐迟钝，再加上印刷技术的普及，在大量日常交流场景里，声音逐渐被文字取代。

然而，听觉和视觉是可以互补的，听觉有其独特的优势。相较于能持续呈现的图像，声音转瞬即逝且有时不能被人耳准确捕捉，这要求听者集中注意力，从而激发"思维的专注和想象的活跃"（傅修延，2021，p. 33）。作者提出，在文学作品中，不确定的听觉事件带来的想象可以增加故事的可读性，并且推动情节发展。听觉除了表面特征所带来的优势，本质上与人类思维和情感也紧密联系。雅克·德里达在《声音与现象》（*Speech and Phenomena*，1967）中指出，说话者声音在被别人听见的同时，他/她也能听见自己的声音，这表明声音"不求助于任何外在性"（2010，p. 101），它的能指与所指变得绝对接近，于是声音"成为一种最为'接近'自我意识的透明存在"（傅修延，2021，p. 61）。黑格尔也提到听觉比视觉更具有观念性，因为视觉观照的对象是静止着的独立存在，听觉观照的对象却不能脱离主体而存在，只能附着于主体的内心生活（黑格尔，1979，p. 331）。傅著认为声音对人类的思维和情感有重要影响，研究听觉就有利于探索人类的内心，这正是文学研究的一大任务。

光是探讨听觉的特征还不够，文学研究还需要关注个体独特的声音。作者认为，西方在形而上学传统和逻各斯中心主义影响之下，长期关注的是拥有普遍规则的语音，而忽略了具体现象，如每个人发出的、注定带着个体特征的声音。傅修延提出，人的语音是独一无二的，即具有"语音独一性"，他接着通过分析卡尔维诺1984年完成的小说《国王在听》（"A King Listens"）解释此观点。《国王在听》这篇小说全程都在描绘听觉这种感知，它的主角是一位极度担心自己王位被夺走的国王，国王常年坐在王座上，他的视觉受到限制，因此只能依赖听觉感知外界，故事结尾国王听到一位女子动听的歌声，终于放弃了王位，起身循着歌声走出了王宫①。作者认为卡尔维诺之所以安排女声唤醒国王麻木的心灵，一是因为刻在男性基因里的对女性声音的敏感，二是源于人类早在母系社会就形成的听取女声召唤的习惯。

提出语音独一性的概念之后，作者讨论这一特点的意义，他指出语音独一性表明特定声音与其背后的人具有千丝万缕的联系，而为了理解人物性格和内心情感，从听觉入手能够获得一个崭新的解读角度，让"重听经典"成为可能。古往今来，通过声音来激荡读者想象、抒发人物情感的作品比比皆是。作者列举了几个典型例子，如：李白《蜀道难》开头"噫吁嚱"是模仿蜀人方言的感叹和惊呼②，运用基本的拟声词传达出叙述者对蜀道艰险的惊叹之情。还有些作家通过描写声音对他人的影响来侧面衬托出人物的喜怒哀乐，例如《三国演义》中张飞于长坂坡桥头的三声怒吼将夏侯杰吓得从马上跌落、肝胆俱裂，这反衬出张飞的勇猛和他当时的怒气。

二、声音在文学作品中有何表现?

在探讨了为什么要研究听觉叙事之后，傅修延重点分析了中西文学作品中具体的听觉景观。为了实现带有陌生化意味的重听经典，必须正视目前学界对听觉感知的忽视，因此建立起与视觉对应的成套阐释体系至关重要。作者接着提出一些与听觉相关的术语。例如，与图景相对应的概念是音景，它把声音描绘成幕布一般，伴随着人物行动，烘托故事氛围，开启和结束一段叙事。加拿大声学家夏弗（R. Murray Schafer）将音景分为主调音（keynote）、信号音（signal）和标志音（soundmark）三个层次：主调音确定音景的整体基调，信号音通过其鲜明特征引起听者注意，像是口哨声、下课铃声以及雷声等，而标志音代表一处地方的声音特征（Schafer，1977，pp. 9—10）。不过，处于音景中的不仅仅是声音，无声也是音景的重要组成部分。声音的缺席往往能激发听者的情感，如默哀仪式上静默带来的肃穆气氛和哀伤情绪。

当然，音景不总是挂在故事背景的那层幕布，它有时候会从背景走到前端，这时它的"功能已由次要位置的叙事陪衬反转为不容忽视的故事角色"

---

① 参见卡尔维诺：《国王在听》，载《美洲豹阳光下》，魏怡译，南京：译林出版社，2015 年。

② 参见蒋向东：《〈蜀道难〉开篇叹词音义句读解》，《文史杂志》2000 年第 3 期。

（傅修延，2021，p. 149）。作者接着深入地探究了声音在故事中心扮演的角色。由于人无法决定自己能听到什么，只得被动地接收外界的声音，所以声音可以通过占领空间来争取声音霸权，从而变成压迫的工具。作者随之举例说明叙事中虚构人物如何通过声音的压迫来达到目的。例如，《三国演义》中诸葛亮使出空城计退敌，他仅仅用淡定的琴声和极少数蜀军及城里百姓制造的喊杀声和兵器声就吓跑了带领十五万大军的司马懿，尽管实际上魏军占据绝对优势，但在接踵而至的声响压迫之下，司马懿不由得做出了错误的判断。同理，《史记·项羽本纪》中，汉军四面楚歌的场景也是对声音的压迫力的巧妙运用。

音景跟声音本身密切相关，若从声音接收者的角度谈听觉叙事，傅修延提出还可参考聆察（auscultation）这一表示"听"的概念，以与视觉上的观察（focalization）相对应。跟积极主动的观察不同，聆察是消极被动的。英国诗人济慈曾经提过"消极的能力"（negative capability），即"一个人有能力停留在不确定的、神秘与疑惑的境地，而不急于去弄清事实与原委"（2002，p. 59）。凭借这种能力，人能够将自己充分埋藏在声音之中，让想象力自由飞翔。

作者提出听觉叙事的基本概念之后，继续考察了文学作品中经常出现的听觉事件。声音有着转瞬即逝的特点，人的耳朵有时也听不清楚传递的信息，基于这种听觉的不确定性，作者总结出叙事作品中四种特殊的听觉事件，分别为幻听、灵听、偶听与偷听。幻听似乎是精神错乱的表现，但实际上正常人在有忧思时也容易幻听到自己期待的声音，譬如中国古代务农者在布谷鸟叫声中听到的类似"布谷""播禾"的呼唤声。文学作品中听到的声音是否真为幻听取决于虚构世界的特有规则，而由于听觉的不确定性，这往往能令人浮想联翩。马塞尔·普鲁斯特在《追忆似水年华》（*À la recherche du temps perdu*，1913）结尾描写自己晚年时总是听到一只铃铛的叮咚声，这个声音在他童年时象征着斯万先生终于离开、父母即将上楼回到自己身边的情景（2008，pp. 2257−2258）。对铃声的幻听总是发生在半梦半醒、难辨现实之时，不确定真假的声音放飞想象力，将主人公带回往昔岁月，如此"再现生活中一个个美好的听觉瞬间"，表现出"时间不可能摧毁一切，每个人身上都存在着某种永恒之物，我们的记忆深处永远有一座铃铛在丁冬作响的真实乐园"。（傅修延，2021，p. 209）叙事中的灵听则一般发生在人物情感专注、注意力集中的情况下，但有时它也叫作灵异之听。《简·爱》（*Jane Eyre*，1847）中女主角简本欲随圣约翰去往印度，这时她听到罗切斯特呼唤自己的名字，万般感动之际连忙赶回罗切斯特身边。这里简听到罗切斯特的声音显然不符合常理，叙述者安排这个情节为的是让该听觉事件提供故事转向的动力。偶听即人物偶然听到某些信息，这不一定是出于听者主观意愿，与偷听并非等同。偶听的出现是由于在人类群居模式产生的公共空间，人无法阻挡他人的声音传入自己耳朵。相较于幻听与灵听，听者偶然接收的信息看似准确度较高，但有时叙述者会故意反其道而行之。例如，《三国演义》中赤壁之战前夕，蒋干去江东探听消息。趁蒋干装睡之际，周瑜故意跟部下谈论假军情，蒋干对此"偶然"获得的情报深信不疑，只有读者明白这是周瑜的圈套。

除了以上几种听觉事件，傅修延还单独在第八章探讨中西文学作品中的偷听现象。偷听在中西叙事中出现频率都很高，这类事件往往能提供情节转向的动力，并且能够通过描写人物偷听前后的反应和行为，呈现听者的性格和价值取向。偷听现象屡见不鲜也是由人类群居的生活模式决定的，人们往往无法察觉自己已经侵入他人的活动空间，这就为偷听提供了机会。作者在书中大致将文学作品中的偷听分为四种情况：从无心偷听到有意偷听、自始至终皆为有意偷听、介于无心和有意偷听之间以及偷听者被偷听对象反制。第一种情况在《尼罗河上的惨案》（*Death on the Nile*，1937）开篇即有呈现，大侦探在餐厅用餐，本无意于听别人交谈，但"埃及"一词突然飘进了他耳朵，由于这是他的旅途目的地，出于好奇他开始集中注意力聆听，于是他偷听到杰奎琳和她新婚丈夫之间的对话（克里斯蒂，1979，p. 14）。侦探小说中偷听的例子屡见不鲜，有时人物为案件提供的线索就是偷听来的，其原因在于侦探小说需要设计跌宕起伏的情节，偷听事件正好能够推动故事发展与转折。第二种情况也很常见，例如《水浒传》第九回中，鲁智深得知林冲被刺配沧州后，希望护他周全，于是沿路探听消息；当鲁智深听到押解林冲的公人夜里用开水烫林冲的脚，遂勃然大怒，准备第二天在野猪林结果两位公差。第三种情况更为普遍，听者在事先或许并未有所准备，听到声响的时候也不见得一直专注，最后得到的信息也是拼凑出的，不一定准确。《水浒传》中跟林冲有关的另一情节就是一个典型例子：林冲在沧州牢城中时，酒馆的掌柜李小二在来往食客中听到些关于林冲的只言片语，似乎有人要谋害林冲，但他并未像鲁智深一般专心致志地偷听，因此只是隐隐约约猜测到有人要对林冲不利。而最后一种情况，前文提到的蒋干被周瑜反制即为例证。

三、听觉叙事的作用是什么？

作者介绍完声音景观在古今文艺作品中的具体表现之后，接着提出在叙事中描写听觉事件或是人物对声音的反应主要有三种作用：可以推动情节发展、塑造人物性格以及彰明题旨。傅修延将人类对声音的反应分为因声而听、因听而思与因听而悟三个层次。因声而听指人在外界有响声时本能地侧耳倾听，是一种较浅层的反应，不过有时候"其中包含着专注与期待，在许多情况下仍能营造出一种余音袅袅的隽永意境"（傅修延，2021，p.239）。正如张继在《枫桥夜泊》中仅仅描写船客听到寒山寺的夜半钟声，并未直接点明旅客心中愁思，这样的留白反而给读者留下无限想象。用声音激起人物内心情感也是一种叙事手法，莎士比亚在《麦克白》（*Macbeth*，1623）里写着麦克白杀害邓肯国王之后有人不断敲门，这敲门声吓得他惊慌失措，对敲门声的恐惧暂时唤回了他内心的人性（1998，p.137）。声音的出现往往提示着重要事件的发生，有时能预示将来。《红楼梦》第七十五回贾珍与众人夜间相聚，饮酒寻欢之时，听到祖宗祠堂那边似乎有人长叹，这声音让在场所有人都感到恐惧，第二天去现场检查却并未发现异常，于是贾珍很快忘却了此事，故事发展到后来才发现叙述者早已埋下伏笔，这声长叹乃是贾家衰败的预言。

作者接着探讨叙事中的因听而思，提出这是转向人物内心的写作手法，此时声音作为契机，引发人物思考。济慈《夜莺颂》（"Ode to a Nightingale"，1819）中第一人称叙述者的思绪跟着夜莺的歌声天马行空，他因听到如此悦耳的歌声而心生喜悦，想到饮酒和死亡，把夜莺幻想成古代神话中永生的鸟（1958，pp.71-73）。夜莺的歌声一直伴随着叙述者的想象，直到它振翅飞走，他才猛然回到现实。黑格尔认为听觉比视觉更具有观念性，它能给人带来更深刻的震撼，甚至改变观念。罗曼·罗兰《约翰·克利斯朵夫》（*Jean-Christophe*，1904）里圣马丁教堂的钟声改变了克利斯朵夫的宗教信仰；而歌德《浮士德》（*Faust*，1808）中，"声音改变的则是主人公的生死观"（傅修延，2021，p.244），浮士德即将喝毒酒自杀之际，听到了复活节敲响的钟声，他因此回忆起在人世间的种种美好瞬间，放弃了自杀的念头（1999，pp.43-44）。因听而悟是由因听而思演化而来的，意指思考后而顿悟。欧阳修《秋声赋》（1059）描写叙述者听见刮秋风落秋雨的声响，从草木飘零中参透人生哲理，意识到人类只是肉体凡胎，不能对抗自然规律，于是豁然开朗，不再怨恨这秋声（2001，p.256）。

在这个读图时代，听觉感知受视觉的霸权地位压制，长期以来，声音触发的听觉想象往往都被忽视。《听觉叙事研究》不仅考察了长期被忽略的声音景观和听觉事件，还提出用创新的话语研究听觉叙事，带着陌生化意味去重新阐释文学经典，通过文本细读寻找中西叙事中对听觉的描写，用新的研究范式深入文本，进而解读出更丰富的内涵。

引用文献：

德里达，雅克（2010）. 声音与现象（杜小真，译）. 北京：商务印书馆.

傅修延（2021）. 听觉叙事研究. 北京：北京大学出版社.

歌德（1999）. 浮士德（钱春绮，译）. 上海：上海译文出版社.

黑格尔（1979）. 美学：第三卷上（朱光潜，译）. 北京：商务印书馆.

济慈（1958）. 夜莺颂. 载济慈诗选（查良铮，译）. 北京：人民文学出版社.

济慈（2002）. 一八一七年十二月二十一、二十七日（？）致乔治与托姆·济慈. 载约翰·济慈. 济慈书信集（傅修延，译）. 北京：东方出版社.

克里斯蒂，阿加莎（1979）. 尼罗河上的惨案（宫英海，译）. 南京：江苏人民出版社.

欧阳修（2001）. 秋声赋. 载欧阳修全集：第二册卷十五. 北京：中华书局.

普鲁斯特，马赛尔（2008）. 追忆似水年华：卜（周克希，等译）. 南京：译林出版社.

莎士比亚（1998）. 麦克白. 载莎士比亚全集：第6卷（朱生豪，等译）. 南京：译林出版社.

Schafer, R. M. (1977). *The Soundscape: Our Sonic Environment and the Turning of the World*. New York: Knopf.

作者简介：

何雅怡，四川大学外国语学院硕士研究生，主要研究方向为英美文学。

Author:

He Yayi, M. A. candidate of College of Foreign Languages and Cultures, Sichuan University. Her research mainly focuses on British and American literature.

Email: 1373626876@qq.com

致　谢

本书在编辑过程中，得到了四川大学中央高校基本科研业务费期刊资助项目与四川大学外国语学院的支持，特此感谢！

著作权使用声明